宫本武藏·剑与禅

【赠册】随笔宫本武藏 五轮书

[日] 吉川英治 宫本武藏 ◎ 著

杨田 ◎ 译

哈尔滨出版社
HARBIN PUBLISHING HOUSE

目录

 **随笔宫本武藏**

003 序
005 再序

009 武藏小传

015 《独行道》——武藏的自戒题壁文

017 武藏的"道"与他所处的时代

018 近代人武藏
019 小牧山之战前后的中国地方
019 战乱时代
020 时势一变
021 生涯和空白
022 求道之人
023 凄惨与幸福
023 独处与教训
024 反省与自戒
025 画师宫本二天——关于武藏的画境与遗墨
029 武藏的绘画与书法——画师二天的风雅境界
040 《五轮书》与灵岩洞

045 书信与笔迹

- 046 《长恨歌》诗两句
- 048 武藏的书信
- 049 武藏在岛原、天草起义时的一封书信——记战后在有马家文献中发现的一份新资料
- 052 武藏画作的命运——不受待见的三大名作
- 053 和歌与俳句
- 054 愚堂和尚题赞武藏的达摩祖师像——武藏与禅门中人的交往

063 关于武者修行——修行风潮的兴起与武士的生活

075 各家的武藏论

081 少年时代与家庭

085 家系

089 武藏与吉冈家

095 武藏的离乡与本位田又八

099 新免家六武士

103 武藏与三宅军兵卫

109 关于佐佐木小次郎

113 关于二刀

117 武藏佩刀考——"武藏正宗"与他的佩刀

123 泽庵与细川忠利

133 柳生的《武藏野》

137　遗迹纪行

- 138　京都一乘寺下松——武藏与吉冈一门决战的遗迹
- 145　宫本村
- 147　从赞甘村到严流岛
- 150　严流岛拾遗——武藏与小次郎的剑迹

155　熊本纪行

- 156　武藏的六处墓地
- 157　武藏冢
- 158　吓退无礼之徒
- 159　写给伊织的书信
- 159　薄缘逆境之人
- 160　泰胜寺
- 161　政剑如一
- 161　绿苔低回
- 162　树语石心

165　小仓纪行

- 166　小仓碑
- 168　春山和尚考
- 171　武藏的肖像画

175　宫本武藏逸闻

- 176　序
- 176　两把鼓槌
- 177　三岁看大，七岁看老
- 177　喜兵卫之死

- 178 跳向竹荏子
- 179 达人相遇
- 179 都甲金平
- 180 捕泥鳅的少年
- 181 武藏的风貌
- 181 造酒之助殉死
- 182 打败出云守
- 182 厨师的偷袭
- 183 米粒与猫
- 183 蚂蚁相助
- 184 金钱无忧
- 184 剑与画笔
- 184 挑旗杆
- 185 英雄不老
- 185 沉默之人

五轮书

189 导读

- 190 导读一：关于宫本武藏及其思想
- 192 导读二：宫本武藏的技击思想
- 194 导读三：剑道
- 196 导读四：剑道和禅
- 198 自序

199 地之卷

- 201 兵法之道
- 202 以木匠之道阐释兵法之道
- 203 《五轮书》的结构
- 204 "二天一流"的来历
- 205 了解"兵法"二字的内涵
- 205 各种兵器的特点
- 206 兵法的节拍
- 207 结语

209 水之卷

- 210 序
- 210 兵法的心态
- 211 兵法的姿势
- 211 眼法
- 212 太刀握法
- 212 步法
- 212 五种体势
- 213 太刀刀法
- 213 刀法五技
- 214 有势无势
- 215 一击制胜
- 215 第二次跃出
- 215 无念想斩
- 215 流水斩
- 216 应机斩
- 216 霹雳斩
- 216 一叶斩
- 216 身刀合一
- 217 区别"攻"与"击"
- 217 短臂猿身
- 217 贴身战术
- 218 争夺制高点

- 218 粘刀术
- 218 肩冲
- 218 躲闪
- 219 刺面
- 219 刺心脏
- 219 叱喝
- 220 击闪
- 220 以一战多
- 220 把握时机
- 221 一击必杀
- 221 人刀合一
- 221 结语

223 火之卷

- 224 序
- 225 位置
- 225 三先
- 226 压枕
- 227 穿越激流
- 227 了解对手
- 228 踏住敌人的剑
- 228 乘胜追击
- 229 变成敌人
- 229 转变思路
- 229 试探
- 230 抑影
- 230 感染
- 231 扰敌
- 231 威吓
- 231 纠缠术
- 232 攻其薄弱
- 232 迷惑

232 三吼
233 "之"字战
233 击溃
234 出人意料
234 攻心为上
234 另辟蹊径
235 大局为重
235 操纵敌人于股掌
235 无刀
235 身如磐石
236 结语

237 风之卷

238 序
238 用大太刀的流派
239 用蛮力的流派
239 用短刀的流派
240 强调招数的流派
241 强调架势的流派
241 其他流派的眼法
242 其他流派的步法
242 其他流派的速度
243 本派兵法的绝招
244 结语

245 空之卷

随笔宫本武藏

[日] 吉川英治 著

报仇忠孝传 宫本武藏 歌川国芳画

序

观古人犹如观山岳。同样的观者,对于不同的山会有不同的感觉。或无用,或有用,或远,或近。时光已逝,回看古人,宛如静坐观山,真是趣味无穷。

在历史的长河中,古人就像一座座山峰,绵延不绝。在这巍峨的群峰之中,宫本武藏是我最爱的古人之一。他的剑气如虹,似秋霜般冷冽,全身上下透出一股霸气。但是,他留下的文字,却为我们展现了一个全新的武藏。他是那样的优雅,那样的和蔼,那样的细腻,那样的淡泊。很难想象,这些优美的文字是从一个持剑之人的指端流出。古往今来,这样的人物又有几个呢?

他喜欢孩子。武藏在幼时遭遇了太多磨难,所以在漂泊途中,只要遇到可怜又资质尚好的孩子,他都会悉心照顾,比舍弃银猫的西行①还富有人情味。他决不和不求上进、怨天尤人的人做朋友。面对时代的狂风巨浪,他会勇敢面对。这种不屈的精神造就了他的人生,也成就了他的"道"。

武藏出生在一个重视门阀的时代,他只是一个乡间武士的儿子,除了出色的体能和过人的智慧,他一无所有。于是,他擎着一把剑走完了自己的一生。

通过剑,他看到了人的平庸和慈悲,看到很多人为了解除自己的烦恼、为控制自己好斗的本能而操劳一生。

在那个战火纷飞的年代,剑不过是被视作杀人的工具。但在武藏的眼中,剑却闪耀着佛光和爱。武藏还是一位哲学家,他在用哲学的视角审视着

---

① 西行是平安末期至镰仓初期的著名的和歌僧人。1186年,源赖朝参拜八幡宫时,遇到了西行。为了拉拢他为自己服务,源赖朝特意送给他一个纯银打造的猫。但西行不为所动,出门之后就把银猫送给了小孩,自己继续云游而去。

人生的苦难和人间的争斗。

是武藏，将剑术提高到"剑道"的高度。从应仁之乱到战国时代，武士们一路杀戮着走来。直到武藏的出现，才使得武士手中的剑发生了变化，从杀人的工具变成修行的工具。

琥珀色的眼眸，将近六尺的身高，平生比武六十多次，未尝败绩。终身未娶。晚年头发不梳不洗——他坚信，只要心内无垢，心外自然无垢。这样看来，武藏应该是一个可怕的人吧！但是从他所画的腊梅和秋菊来看，又不得不夸赞他品德高尚、温文尔雅。

这就是武藏，从不同的角度，呈现给世人的是完全不同的自己。

因此，有人夸奖他，有人贬损他，他从历史的毁誉褒贬中走来。而且，我还用拙笔给他写了一部小说。

小说毕竟不是史实，它只是沿着古人留下的蛛丝马迹去还原人物的内心世界。尤其是武藏这种史料稀缺的历史人物，小说创作起来更有难度。毫不夸张地说，我在写作《宫本武藏》时，仿佛是给土中的一具白骨重新注入血液让它复活一般。所以，要是我不大胆假设，不妄加臆测，这样的一份工作我是不可能完成的。

当我写到一半的时候，我禁不住害怕起来。要是将来读者读到这部小说，将我的创意和史实混淆在一起，那我的罪过可就真是大了。

就像种玫瑰的花匠修剪玫瑰一样，我也是在拿着一把小剪刀在创意和史实之间剪来剪去，最后形成了这样一部小说。

小说之中并不存在什么文学的信念。各位朋友，千万不要笑话我。虽然我在创作的时候非常大胆，但是面对拥有大智慧的你们，我还是有些惶恐的。

这是我向自己敬仰的古人献上的一部拙作，其中肯定还有很多不足之处，希望大家多多见谅。

昭和十四年（1939年）仲春于草思堂
英治敬上

再 序

有个词叫叠床架屋。

我这本书就是典型的叠床架屋。也许有人会说，你都已经写了一部《宫本武藏》的小说了，再出一本《随笔宫本武藏》，那岂不是多此一举。

其实不瞒大家，我自己觉得也是这么回事儿。

朝日新闻社最早出了少量《随笔宫本武藏》，主要是为那些对武藏研究感兴趣的少数人而出的。之后，就没有再版过。

读书人有个毛病，书越是没有了，就越想读。再加上，书这东西比较特殊，一旦被买走了，就很难再回到市面上。所以，近年来，在市面上几乎见不到《随笔宫本武藏》的身影了。战后，熊本县宫本武藏彰显会的朋友到东京向我求书，说在当地的旧书店以及图书馆里看不到一本《随笔宫本武藏》。我当时手头也仅有一本，再加上我在书中又添加了不少东西，所以没能忍痛割爱。后来，拒绝别人求书的事一再发生，实在是令人遗憾。

我自己觉得《随笔宫本武藏》的品质不高，不是值得再版的书籍。但是，在《宫本武藏》再版之后，不断有读者向我建议重印《随笔宫本武藏》。为了满足大家的要求，这次又重新印制了少量书籍。

这本随笔中收录的内容都是武藏的传记、史料、遗迹、传说和遗墨等，没有进行任何小说化的加工，力求原汁原味地展示给大家。

总而言之，这本随笔其实就是展示小说创作素材的一本书。读者读完之后可能会惊讶，就这么点东西，也能写成那么大部头的一部小说？我的回答是——是的，就这点东西。此外，读者通过这本随笔还可以看到我创作小说的过程，以及我运用史料的方法和意图等。

为了创作《宫本武藏》，我跑了很多地方收集史料，读者朋友们也寄给我很多资料以供考证。在这本随笔中，我对自己的纪行、各种考证资料和地方文书中的一些内容也一并做了整理。

直到今天，关于武藏的新史料还不时出现。例如，战后在有马家文书中就发现了武藏的《岛原在阵中》书信。关于武藏的话题还远没有结束。近年来，关于他的遗墨，以及"二天"①的画像等都引起不小的轰动。此外，还经

---

① 二天一流是宫本武藏晚年在熊本县创立的剑术理念。二天一流中所谓"二天"就是指太阳和月亮，即阳与阴，也就是象征对立的事物。世界上的一切都是由相对事物组成，这些相对事物相互作用而使所有事物发展统一，产生新的事物。

常会有人拿着新发现的史料来找我。

不过话说回来，关于武藏的史料还是太少了。昭和十年（1935年），我在报纸上开始连载《宫本武藏》，当时就觉得所有的史料都被我一网打尽了。虽然后来又不时发现一些文献和画作，但也都是寥寥无几。正当我觉得不会再有武藏的史料的时候，奇迹又出现了，战后在整理旧藩家的藏品时，武藏的一些书信和画作又重见天日。

现在既有通过正史对武藏的研究，也有我小说中呈现的宫本武藏，我很怕读者在涉猎了所有的信息之后，会在脑海中形成一个混乱的武藏观。如果真是如此的话，那我的罪恶就深重了。我觉得我有义务帮助读者构建正确的武藏观，《随笔宫本武藏》的创作就是基于这一理由，这应该是无可非议的吧！当然了，这只是我创作此书的目的之一。此外，我还想利用此书将我收集到的错综复杂的资料整理一下，不设什么目标，不求什么意义，只求我写得舒畅，读者读得轻松罢了。

不管你是对照史料去读小说，还是通过小说去了解史实，只要你去做了，那就能发现其中的乐趣。其他的，就由着读者按照自己的喜好去取舍吧。

昭和十四年（1939年），本书第一次出版。此后，很多读者又给我寄来了他们收集的资料和传说。昭和十九年（1944年），武藏三百年祭的时候，恰逢战争结束的前一年，国内一片混乱，但各地还是举办了许多武藏的遗墨展，将一些新发现公之于世。当时有一家出版社打算出版武藏的画集，H先生等人为了收集相关资料，花了数年时间，跑遍了武藏曾经到过的地方，遍访各地的收藏者，拍摄了大量的照片。这些照片一度在我的手中，后来由于美军轰炸频繁，在疏散过程中，这些照片连同我的诸多藏书一并丢失了。值此再版之际，我本想再多加一些新的东西，但是由于资料已失，所以只好作罢，这不能不说是一件憾事吧！

但是，我还是尽自己所能，在再版中加入了一些新的内容。例如，唯一一本收录武藏俳句的《银屑集》，《岛原在阵中》的书信，关于春山和尚的相关资料，以及读者朋友们送给我的新发现的资料等。虽然不能面面俱到，但对武藏研究感兴趣的朋友还是会颇感欣慰吧！

创作和思考拓宽了我的生活，使我的生活丰富多彩。现在，我不由得开始痛惜人生苦短。

十余年前，我创作了《宫本武藏》，回想起来，还宛如昨天的事一般。这十多年间，日本的政治形态、文化思潮和社会风俗都发生了前所未有的大变革。"剑"和"剑道"被视为封建余孽，受到人们的鄙夷，唯恐避之不及。说真的，受时代大背景的影响，我们这些战前的作家似乎也都开始认同这一观点。但是有必要指出的是，武藏所秉承的"道"绝对不是大家所理解的普通意义上的"剑道"。这本随笔包括了武藏的小传、遗业和晚年生活等。希望读者通过这些内容能够正确地认识武藏、了解武藏。

现代人都比较现实，思想也就显得有些贫瘠。脑海中充斥着基于现实的理念，而缺乏宏观的宇宙观，所以就难以体察到人间的苦难。

其实这也怪不得现代人，国际纷争、国内矛盾、衣食住行和职业问题等压得人喘不过气来，使得现代人根本没有时间去考虑现实以外的东西。

人毕竟是生活在宇宙间的一种生物，要受到各种各样的人为制约，这使得我们不敢越雷池一步。久而久之，我们的理念变得越来越现实，最终带给自己的是一种被现实困住的窒息感。

现在有读者想让这本书再版，可能就是想通过这本书去了解武藏的一生，进而去探究他的宇宙观，借此打开自己心灵的天窗吧。我觉得那种感觉应该和在闷热的夏夜突然抬头望见银河的感觉类似。如果读者能从书中感受到丝丝凉风，并且觉得此书有可取之处，那我就喜出望外了。

歌舞伎绘的宫本无三四（宫本无三四是宫本武藏在浮世绘界的化名）

武藏小传

前面我已多次提过,在可信的正史中,关于宫本武藏的记载那是少之又少。当时都是用汉字古文记述,总共不足百行。参照这些正史,再根据其他一些接近正史的史料,我作了这份小传。

宫本武藏出生于冈山县英田郡赞甘村的大字宫本。

现在在武藏家的旧址上立有一块武藏纪念碑。石碑正面刻有"宫本武藏诞生地"七个大字，据说是前熊本藩藩主细川护成所题。石碑背面刻有碑文，由文学博士三岛毅所作。石碑旁边就是树木葱郁的讚甘神社（古时称荒卷神社）。

赞甘村四周环山，是一个非常宁静的小村落。四百年来，一切都发生了变化，唯独那条吉野河还和四百年前一样，静静地从村前流过。

赞甘村离古时的竹下城（现在是英田郡大原下町）很近。离竹下城不远处还有一处村落，叫作下庄。

室町末期，从明应年间到文龟年间，竹山城主新免伊贺守的家老平田将监就住在下庄。

平田将监有一个后人叫平田武仁，号无二斋，擅长十手①术。

永禄年间，平田武仁曾前往京都御所，向足利义昭展示十手术。足利义昭是地方上声名显赫的大人物。

平田武仁的儿子就是宫本武藏。

平田一族的祖先是赤松氏的后裔，播磨的豪族。据当地史料记载，平田一族世代生活于播磨，因此也被称作"土著武士"。平田家门第高贵，在当地颇有声望。

平田无二斋在晚年迁往下庄居住时，将自己的姓氏改为宫本。此外，平田无二斋还姓新免。因为他是新免伊贺守的家臣，所以用主家的姓氏也是被允许的。

平田无二斋老来得子，有了武藏。武藏的母亲也是播磨人，是别所林治的女儿。有人说，武藏的母亲在生完武藏之后，就改嫁给佐用郡的田住。这

---

①十手：是日本古时的一种武器，多以金属或坚硬的木料制作。形状如一支短棒，用法类似中国的钢鞭。十手的持柄处前端有一根支钩，具格挡作用，可以加强防守效果。

一说法到底是真是假，我还不是很清楚。

还有种说法，母亲是带着武藏一起改嫁的，不过后来他又回到了父亲身边。总之，武藏的童年并不幸福。据说，武藏还有一个姐姐，是否真有此人，也不好说。

宫本武藏出生于天正十二年（1584年）三月，幼名弁之助，名讳玄信，号二天，统称武藏。晚年时，又自号二天道乐等。

武藏的武艺由父亲传授，未曾师从他人。

据当地的传说，有一次，武藏在参加荒卷神社的祭祀时，发现敲击大鼓的两个鼓槌相互配合，敲出了一致的声音，他受此启发，悟出了"二天一流"。

十三岁时，武藏打败了新当流武士有马喜兵卫。这一故事在《二天记》、《春山碑文》以及所有关于他的传记中都有记载，但详细的经过谁也说不清楚。

还有一种说法，说是在比武之前，一个特别怜爱武藏的和尚把他藏了起来，然后安抚喜兵卫，打消了他的怒气，所以说武藏和喜兵卫之间的决斗根本就没有进行。当然了，那和尚姓甚名谁更是无人得知。

十六岁时，武藏前往但马国，和秋山比武。如果这件事属实的话，那毫无疑问这是武藏的初次旅行。关原之战时，武藏的故乡遭战火破坏，百姓流离失所，武藏也成为流浪大军中的一员。

在武藏的老家，有很多关于他离乡前后的传说。传说嘛，可信度毕竟有限。当然了，如果硬要将《二天记》和《小仓碑文》这样的正史过一下筛子的话，真实度又有几何，也很难说。不过话说回来，正史还是正史，不是轻易就可以编造的。

关原之战后，武藏成为一名浪迹天涯的漂泊者。至于他具体去过哪些地方，那都是雪泥鸿爪。

根据各种碑文及《二天记》等其他史书和一些旁证，学者们考证出武藏先是在一乘寺下松和吉冈一门决斗，然后邂逅梦想权之助，接下来在伊贺碰见了肉户，后来又拜访奈良宝藏院，然后又和出云松平家的武士比武，之后在名古屋城偶遇柳生兵库助，最后和佐佐木小次郎在丰前小仓决战。以上是学者经过严密考证得出的结果，应该不会存在什么问题。但是在民间，关于武藏的生平却是众说纷纭。我们这些后世的作者也都是好事之徒，喜欢去探究那些小道消息。

武藏在晚年时，定居于熊本，至此才有关于他言行的明确记载。这些言行都经过了很多文献记载，所以从史料学的角度来看不存在任何问题。

武藏一直是个漂泊游历之人，小仓的小笠原右京大夫忠真对他有知遇之恩，他在小仓待了很长一段时间。武藏的养子宫本伊织一度出任小笠原忠真

的家老，并且在出兵岛原时，武藏被任命为小笠原家的军监。

宽永十七年（1640年），五十七岁的武藏来到了熊本。他是受细川忠利的邀请而来，年俸一百二十石大米。

武藏能够来到熊本，有两个人功不可没。一位是武田信玄之孙岩间六兵卫，另外一位是取次役（类似于人事官）坂崎内善，他们起到了中间人的作用。

当时，武藏向主公细川忠利上了一道表，介绍自己的情况。从字里行间，我们也可以看出他和细川的约定绝不是草率做出的。现将信件的大意介绍如下：

您委托岩间六兵卫询问我的经历和近况，口头难以回答，现通过书面的形式汇报给您。

一、我一生未曾侍奉任何人。近年来，年事已高，身体多恙，若能应允定居贵地，那我将备感荣幸。虽已年迈，但尚能出征。若主公肯赐予我相应的武器和马匹，我将披挂上阵，为主公效劳。

二、我无妻无子，再加现在年事已高，所以对住宅和家财之事已不再过多考虑。

三、一生之中，我六次出战，其中四次领先于他人。此事参战全员皆可以证明。当然了，这些并不足以说明我的全部。

四、我可以为主公教授武艺和排兵布阵的方法。

五、若有需要，我也可以为您提供治国方略。

以上所书乃我年少时就开始关心之事，再加多年历练，自信已有一定水准。愿为主公效犬马之劳。

宫本武藏
宽永十七年二月

此外，在熊本奉行所日记中还收录了武藏当时的俸禄状和其他相关资料。忠利对武藏非常重视，任命他为剑术兵法的总教头，并且还把熊本城外的一处千叶城古宅赐给他居住。

任何事物都有两面性，细川忠利对武藏的破格待遇，引起了藩内很多人的忌妒和仇视。

武藏肯定也觉察到了别人对他的看法，于是在忠利去世之后，他断绝了与俗世的交往，转向一种悠闲度日的隐士生活。

宽永十八年（1641年），武藏受忠利之命，将其毕生钻研的二天一流兵法集结成书，这就是著名的《兵法三十五固条》。

宽永二十年（1643年），在熊本郊外的岩殿山洞窟内，武藏开始写作更为出名的《五轮书》。此书语言精练，剖析透彻，是武藏的代表作。

两年之后，即正保二年（1645年）五月十九日，宫本武藏因病去世。享年六十二岁。还有种说法，说是六十四岁。

当年春季，武藏开始发病，他预感到自己大限将至，于是叫来了自己的好友春山和尚，委托他在自己去世之后给自己超度。

春山和尚恪守了生前的约定，在武藏病逝之后，亲自给他超度。葬礼采用的是藩内最隆重的藩葬，新任主公细川光尚也派出特使参加葬礼，名士云集，场面颇为壮观。

著名武士——宮本武藏

《独行道》
——武藏的自戒题壁文

武藏的《独行道》有二十一训说、十九训说和十四训说。此外,不同版本的顺序也略有不同。

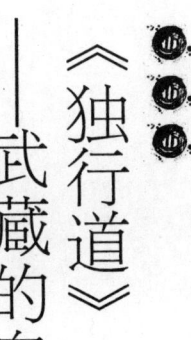

一、不可背离世间之道。

二、不可追求我身之乐。

三、不可抱有依怙（依赖、侥幸）之心。

四、轻自我重世人。

五、自身之事皆无悔。

六、勿论善恶、切不可有嫉他之念。

七、分离之时亦不伤悲。

八、不可沉迷于恋爱之情。

九、不做有害自身之事。

十、私宅不求豪华奢侈。

十一、平生不思欲心。

十二、常不离兵法之道。

十三、身可死，武士之气节不可丢。

十四、敬神佛而不求之。

武藏的「道」与他所处的时代

近代人武藏

武藏生活在距今约三百年前。在那个时代，一个剑客可以孑然一身，手持一把孤剑漂泊一生。对现代人来说，那已是很遥远的事了。法隆寺的五重塔虽经多次改建，但是直到今天依然在向世人展示着它的存在，紫式部的《源氏物语》直到今天也一直被传诵，它们都要比武藏古老得多，但我们却感觉它们更近一些。所以说，对历史年代的断定不能凭我们的主观感觉去判断。宫本武藏生活的年代其实离我们并不遥远，他就生活在日本的近代[①]。

武藏的一生横跨天正、庆长、元和、宽永和正保五个年号。在这一时期，日本逐渐从战国的动乱和苦难中走出，迎来了近代的曙光。武藏生活在一个新旧交替的时代，他是那个时代孕育的骄子中的一员。换句话说，武藏出生于元龟和天正年间后期，是"战后派青年"中的一员，单从这一点来看，他就应该被划入近代人的行列。其实我们还可以这样想，比起《万叶集》以及《古事记》和《日本书纪》中的人物，宫本武藏离我们实在是太近了。

武藏的一生可以分为少年、中年和晚年三个阶段。我们在研究武藏时，如果不把他放回当时的时代，就很难抓住他的本质。幸运的是，我们对那段历史还有一定的知识储备，甚至有的人三言两语就可以把它说清楚。尽管如此，我还是想按照顺序给大家梳理一下。

[①] 日本史书中的近代的概念和中国完全不同。中国把1840年至1919年视作近代，日本则是把封建时代后期的安土桃山时代和江户时代称为近代。

小牧山之战前后的中国地方

天正十二年（1584年）三月，在中国地方①群山环抱的一处村落中，宫本武藏呱呱坠地。不过还有一种说法，说是武藏诞生于天正十年（1582年）。本书将依照《二天记》的记载，采用"天正十二年说"。

在武藏出生两年前，丰臣秀吉开始征伐中国地方。武藏的故乡——美作②吉野乡是浮田家的领地。在著名的高松水攻战中，浮田家和丰臣秀吉率领的织田军密切配合，扼守险要，断了敌人的粮道。美作地区向来是豪族赤松家的封地，此外本地的一些土著豪绅也发展了自己的势力，各方势力错综复杂。他们时而投靠毛利辉元，时而归顺织田信长，所以小规模的争战是层出不穷。

丰臣秀吉率大军前来征讨，中国地方一时间战云密布。当然了，受战争之苦最深的还是当地的老百姓。

当地的老人不断向儿孙们讲述着三好、细川、赤松和尼子等家族的治乱兴衰，不断向年轻人讲述着高松水攻战、本能寺之变和小牧山之战的故事。

小牧山之战发生时，武藏一岁。关原之战发生时，武藏十七岁。这十七年间，日本发生了剧变。可以说这一时代是被"霸者"丰臣秀吉创造的秀吉文化所涂饰的时代。

战乱时代

从小牧山之战到关原之战的十七年间，也即武藏从一岁到十七岁这段时间，武藏的故乡终于又恢复了宁静，百姓暂时可以在一片祥和中愉快地生活。当然了，对于山村中的百姓来说，他们不知道在遥远的京城此时正迎来桃山文化的盛世——盛大的醍醐茶会，到处洋溢的烂漫和豪华是他们做梦都想不到的。

《多闻院日记》的作者在天正十二年（1584年）三月二十二日的日记中，就小牧山之战写道：

---

①中国地方：位于日本本州西南部地区，包括山口县、广岛县、鸟取县、岛根县和冈山县。
②美作：日本古代地名，位于冈山县东北部。

"天下大乱已显端倪,对于事态的发展走向,我是惴惴不安。没有办法,只好日夜向神灵祈祷,祈求平安。这真是意料之外啊!意料之外啊!"

连身在京城的知识分子都对事态的发展惴惴不安,那地方百姓心中的恐惧就更加可想而知了。

小牧山之战是丰臣秀吉和德川家康两大势力集团的军事冲突,除九州和东奥①的部分边境地区之外,日本大部分地区都卷入了这场战争,武藏的故乡美作地区当然也不例外。美作地区的百姓和《多闻院日记》的作者一样,对事态的发展也都是忧心忡忡。不过武藏不知道这些,他刚刚一岁,除了在襁褓里哭和闹,别的他可不管。

当时,丰臣秀吉在给北陆的丹羽长秀的指令中写道:

"此表,十四五日之内,让世上狂人犹如酒醉之醒。……若兵士不稳,可予以镇压。"

据此也可以看出,面对日本的大动乱和前途的黑暗,参战的士兵是多么紧张和不安了。

在后世看来,关原之战正是日本战国混乱的顶峰。虽然人心恐惧和不安,但是大地已经在孕育和平的嫩芽。

就是在这一时代,武藏从少年步入了青年。

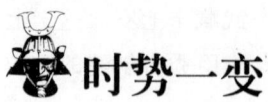 时势一变

关原之战的结果指明了日本历史的走向,也让百姓惴惴不安的心情终于放松下来。

经过长期的风云激变,战国时代终于迎来了它结束的时刻。

关原之战成为历史的分水岭,德川和丰臣两大势力争雄割据的局面烟消云散。同时,关原之战也改变了很多人的命运,有的人从此走向人生的低谷,有的人却借此平步青云。

关原之战时,武藏十七岁,他也没能逃脱参战的厄运。至于他被划到了什么队伍,什么兵种,归谁指挥,这一切都还不清楚。武藏的故乡是浮田中纳言的领地,所以我们不难猜出,他应该是以一名年轻士兵的身份被征召到浮田中纳言的队伍中。

无人知晓武藏在战后去了哪里。在战后,竹山城新免家的一些武士去了九州,一些归顺了黑田家,还有一些武士流散到日本各地。但不管去哪里,

---

① 日本的东北地区,主要指青森县。

他们都会努力避开德川家的势力范围。

当然了，那些被知道行踪的都是一些知名的武士，武藏当时只有十七岁，毫无名气，战后大规模的搜查也不会搜到他身上，所以说武藏给自己找个安身之所并不困难。

数年之后，武藏又现踪迹，在京都一乘寺下松和吉冈一门决斗。据说他当时只有二十一岁，也就是在关原之战四年之后吧！

这四年之间，武藏究竟做了怎样的修行，具备了什么样的素质，我们都有必要去探究一下。可惜苦于史料缺失，我们无从下手。

在一乘寺下松的决斗中，武藏以一敌众，战胜了吉冈家这样的名门望族。这不仅说明他在武艺上的精湛，同时也表明他在精神上也已经达到了一个很高的境界。

二十九岁时，在严流岛和佐佐木小次郎比武。三年之后，即元和元年（1615年）的大阪之战中，武藏又加入西军，但是武藏在这场战役中的史料不详。

此后，武藏又从史书中消失了，消失得无影无踪。这段时间，他应该是过着一种树下石上般的修行生活。不过，各地却留下了很多他在这一时期的传说，他一会儿出现在这儿，一会儿出现在那儿，有时是跟人比武，有时是独自修行。

当他功成名就，再次出现在历史中的时候，已经是晚年了。武藏五十七岁来到熊本定居，六十二岁去世，这段时间的记载还算比较详尽。五十五岁的时候，他曾出任小笠原忠真的军监，陪同养子伊织出征岛原之乱。虽然留下了两三件关于他的逸事，但具体的言行都没有留存下来。

自从武藏在熊本定居以后，他的音容笑貌才变得清晰起来。虽然关于武藏晚年的记载可以帮助我们推测他的青年和少年时代，但如果仅凭他晚年留下的一些东西就去断定他的一生，那也未免有些太过了。

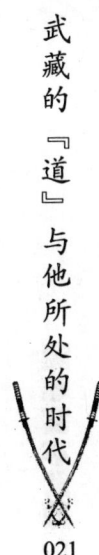

生涯和空白

武藏的一生大致可以分为四个阶段：

天正十二年（1584年）至庆长五年（1600年）的关原之战——武藏的少年时代。

庆长五年（1600年）至元和元年（1615年）的大阪之战——武藏的青年时代。

大阪陷落的元和元年（1615年）至五十一岁时入住小仓的小笠原家——

武藏的壮年时代。

五十一岁至六十二岁去世——武藏的晚年时代。

通过武藏少年时代的社会背景、当地的传说以及关原之战的一些记载，我们大致能够还原出武藏在这一时期的心境和历程。尤其是在关原之战中，残酷的战争给他造成了很深的影响，最终促使他决心将"剑"发展为"剑道"。

时势的剧变刺激了他的思想，开拓了他的眼界。之前，他只将自己的目光放在家乡那片小小的田园，后来，他开始关注中央的动向和世事的变化。

毫无疑问，关原之战是武藏人生的转折点。

在武藏的壮年时代，他目睹了大阪城的陷落，也看清了社会的发展趋势，这更加坚定了他求道的决心。他不再沉迷于人世的浮名虚利，而是潜心去探究心中的"剑道"。从留世的史料来看，大阪城陷落之后到他五十多岁这段时间，武藏的行踪要比他的青年时代更为模糊。他踏上了求道之路，一种既类似于西行的旅行，又类似于松尾芭蕉的流浪之路，但在意、行、形上又与二位完全不同，他在通过游历去修行自己的"剑道"。

经过二十一岁时的一乘寺下松决斗，二十九岁时的严流岛决斗，武藏在京都和九州中部地区声名鹊起。他是那个时代的宠儿、百姓瞩目的焦点，按理来说，应该会有大量的记载流传下来。但是我们今天看到的他在这一时期的记载却是少之又少。据此我们可以推断出，武藏当时的修行应该是非常低调的。用一句话来形容，那就是——孤高独步于云水之间。

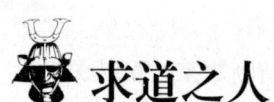 求道之人

为了求得心中的"剑道"，也为了使自己成为一个"完人"，武藏总要做出一些异于常人的举动。例如，在武藏终身未娶这一问题上，总会有人问"他为什么要这样呢？"其实对那些全身心去做某件事的人来说，这是很好理解的，因为要想成就一番事业，必然容不得分心。这条路在外人看来也许很不可思议，但在武藏看来，那是快乐的。在历史上此类人物不乏其例，松尾芭蕉终身未娶，西行舍弃了自己的妻子，武藏在本质上和以上二位是一致的。但奇怪的是，大家对松尾芭蕉和西行都觉得可以理解，但对武藏却觉得不可思议。武藏所求的并不是简单的"道"，而是"剑"的"道"，这就要求他随时做好死的准备。为了不连累他人，他只能终身不娶。就像很多宗教的求道者终身不娶，很多旅人终身不娶一样，武藏的终身不娶并没有什么不可思议，也没有什么不合道理。

武藏五十七岁时，细川忠利赐给他一处宅院，至此武藏才算安稳下来。

在求"道"的道路上，武藏没有时间去经营家庭。此外，在他眼中，对于臻于极致的"剑道"，娶妻也是不合适的。六十岁后，武藏在熊本市外的灵岩洞静坐修禅，著书立说。他是一个积极面对人生的人，也乐于去过这样的生活。

凄惨与幸福

武藏生活的时代恰逢日本社会的激变期。在关原之战中，他所在的阵营战败，他和其他"战后派青年"一样，被无情地扔到社会中。一生横跨黑暗的战国末期、过渡期和江户初期。在时代的大风大浪面前，武藏绝对算不上是一个处世圆滑的人。虽然历经多次时代的大转折，但他没有一次能够得志。武藏不到二十岁就立下了寻求"剑道"的志向，从此一生都未曾动摇。

即使处在瞬息万变的时代，他的节操也未曾改变。即使境遇不佳，他也能够坦然接受。虽然武藏不善处世，但他也绝不会愤世嫉俗。从《独行道》的开头第一训——"不可背离世间之道"，我们就可以窥见他的这一性格。他对"剑道"矢志不渝的追求造成了他终生的孤独和不遇。

虽然如此，但他从不后悔。在我们今人看来，武藏的一生几乎可以用"凄惨"来形容，但武藏自己不觉得，他觉得自己的一生是愉悦和幸福的。于是，我们提到武藏时用的是一种轻松的语调，而不会有提到那些漂泊诗人和流浪旅人时的忧伤。诗人和旅人是刻意避开世人，寄情于山水之间，而武藏虽然身在山水之间，却将目光投向了世人。武藏的"剑道"的实质其实就是在探究人类一直希望解决、却未能解决的生死问题。

独处与教训

从武藏晚年的哲学思想以及他高洁的隐居生活来看，武藏在年少时就没曾想过要出世。

武藏虽然拥有出众的体力与意志，但他身上的短处还是很明显的。武藏一生只知求"道"，缺乏待人接物方面的能力。他待人粗鲁，不知变通和妥协，而且很容易让人误解。这些短处注定了他不能够成为江户幕府的一员。他去尾张的德川家求职，结果失败。又去各藩寻差事，最终也没有成功。直到五十七岁时,他才得到细川忠利的赏识。这一切也恰好印证了武藏与世不睦的性格。

如果我们仔细研究武藏的言行和传说,会不时发现一些让人鸡皮疙瘩顿生的细节。如果将武藏放到我们现代人当中,那他也应该算是一个很难交往的人吧!不过,如果考虑当时的社会道德和时代性格的话,武藏的这些短处也不能笼统地都说不好。

从天正十二年(1584年)武藏出生的那一刻起,时代潮流就已经发生了变化,这也就注定了他的禀赋不会被时代所接纳。丰臣秀吉的登场,以及他麾下的那批弄潮儿彻底颠覆了仅凭一骑一枪就可以征服一城或一国的历史。小牧山之战和关原之战之后,时代已经不再需要那些驰骋疆场的野武士,因此武藏崭露头角的机会也就彻底失去了。

但是,那个时代的大部分青年都没有意识到这种变化。他们依然沉浸在对丰臣秀吉以及无数弄潮儿成功的崇拜之中,做着自己的英雄大梦。他们不知道时代已经在悄然间发生了变化,文化知识已经重于武力,建设也已经重于破坏。究竟有多少年轻人因为专注于室町时代以后的战乱而贻误了顺应时代的大势,我们不得而知。

无数的浪人直到宽永和庆安年间,都还没能从自己的英雄大梦中醒来。因此,在之前的关原之战和大阪之战时,那么多人没有看清时势也就不足为奇了。武藏就是那些没有看清时势的年轻人中的一员。他和那个时代背道而驰,最终被那个时代所抛弃,转而陷入苦闷和彷徨。

但是,他也因此吸取了教训,他将剑从杀人的凶器变为守护爱与和平的利器,并且还悟出"剑道",借以约束人的斗争本能。经过武藏的努力,专事破坏和杀戮的剑最终变成了一种修身和修心的工具。

反省与自戒

在武藏之前,有上泉伊势守、冢原土佐守和柳生宗严三位,他们将日常生活中的禅、茶、儒、兵、治和武士训等融入剑术,创立了最原始的"剑道"。他们三位都是贵族,要么是一国的国主,要么是一城的城主,从来没有体验过世间的艰难和困苦,也从来没有尝试过闲云野鹤般的漂泊生活。

可以说,武藏就如同上天派出的使者,他来到人间就是为了促成"剑道"的最终完成和兴盛。也许是命中注定,武藏的一生都是在实践中度过的。

上泉伊势守、冢原土佐守和柳生宗严三位大师为"剑道"构建了基本的理论,而武藏作为一名后辈,则是通过亲身实践,切实地去感悟和提升"剑道"。

　　武藏一路走来，经历了年少时的不遇、误判时势的失意等众多挫折和苦恼，但他最终还是找到了自己修行的目标，将修行的重点从"行"转为"信"。此外，武藏还在墙壁上题下《独行道》，将其作为自己的座右铭，不断去改正自己的缺点，约束自己的欲望。武藏自身具有很强的反省力，这也是他性格中的一大优点。

　　他的《独行道》，直到今天依然被人们所传诵。虽然当今时代已经迥然不同于他所处的时代，但仔细玩味他创作的《独行道》，会发现其实人类心底的东西并没有发生变化，崇尚的都是一种素朴的良心。从《独行道》这一名字也可以看出，武藏创作它并不是为了教育和约束他人，而是对自己的一种反省，相当于为自己所立的座右铭，这也正是《独行道》的价值所在。

　　通过《独行道》可以探知武藏的内心世界，以及武藏对自己短处的认识。例如，他在《独行道》中写道："自身之事皆无悔。"据此我们推断出，武藏应该是一个经常为自己做过的事而后悔的人。

　　此外，武藏在《独行道》中还写道："不可沉迷于恋爱之情。"据此也可以看出，武藏应该是一个多情之人。那种深陷情网不能自拔的苦恼，对恋爱的抱怨和迷惘，内心的挣扎和矛盾都跃然纸上。

　　如果武藏不承认自己的短处，并且心境如同"枯木寒岩"的高僧那般，他也就没有必要创作《独行道》借以自戒了。有人对《独行道》持批判的态度，并借此去评判武藏道心的高与低。我不太认同这些人的观点，我觉得《独行道》要比《五轮书》和《兵法三十五固条》更有意思。仔细玩味，会发现其中蕴含着武藏的很多有趣之处。通过《独行道》，我们可以窥见他不断反省自己内心的特质。

画师宫本二天——关于武藏的画境与遗墨

　　武藏不能算是一名画家，他顶多算是一名画师。

　　绘画只是武藏的业余爱好，但他的画作却很有独到之处。随着对武藏画作研究的深入，武藏俨然已经成为日本美术史上不可或缺的人。

　　武藏的作品是典型的日本风格水墨画，喜欢用破墨方式进行写意创作。在足利初期以来，日本绘画受到北宋末期和南宋时期中国绘画的影响，最终形成了富有日本特色的水墨画。

　　在此之前，日本的绘画要么是纯大和绘，要么是佛教风格绘画。后来，受宋元水墨画的影响，日本的绘画样式也发生了变革。在室町和战国时代，日本的水墨画迎来了全盛期，大师巨匠辈出。例如在室町画坛，活跃着如雪、周文、灵彩、启书记、雪舟和秋月等巨匠；战国画坛，活跃着雪村、友松和等伯等大师。此后，水墨画继续发展，一度达到一提到日本画，指的就是水墨画的程度。

从画史上来看，武藏所处的时代并不是水墨画的最盛期，而是水墨画的末期。在当时，本应以意境为第一要义的水墨画开始走下坡路，逐渐堕落为以内容为主。

但是，武藏并没有被当时的画风所浸染，他对丧失了气韵和精神、逐步流入技巧化的水墨画充满了不满，他不再拘泥于绘画技巧，而是把自己悟得的"剑道"直接运用到笔端。

当然了，无论武藏的剑法多么精湛，在绘画方面，他还必须去学习一些运笔的方法，以及线描和破墨等绘画技巧。武藏晚年的画作有一大优点，那就是非常稚拙，没有职业画家的那种匠气和俗技。此外，武藏还将自己剑客的本性移到了绘画当中，从不刻意迎合他人的喜好，因此他的画作别有一番韵味。

武藏为什么要去画画呢？答案那真是五花八门，不同的人有不同的见解。对我们现代人来说，剑豪武藏竟然会去画画，那真是一大奇闻，不过把武藏还原到他所处的那个时代来看，其实也没有什么奇怪的。真正值得我们惊奇的应该是——武藏不仅会画画，而且还画得那么好。

其实不只是武藏所处的时代，在他之前的室町时代，以及后来的江户初期，很多人都是多才多艺。

本阿弥光悦、灰屋绍由和松花堂昭乘等，都是那个时代的典型文人，他们也都多才多艺。其实不只是文人，工匠、僧侣、医生、公卿、商人和武将等也都有自己的业余爱好。本阿弥光悦的本业是磨刀，但他还擅长绘画、陶器、书法、和歌和描金画等工艺。对当时的知识分子来说，和歌和绘画是必须要具备的基本技能。

其实，除武藏之外，历史上很多剑客也都是绘画的高手。例如上泉伊势守、斋藤弥九郎和柳生家族的人等。上泉伊势守的画作我没有亲眼见过，不过听说他在新荫堂留下了一本自传绘本，里面都是永禄年间的世态画，笔致精巧，非常有趣。柳生家族所绘的挂轴也是绘画艺术中的精品。我还亲眼见过斋藤弥九郎画的浑南田①画风的花鸟图，非常精致的彩色画，给我一种很意外的感觉。

---

①浑南田（1633—1690）：名格，字寿平，号南田，江苏武进人，后居常州。清初四大家之一。他的没骨花卉，在清代画坛上别开生面、独树一帜。代表作有《出水芙蓉》、《荷塘》、《春山暖翠图》等。

总而言之，古人将业余爱好视作完善自己人格的一个重要组成部分，而不是像我们现代人这样，把业余爱好当成自己本职工作之外的一种消遣。古人为了完善和提高自己，会主动去修习绘画、书法、能乐、雕刻和茶道等技巧，而现代人做这些工作时，主要是为了玩儿。所以说现代人发展业余爱好是为了放松心情，而古代人发展业余爱好是为了修养身心。说到这里，大家应该可以理解为什么大部分古代人多才多艺了。武藏常说"一艺通百艺通"，说的就是这一道理。

但是，长期以来，武藏却一直被人们所误解。江户时代的净琉璃剧和演剧毫无历史根据地编排武藏的故事，导致很多观众对武藏形成了错误的认识。再加上当时的很多说书艺人，在讲述武藏的故事时，采用的是一种和讲述岩见重太郎、冢原卜传和荒木又右卫门等武士的故事一样的讲述方法，重在突出他的勇猛，为父报仇，以及修行历程等内容，导致武藏在听众中的形象固化。

鉴于以上原因，人们对于武藏的画作一直都是毫不关心。不过近年来这一状况有所改观，一些知识分子开始接触他的画作，并为他举行了遗墨展。此外，一些画家也开始研究武藏绘画的艺术成就。

在以前的画史中，武藏的地位一直都没得到承认，几乎所有人都认为他是一个不怎么入流的业余画家。

白井华阳在《画乘要略》中写道：

"宫本武藏，善击剑，是二天一流之祖。京都东寺观智院有其画作。武藏善山水人物，师法海北友松。气豪力沉。"

《近世逸人画史》中写道：

"武藏，肥前小笠原侯之家臣。剑法精湛。绘事鲜为人知。画风沿袭长谷川等伯。用二天印章。"

此外，《本朝画纂》、《本朝古今书画便览》和《古画备考》中的记载和以上两种言论也都基本相同。

这些画史中的记载大多是抄袭自一些粗制滥造的武藏传记，所以错误百出。有的把武藏写成是肥后熊本加藤主计头的家臣，有的把他写成是吉冈太郎左卫门的二儿子，还有的说他和佐佐木小次郎比武是为了为父报仇。总而言之，江户中期以后的武藏传记大多没有传递真正的史实。

不仅武藏的履历错误百出，就连对他的画评和学画经历也都是臆测，没有任何历史根据。要么是"画风沿袭长谷川等伯"，要么是"师法海北友松"，甚至还有人说他是"模仿梁楷[①]"，古往今来就没有个定法。

[①]梁楷：南宋人，生卒年不详，祖籍山东，南渡后流寓钱塘，曾担任画院待诏。他擅画人物、佛道、鬼神，初师贾师古，而且"青过于蓝"。代表作包括《六祖斫竹图》、《李白行吟图》、《泼墨仙人图》等。

此外,《增订古画备考》还对武藏是否真的画过画提出质疑:

"画师武藏实指武藏范高。剑客宫本武藏根本没有画过画。武藏范高和宫本武藏姓名类似,故后世误将范高的画作认为是武藏所作。"

否定武藏画过画的言论在其他著作中也有出现,这一错误言论的源头应该是出自《本朝画纂》。

《本朝画纂》对武藏的记述是这样的:

"宫本武藏范高,小仓人,有武略,善剑法,傍通绘事。擅画人物山水,画作用印二天。范高无嗣。曾在小仓藩出仕为官,也被称作宫本八右卫门。"

这一记述实在是太荒唐了,明眼人一看就知道是错的。

武藏的养子伊织曾在小仓做官,他的后人至今还生活在门司地区①。当地的乡土史研究会会员曾拜访过伊织的后人,他们明确表示在家谱中没有范高这个人,而且宫本八右卫门是当时小说和戏剧中杜撰的人名,现实中根本就不存在。

这种异说最能吸引人们的眼球,在这里我再举个例子。曾有人说,武藏所有的绘画作品其实都是细川家画工司的画家矢野吉重的作品。后人为了让武藏更加出名,就在吉重的作品上全都盖上了武藏的印章。这一说法在某本美术杂志上刊登过,当时还有人把那篇文章和杂志的照片寄给我,可是后来我去书架和废旧书库找的时候,没有找到,所以也就不好再加反驳了。当然了,这种奇闻异说毕竟是个例。现在,权威的美术史研究家都认为武藏的画作没有任何问题。

武藏为什么对绘画感兴趣,他选择绘画的动机又是什么呢?仔细想来,这跟他修禅有着很深的关系。

室町初期以来,五山②的禅僧们将中国宋末的画风引入日本,从而促成了足利时代水墨画的兴盛。在当时带回的画作中,既有马远和夏圭等宣和画派的画作,也有梁楷、因陀罗和牧溪等人的画作。据《君台观左右帐记》记载,这些画作被带回日本后,大部分都被足利将军家所收藏。就如同画史中记载的那样,这段时间与中国的绘画交流确实给日本画坛带来了巨大影响。

日本画坛上著名的雪舟、周文、赤脚子、启书记和玉畹等人都是禅僧,而不是专业的画师。在当时的禅林中,喜欢书画的僧人大有人在,形成一种不懂诗画就不能称其为禅僧的风气。这些人的诗画自然充满禅趣,遵循的主题也是"画禅一体"。

水墨画自形成以来,经过战国时代,一直到江户初期,在日本画坛上都

---

①门司地区:日本北九州市的一个区,在九州东北端,临关门海峡。
②五山是指镰仓末年在镰仓设立的五座寺院:建长寺、圆觉寺、寿福寺、净智寺、静妙寺。

是保持一枝独秀的态势。

江户初期以后，日本画坛上兴起了以狩野正信和狩野元信为代表的狩野派。此外，土佐派也得以复兴。为了适应安土桃山文化的新思潮，在永德和山乐时代，豪华绚烂的屏风画开始流行，经过本阿弥光悦和俵屋宗达等人的发展，最终在尾形光琳手中达到顶峰。同时，气质淡雅、意境深远、充满禅趣的水墨画也没有退出历史舞台，依然被画僧、士人和茶道家等所爱戴。

前文已述，武藏一度被臆测为师法海北友松和长谷川等伯。这二位都是当时的绘画巨匠，他们生活在水墨画末期，但没有陷入时代弊病，而是很好地展示了自己的个性。在同时代，还有很多优秀的画家。例如，自号松花堂的泷本昭乘，雪舟派的传人云谷等颜和继雪村等。

武藏的画风确实和海北友松和长谷川等伯有相似之处，但我觉得那都是时代的特征，而且也没有直接证据可以证明武藏曾师法两人。还有种说法，说武藏的绘画是师法中国的梁楷。其实不只是武藏，海北友松的绘画骨法大多也都是从梁楷处学来。观察武藏的绘画，会发现他的画作既有梁楷的风格，也有友松的笔法。长谷川等伯主要是模仿牧溪的画风，同样的道理，武藏的绘画作品中也有很多牧溪的影子。

这些问题对专业的美术史专家来说，研究起来都颇为困难，所以直到今天也没有一个定论。至于武藏师法过谁，又是属于哪个流派，这对我们外行人来说，根本就不重要。不过，如果了解一点基本概念的话，可以帮助我们更好地去欣赏他的画作。

武藏的绘画与书法——画师二天的风雅境界

剑与禅归根到底是相通的。

因此，通过修禅可以悟得剑道，而且很多禅林的佳话也都和剑客有关。

修禅是武士生活的第一步，要想修习剑道必须首先叩开禅门。

通过泽庵写给柳生宗矩的《太阿记》和《不动智灵妙录》，以及后来很多剑客写的自传和著作，我们可以看到，他们文中的用语以及修行的方法都充满了禅趣，追求的也都是一种"心剑一体"的禅的心态。

在外在上，武藏将剑舞得龙腾虎跃；在内心中，武藏却经过了长期的禅定冥想。

在武藏留存下来的遗墨中，有好多都是达摩图，这也足以看出他对禅的向往。武藏晚年时，还特意前往熊本郊外的灵岩洞静坐修禅。综观武藏的一生，他的修行、他的娴静雅致、他过的刀头舔血的日子，恰好体现了他静与动的性格，这和他修禅、将"入禅"和"出禅"融会贯通是分不开的。

很久之前，某家博物馆展出过武藏的一件国宝级文物——《枯木鸣鵙图》，一只小小的鵙鸟立于瘦小枯木的枝头。观众看到这幅画时，首先想到的不是画的好坏和水墨的泼色，而是其中的禅机。

武藏还有一幅书法作品，在横幅上分两行写了四个大字——直指人心。① 《枯木鸣鵙图》中体现的恰是这一禅意。

此外，武藏的《斗鸡图》、《野鸭图》和《布袋和尚图》等也都是充满禅意。从某种意义上来说，武藏的绘画可以称作是"禅画"。武藏绘画时，不像那些专业画师那样，要经过详细的构思，他只是将心中不经意间产生的禅意画于纸上而已。

近年来，武藏的遗墨，尤其是绘画作品不断受人重视。四五年前，《枯木鸣鵙图》也被列为国宝级文物。之后，美术批评家和鉴赏家对武藏画作的评论和研究突然之间就热闹了起来。

武藏究竟是跟谁学禅，又是属于哪一画派呢？他去拜访过谁，又和谁志趣相投呢？关于他和禅家的交往，文献中没有任何记载。不过不难猜出，武藏的绘画应该和他的剑道一样，都是"自我为师"。武藏在《五轮书》的序文中曾写道：

"兵法之理同于诸艺诸能，万事皆以自我为师。"

文中提到了"诸艺"，所以说，武藏的其他技艺，例如书法、茶道、放鹰、蹴鞠和雕刻等，也都应该是自学得来。武藏作画那都是即兴而作，所以最好不要用专业的眼光去评判他，在这里我姑且按照自己的理解简单介绍一下，以飨对他还不太了解的读者。

直到近年来，武藏的绘画作品才被人们所关注。以前在画廊中，要是出现一幅落款为二天的画作，书画商和鉴赏者都懒得看上一眼。

这跟我前文介绍过的对宫本武藏的误会有关。《本朝画纂》中将武藏错记为：

"宫本武藏范高，小仓人，有武略，善剑法，傍通绘事。"

于是，人们就误认为宫本武藏的绘画是出自九州一个非常普通的画师之手。那些书画商自然也就对印有二天落款的画作不感兴趣了。

可以肯定的是，武藏从来没有使用过范高这个名字。他的姓名和别号大致有以下几种：

幼名：弁之助或武藏。

---

① 直指人心是指不使用无意义的语言或文字，而直接指向人心。也就是不依赖表面的语言、文字，也不求外物的帮助，而直视着自己的内心，直接去领悟。其目的在于切断由外物影响而产生的妄想、迷执，然后彻底领悟存在于自己内心的纯真本心、本性。

姓氏：宫本（地名）。

新免（父亲无二斋的主公的名字）。

落款：二天或者二天道乐（仅限于印章）。

武藏笔（手写）。

此外，在一些书法作品中，武藏还会非常正式地签上自己的全名——新免武藏政名藤原玄信。

为了表示对旧主的敬重，新免这个姓氏，武藏一直用到晚年，不过武藏平时大多还是使用宫本这个姓。在比武时，武藏一般会向对方通报自己是武藏政名。武藏还自称祖上是藤原家族。但是，还有一种说法，说武藏家是源自菅原家族，这主要是后人根据宫本家墓碑上的"梅花家徽"得出的。

在这里我再补充一点，在古画评论方面，也就江户时代出的《画史评传》还较为可信。其他的著作，例如田能村竹田的《山中人饶舌》、竹洞的《画道金刚杵》以及渡边华山的著作等，和《本朝画纂》一样，都是错误百出。

《近世逸人画史》中介绍武藏是：

"武藏，肥前小笠原侯之家臣。剑法精湛。绘事鲜为人知。画风沿袭长谷川等伯。"

在武藏的各种介绍中，这一说法算好的了。但是，说他是肥前小笠原侯之家臣确实有些奇怪，古人创作时难免资料不足，我们也不该过于求全责备。

《本朝古今书画便览》中对武藏的介绍是：

"武藏，号二天。肥后熊本城主加藤主计头清正之臣，宫本武右卫门之子。又称，长州萩城主毛利辉元之臣，吉冈太郎左卫门之第二子。幼名官次郎，善绘事。京都东寺和相州小田原边有其画作。其笔法与长谷川等伯类似。"

这一说法真真切切是无稽之谈，连武藏的一个大致轮廓都没有写出来。

此外，关于武藏的绘画师法于谁，也有各种各样的说法。有的说他是师法长谷川等伯，有人说他是师法海北友松，还有人说他是模仿梁楷的画风。帝室博物馆编纂的《稿本日本帝国美术略史》中介绍武藏说：

"武藏好画，师法海北友松，或模仿牧溪，善于道教佛教人物花鸟。"

身为一家重要博物馆，对武藏的介绍实在是太不准确了，在我一个外行人看来，都觉得有失妥当。

这样一来，问题又出来了，武藏究竟是师法于谁呢？其实武藏在《五轮书》的序中就已经给出了明确答案——自我为师。武藏连自己都说了"以兵法之理修习诸艺"，我们不相信他自己，又能相信谁呢？

武藏在《五轮书》序文的开篇写道：

"'二天一流'乃吾兵法之道,积数年修炼之功,现誊于纸上,以待来者。宽永二十年十月上旬,于九州肥后之地,吾登岩殿山,拜苍天,礼观音,在佛前祈祷……"

武藏在写《五轮书》之前,拜苍天,礼观音,在佛前祈祷,并且于十月十日凌晨寅时正式执笔开写。据此也可以看出,他在创作《五轮书》时的虔诚姿态。用如此虔诚的态度写出的一部作品,作者在里面肯定不会掺假,所以武藏在序文中说的"自我为师"完全可信。其实不只是"剑道",无论是参禅,还是绘画,武藏都是非常认真的。为了更好地理解武藏的绘画,我们没必要去猜疑他自己所说的话。

再写一点我的肤浅看法,云谷等颜的画风如何?牧溪的画风又是什么样的?海北友松究竟属于哪个时代?如果仔细考证的话,会发现江户时代出版的各种画史画论对以上问题的答案是五花八门,这更加印证了江户时代美术评论的混乱。

我对绘画不甚了解,完全是以一个外行人的身份去欣赏,不过我相信武藏自己说的话,相信看到武藏画作时的第一感觉,我觉得这也应该是欣赏武藏画作的最正确态度吧!

当然了,我并没有那么多机会去亲眼见识武藏的画作,只是接触了一小部分。按我自己的理解,他的画风应该是以破墨为主,并且笔法有梁楷、牧溪、海北友松和狩野派画家等的影子。

虽说是这样,但并没有武藏曾经师法于谁的明确证据。无论是中国宋代的玉涧、马远、夏圭、牧溪、梁楷,还是日本的如雪、芸阿弥、相阿弥、可翁、默庵、雪舟和雪村等,东山时代①之后的很多画作都和武藏的画作有相通点,不仅构图类似,描线也是一脉相承。

如果将这种相似看作是谁模仿了谁,谁学习了谁,那就太狭隘了。我们要把他们放到整个文化史中去考虑,这样线索才会变得明晰起来。

总而言之,武藏没有专门师法于谁,他只是那个时代中的一个画师,所画的画自然会带着那个时代的特色。

有人觉得,武藏的《布袋和尚图》和松花堂昭乘的作品有些相似;此外,像细川家收藏的芦雁图屏风这样的大作,以及国宝级文物《枯木鸣鹍图》这样的杰作,如果没有专门的老师,没有专业的训练,是不可能画出来的。

对此,我是这样认为的:

武藏的画作没有写生,也没受到南宋笔法和镰仓幕府以后佛画的影响,更没有土佐派的纤巧和华丽色彩的运用,他的绘画的中心就是"墨"。

---

①东山时代:指室町中期足利义政执政的时代,迎来了日本能乐、茶道、花道和园艺发展的高峰。

墨，这种东洋最单一、最深邃、最具无限色彩的东西让武藏着迷。墨到处都有，即便是在游历途中，只要他想画画，随时随地都可以蘸起墨去画。

此外，在他青年时代的游历途中，他还练就了鉴赏画作的眼力。

武藏的修行和寺院有着密切关系，短的时候住个一夜两夜，长的时候一待就是半年一年。在当时，除了显贵家中，只有在寺院才能见到难得一见的名画和美术作品。

在当时的寺院中，既有中国宋元的名画，又有东山时代大师们所画的隔扇、屏风和横轴等。武藏在青壮年时期，肯定可以经常接触到海北友松、松花堂昭乘、雪舟、雪村和长谷川等伯等大师的作品。

武藏具备一种特殊的感知美，并有将其表达出来的天资。他没有刻意去模仿某人的画风，在接触了众多的画作之后，他凭着"一艺通百艺通"的信念，自画自乐，不知不觉中形成了自己的绘画风格。

此外，武藏应该还结交了很多爱好书画的朋友。三五好友，静坐饮茶，谈禅交心，其中必然会谈到书画，长此以往，武藏必然也会浸润到茶、禅、画中。武藏的画作大多都是即兴而作，偶尔兴起，拿起画笔画上几笔，一幅充满创意的作品就诞生了。

武藏在熊本落脚之后，他的朋友圈子才被人知晓。不过，五十岁之前，他在各地游历时的友人就无人知晓了。他踢蹴鞠，玩能乐，而且还会书画，我们不难猜出，他肯定会经常出入显贵之门，但遗憾的是没有这方面的资料留下。

此外，武藏还修习茶道。至于何时开始修习的，我觉得应该不会晚于到细川家的时候。武藏之前在小笠原家和出云的松平家小住过，那正是茶道盛行的年代，别说是显贵之家，就是普通的寺院和百姓也会经常举行茶会，武藏势必会经常参加小笠原家和松平家举办的茶会。在武藏的壮年时代，茶道已经成为了武藏的一大爱好。

茶会是讲究贵贱之分的，越是显贵之家的茶会，汇集的文化名人越多，其中当然也不乏一些画家。受其影响，武藏开始绘画也就成了必然。

即使是在今天的茶室中，如果挂上武藏的画，还是会觉得很和谐，这也足以证明武藏对茶道研究之深了。

武藏生活在庆长年间至元和年间，正是光彩夺目的桃山文化占据统治地位的年代。这一时期绘画和工艺的主要代表是隔扇画。隔扇画经过狩野永德和狩野松荣的创立和发展，等到狩野山乐和俵屋宗达手中时，已经达到了极其豪华绚丽的程度。

但是，武藏的绘画却没有受到桃山文化的半点影响，他所尊崇的还是上一个时代的东山文化。黯淡的石墨，粗黑的线条，大片的留白，使得他的画作余韵悠远。

武藏留下的画作不多，山水画更是少之又少，仅有一两幅用破墨技法画的横轴。

在留世作品中，武藏画得最多的就是达摩祖师，其中既有达摩肖像，也有芦叶达摩①。

人物画主要是以布袋和尚为主，花鸟画则是以白鹭和大雁为主。武藏的绘画主题颇为广泛，还有野马图、猫头鹰栎树图、鸭鸟柳树图、鸽子梅花图和松鼠葡萄图等。在构图方面，武藏有时沿用传统的构图方式，有时使用自己独创的构图方式。《枯木鸣鵙图》采用的就是一种全新的构图方式，全画透着一种水墨画的清新，是武藏的用心之作。

如果硬要评价《枯木鸣鵙图》，我以上说的那几句还远远不够。从挂轴的左下方，武藏用逆笔一笔拉到画纸的正中央。面对这特殊的一笔，我仿佛听到武藏内心的诉说——自我为师，兵法之理即画理。这样的笔法画成的枯枝，梁楷画不出，友松画不出，等伯画不出，细川家的矢野吉重也画不出，只有武藏才能画得出。

一些爱好考证的人从矢野三郎兵卫吉重的弟子的记录中发现了武藏的名字，再加上矢野吉重是细川家的画师，所以有人就猜测武藏在晚年时跟吉重学过绘画。我个人觉得，武藏可能就是去拜访过吉重，双方交换过名帖，或者是跟吉重交流过绘画，然后就被他的弟子大书特书地记录下来了。类似的事情在日本画史上并不鲜见，田能村竹田在年轻时曾拜访过文晁，并且只有一次，可是后来在编画史时就说他是文晁的弟子。武藏和矢野吉重之间绝对不是师徒关系。关于那份吉重弟子的记载，可能是在武藏去世之后，为了向别人夸耀自己的老师多么厉害，连武藏都曾拜他为师，吉重的弟子故意编的；也有可能是吉重为了抬高自己而撒的谎，如果真是这样的话，那吉重的人品就很有问题了。

此外，如果仔细观察武藏晚年时期的作品，会发现他的画风其实跟吉重一点关系都没有，这也足以证明他和吉重之间并没有什么特殊关系。

现在在熊本的野田家②，依然还保存着武藏的几件用品，其中有一件就是他作画时使用的雁毛刷。雁毛刷主要用在破墨技法中需要大量用墨的时候，将大雁的四五根尾羽绑在一起代替画笔使用，是矢野云谷派的一种特有的画具。

从雁毛刷这一画具来看，吉重当时应该在用墨、用纸和画具方面向武藏提供了很多方便，并且也有可能对武藏的画作进行过点评。对此，武藏可能还非常恭敬地行过拜师礼。但这一切都是猜测，谁也不好肯定。吉重对武藏

---

①芦叶达摩：禅宗的一个绘画主题，画面内容是达摩乘着一片芦叶渡海。
②武藏二天一流的继承人师范野田一溪的后人。

的绘画没有任何本质上的影响，所以不能认为武藏晚年的绘画是师从吉重。吉重作为云谷派的一大画师，也许是非常优秀，但如果我们看他画的达摩像，会发现还是略显俗气。在这一点上，武藏的画作就要比他高超得多。

说到野田家，又勾起我一桩往事。当年我去熊本踏访武藏留下的史迹时，画家N先生与我同行。到达熊本后，和他的很多朋友小聚，推杯换盏之间听到了野田家的一则传言。

野田一溪种信是细川家的家臣，生活在宝历年间，勤于剑道，是武藏二天一流的第五代传人。

武藏的二天一流首先传给弟子寺尾藤兵卫信行。后来，寺尾藤兵卫信行又将其传给寺尾乡右卫门和新免弁助。之后，二天一流分成了几个流派，但野田一溪种信和其子野田三郎兵卫种胜继承的是二天一流的正统。

而且，野田一溪还非常善于绘画。

有人说，武藏的自画像其实是一溪画的；也有人说，武藏的自画像是一溪描摹的。

因为这层关系，野田家收藏了大量武藏的遗物，其中就包括很多书画。这些书画一直被保存在一个古老的大箱子里，直到大正初年，这个箱子还被放在野田家老宅的库房里。

明治年间至大正年间，野田家的户主是野田锄云，他曾在熊本县立济济黉高中教授剑道和绘画，当时的校长是井芹经平。画家N先生的一位朋友的朋友曾和锄云的儿子是同学。据他说，有一次他去野田家玩耍，就曾在那个大箱子中看到过雁毛刷和一些古画。

听到这一消息，我和画家N先生就想去野田家拜访一下，顺便看看武藏留下的遗物，但去到当地之后，却没有找到野田家。一打听才知道，原来野田家在十多年前就搬走了，老宅也卖了，收藏品也都散失了。我们又打听野田家搬到哪里去了，以及有什么消息没有，结果无人知晓。

时至今日，每当提到那个装满武藏遗物的大箱子，画家N先生和熊本的各位都禁不住遗憾异常。

据说，那大箱子里放的都是武藏画坏的画稿，用扎头发的细绳一束束地捆在一起。野田锄云去世以后，他的儿子吊儿郎当不学无术，每当缺钱花的时候，就会把这些画稿拿到町里的书画店去卖，时间一长一点点都给卖光了。

画家在画画的时候，并不是一下就可以画好的，有时画到一半觉得不好就扔掉了，如此重复多次才能最终画成一幅画。那大箱子中的每一束画其实就是武藏在画某一幅画的时候，觉得不满意，然后扔掉的那些。例如达摩图吧，这一束之中可能会包括很多张，有的可能只画到了达摩的面部，有的可能画到了肩部等；再比如花鸟图，有的可能画了三四笔，觉得不满意，然后就给扔掉了。然后，这一束束画坏的画稿就被放在了大箱子里，任由时间侵蚀。

后来，书画商给锄云的儿子出了个主意，让他把武藏未画完的部分补上，然后再刻个假印章，盖上章后，一幅完美的伪作就完成了。锄云的儿子就靠这营生，又快活了好多年。此外，他的一些朋友也从中捞到了不少好处。

当时，无人知道造假这回事儿，还以为流到市面上的画都是真品。所以说，在当前留世的武藏画作中，一半是武藏的真迹，另外一半就是野田锄云的儿子伪造的了。

武藏受细川忠利之命画过一对芦雁图屏风，为了这对屏风，武藏画了三次，头两次武藏都不满意，画到一半就废弃了，直到第三次的时候才交差。

有一次，武藏在主公忠利面前画一幅达摩图，无论如何他都画不出满意的作品。后来回到家中躺下之后，他心中还是挂念着这件事，突然就有了灵感，爬起来一口气就画完了。对此他感慨颇多，对弟子们说：

"我在绘画方面的修行到底还是不如自己的剑法啊！——为什么这么说呢？我今天在主公面前画画的时候，一心想画得完美一点，可是弄巧成拙，无论如何都画不出满意的作品。后来回到家中，我用兵法之心，无念无想地去创作，结果倒合我的意了。比武时也是这样，当我拿着大刀冲上去的时候，我心中没有了自己，也没有了敌人，只有斗破天地的豪气。而在绘画方面，我离这一状态还差得远呢！"

从他的这番感慨也可以看出，他的绘画绝对不是师法某人，或者模仿某人那么简单。

时至今日，他的部分画作已被列为重点文物，有很高的艺术价值。但在当年，他却对自己的画作很不满意，觉得和自己的剑道相比，那差得实在是太远了。由此可见，武藏当时的剑道应该达到了一个我们意想不到的高度。

前文中提到了武藏的印章，在这我再补充一句。在武藏的画作中，他几乎都不署名，大部分都只盖个印章。

他偶尔也会写个简单的落款，无非就是"武藏笔"三个字。至于其他的年号啊、自我夸赞什么的，武藏是从来不写的。

从武藏的画风来看，他这么做完全符合常理，但却给后人判定他某幅画的创作年代造成了很大麻烦，这不能不说是件遗憾的事情。

从发现的遗作来看，武藏的印章大约有五类，分别是：匾额形、香炉形、宝鼎形、宝珠形和墨果形。武藏的每个印章都不一样，即使是同刻篆书"二天"二字的印章，如果仔细观察的话，"二天"二字的刻法也会有差别。在被认为是武藏真迹的画作中，武藏的印章就没有相同的。也正因为如此，所以说武藏的印章没什么规律可循。

这可能跟武藏对印章的不太在意有关。当他画完一幅画后，觉得有必要盖个章了，那就刻一个，用完后就扔了。下次用的时候，再刻。可以说，雕刻是武藏的一种消遣。不过，如果仔细观察印章的刀痕的话，会发现武藏的雕刻技术实在是不敢恭维。他刻的篆书的笔画和字形，非常稚拙，不知道的还以为是出自一个外行人之手。并且，所有印章的材质都是木头的。

曾经在报纸中看到，M家收藏的一对花鸟图六曲屏风正在某博物馆展出。在武藏的遗墨展上，我已经多次鉴赏过细川家收藏的那对芦雁图六曲屏风，至于M家的这对花鸟图屏风我还未曾见过。

M家收藏的这对屏风以前就非常出名。M家的祖上是保科正之，他非常仰慕武藏，特意委托细川家向武藏求几幅画。武藏给他画了几幅，保科正之将其做成了屏风。后来明治维新的时候，战火也烧到了M家的若松城，这对屏风一度被人扔到了城堡前的院子里，一名藩士冒死救出这对屏风，才使得屏风免于被烧成灰烬，得以流传至今。

M家还曾收藏过一幅《布袋和尚跳舞图》。画面中，布袋和尚一边用一根拐杖扛着自己的大布袋，一边在跳舞。这是武藏所有的绘画作品中，难得的洒脱之作。保科正之在这幅画上题了一首和歌："心无执迷误，平生快乐多。愿学布袋僧，跳舞逍遥活。"后来，这幅画作几易其主，现在具体在谁的手上我还不太清楚。

毫无疑问，在细川家和熊本藩士的家中收藏的武藏的画作最多。此外，我觉得，也许在未来的某一天，在姬路的本多家，以及小笠原家、榊原家、有马家和池田家等和武藏有关系的大名家中也会发现武藏的未知画作。

因为我写了《宫本武藏》这部小说，所以就有很多人求我帮他们鉴定收藏的武藏书画是不是真的。当我在熊本旅行的时候，每天拿着武藏的书画来找我鉴定的人是络绎不绝。即使我一再拒绝，但他们还是苦苦哀求，没办法最后还是帮他们看了。记得我在熊本一日亭的那两三天间，每天都要看三四十幅书画。

虽然我的鉴定能力不高，但我一打眼还是能看出那些书画全都是假的，假得很彻底，根本都不需要去怀疑。我发现，越是武藏曾经生活过的地方，赝品越多。像熊本和小仓这些地方，很多赝品做得非常低劣，连形似都谈不上。

当然了，在这些赝品中，也有做得比较不错的。譬如，有些赝品是将寺院收藏的别人的书法作品盖个武藏的落款，或者在无落款的狩野风格的古画上盖个武藏的印章。

此外，还经常有人拿着武藏的书画到我家登门拜访，不过至今还没有发现过真品。对于别人求鉴定一事，我已不胜烦扰，后来在报纸的小说余栏里提了此事，从那以后求我鉴定的人就渐渐变少了。但是，偶尔还是会有人托朋友求我鉴定，每次我都会以鉴定不准为由婉言拒绝。

武藏的真迹实在是太少了，别说是几乎没有，简直就是绝对没有。

不过在朋友之间，我倒是见过几件武藏的真迹。前文已经提到的画家N先生，他手中有一幅达摩图，是熊本县立济济黉高中的井芹经平校长作为遗物送给他的。此外，已故的U先生家中也有一幅达摩图。最近，Y先生又收藏了一幅带题字的《武藏像》，也是真迹。前段时间，石川县的一个人抱着一卷观音经的抄本来找我，当时他还给过我名片，可惜让我给弄丢了，这卷抄本也是真迹。因为是手抄的经书，所以所有文字都是工工整整的楷书。在武藏的书法作品中，我还从未见过类似的例子，但从整幅作品的气势来看，应该是武藏年轻时代的作品。

我曾和京都增上寺的前住持大岛彻水和尚，在他们寺院养猴子的那个地方①闲聊。大岛彻水和尚说他在年轻的时候，曾经在冈崎的一家禅寺内见过一卷手抄本的观音经，卷末有一个年号和武藏的签名。虽然他对武藏不了解，但他敢断定那肯定是真迹。当我看到那本手抄本观音经的时候，我第一直觉就是这肯定出自冈崎那家禅院。我没有刻意地去搜寻，而这卷佛经却从冈崎来到了我的手上，这不能不说是我跟武藏之间的缘分吧！

现在要想接触武藏的真迹，就只能去博物馆看武藏的遗墨展了。虽然巷间还是偶尔会出现武藏的真迹，但那种概率实在是太低了。

虽然武藏的真迹在巷间很稀少，但是他的第一杰作——《枯木鸣鵙图》，却差点被我给收藏到家中。《枯木鸣鵙图》现被收藏在长尾美术馆，持有人是长尾钦也。在被认定为国宝级文物之后，这幅画的声名大振，所以即使我写出来，也应该不会对所有者和画作造成不好影响吧！

我这人一直比较健忘，不记得是多少年前了。只记得我当时住在芝公园，并且还没有在《朝日新闻》上连载《宫本武藏》。

闲暇之时，我喜欢去附近的美术俱乐部转转，俱乐部的店员也经常向我推销一些作品。有一次，一名店员说他们这里有幅好画，要给我看看。然后，就从里屋拿出一个大包袱，看这情形，这幅画的体量应该不小。我正在纳闷儿里面包的会是什么的时候，那店员对我说："要不是看你是懂画之人，我才不会拿出来给你看呢。"

我问他，这里面是什么啊？他回答说，是宫本武藏的画。我当时第一个反应就是不相信，于是闭口不言，默默地看着他打开包袱。那时，我还没有开始写《宫本武藏》，只是在和直木三十五以及菊池宽等人聊天的时候，经常会谈到这个人。武藏怎么说也算是个名人，他的画作怎么能用包袱包着，这么简单地就给拿出来了呢？所以，我当时不认为包袱里的画是真迹。

店员将包袱打开，里面还有个装画的盒子。那名店员又介绍说，这确实

---

①京都增上寺以猴戏而著称，所以在寺院内养着很多猴子。

是幅名画，据说还在什么地方展出过呢！你看这盒子上的题字，正宗的渡边华山的书法。我觉得这店员吹得太厉害了，都有点忍俊不禁了。

　　店员特意将盒盖取下来，交到我手中。这一看，可把我给惊住了。没错，这确实是渡边华山的真迹。华山在盒盖内写了短短的两行字，而且印章也非常清晰。但遗憾的是，那两行字的内容我给忘记了。

　　盒子是真的，难道说里面的画真的是武藏的？我赶紧将那画轴展开，虽然经过了时间的洗礼，但那宣纸并没有显出皴裂的老态，画面古香古色，保存得非常好。随着我手指的下移，枯枝和鵙鸟慢慢地露了出来，我简直不敢相信自己的眼睛，大脑一片空白，我彻底被震住了。

　　为什么这样一幅名作会流到这种地方，并且还用包袱随随便便地包着，我真是有点搞不清楚了。我清清楚楚地记得，在很久以前，这幅画确实曾在博物馆里展出过。而且，渡边华山和这幅画还有一个有趣的小故事。据《华山传》记载，渡边华山最初是在一家小店铺里发现了这幅画，非常喜欢，还亲自为它做了一个画盒。此外，我在很多美术书中，也见过这幅画的照片，没想到它现在沦落到如此寒酸的地步。

　　接下来，给大家讲讲渡边华山和这幅画的故事。有一次，华山经过四谷边，当他从一家古董店铺走过的时候，不经意间发现在店铺里面挂着一幅画，正是武藏的那幅《枯木鸣鵙图》。他在门外观赏了好久，彻底为这幅画所倾倒，甚至连赶路都忘了。

　　他鼓足勇气走进店内，询问价钱，可店主给出的价格实在是令他难以接受。对华山这样贫穷的画家来说，四五两银子实在是太贵了。回到家后，他满脑子想的都是那幅画。最后没办法了，他只好求助于一个在幕府当大臣的弟子。那弟子念及师恩，就出钱给买了下来，而且还配了一个精美的画盒，一并送给了渡边华山。华山欣喜异常，特意在盒盖上题了两行字。

　　无论是这幅《枯木鸣鵙图》，还是前文中提到的M家的花鸟图屏风，武藏的绘画都有一种魔力，只要看上一眼，就会被打动。

　　关于花鸟屏风图也有一则小故事。会津藩主M非常喜欢武藏的花鸟图屏风，于是特意将画家谷文晁召到若松城内，命他复制一幅一模一样的给他。文晁仔细观察武藏的这幅画作，很快就发现，武藏在画这幅画的时候并不是用技法去画的，而是用自己的灵魂去画的。如果是用技巧画出的话，他可以模仿，但是用灵魂画出的东西，他实在是难以复制。最后，他觉得无论自己怎么努力，最终都可能是无用功，所以就拒绝复制，并向藩主M阐明了实情，请求他的原谅。

　　再把话题转回到俱乐部里的那幅画。我当时心里就犯嘀咕，就我那寒舍，要是挂这么一幅大作，以后跟人解释起来都麻烦。此外，我还可耻地去猜测，这幅画背后是不是有什么阴谋呢？要是没什么阴谋，干吗要将这样一幅精品送到这样的地方来出售。

我试探着问那店员，画的主人为什么要卖这幅画啊？那店员稀松平常地回答说，能卖出去就不错了，宫本二天的画根本就没人买。他还帮我出主意，要是真的想要的话，可以直接跟画主交易，这样要比在俱乐部买便宜一些。

我是真的想买，数次打开又卷上，恋恋不舍，但又怕自己买不起，所以就没有出价。我不想和画主直接交易，像这样的大作，以后要是产生纠纷的话就麻烦了。我对那名店员说，我回去再想想，要是买的话再来放价牌[①]。

回家之后，我很快就将这事儿忘了。没过几天，我又去关西旅行。等我回来之后，突然想起了这事儿。于是赶紧给美术俱乐部打电话，问问卖出去了没有。人家告诉我，大约在一两天前，刚刚开完标，那幅落款二天的画被一个客人买走了。

很快，他们便将开标的一张价目表寄到了我家。我打开一看，宫本二天的画作《枯木鸣鵙图》，中标价五百八十日元。我瞬间石化了，怀疑是不是数目印错了，这也太便宜了吧！后来，当我见到那名店员时，又特意确认了一遍价格，没错，就是五百八十日元。

尽管只卖了五百八十元，但美术俱乐部的店员谁也没觉得卖便宜了。在十七八年前，一般的鉴赏家和美术商对武藏的画作根本就不感兴趣，偶尔有几个关注的顾客，也大多是因为好奇。现在手里有武藏字画的收藏家，大多是几经转手才得到的。跟以前相比，价钱也翻了数倍，甚至数十倍。同样的画作，现在是国宝，而在十七八年前却是无人问津，世界变化得真是快啊！

《五轮书》与灵岩洞

宽永二十年（1643年）晚秋，武藏隐居岩殿山灵岩洞，斋戒沐浴，穷尽毕生之功，开始写作自己的心血之作——《五轮书》。通过《五轮书》的序文，我们仿佛能够看到一位虔诚的佛教居士正在洞中创作的场景。

灵岩洞位于熊本市郊外二三里处。当年我踏访武藏遗迹的时候，曾参观过岩殿寺、山下庵和鼓瀑等地。

金峰山位于熊本市西南，呈环抱之势，其位置和景致都和京都的东山极为相似。从市区到金峰山要经过一处山坳，里面散落着岩殿山、野出和三之

[①] 日本书画的一种交易方式，类似于中国的拍卖，客人如果看中了某幅画，可以将自己愿意出的价格写在一个牌子上，然后投到一个盒子里。等积累了一定数量之后，将盒子打开，谁出的价高，画就归谁。

岳等山地和山村。站在高处，透过稀疏的树木，可以眺见远处闪着银光的有明海[1]。

灵岩洞也被称作岩殿寺的后院，与前殿有一山之隔，位于山阴的山腰处。站在洞窟前极目远眺，可以看到远处的有明海。

在灵岩洞附近，有溪流、村落和小小的泷津濑等优美的景致，因此这一地区也被称作是肥后的"小耶马溪[2]"。（译者注：当地盛产一种带把的蜜柑，人称"小天蜜柑"，秋冬之季，游客可以边吃蜜柑，边欣赏周围的景色。）

在当地有这样一种说法："这里的景色和武藏的故乡非常相似，所以武藏喜欢这个地方。闲暇之时，武藏经常会到岩殿山游玩，每次都能勾起他很多小时候的回忆。"

我去过武藏的故乡——赞甘村。经灵岩洞当地人这么一说，还真的觉得这个方和武藏的故乡有些相似，都是一样宁静的小山村，都是一样祥和的小天地。

当武藏离开千叶城的宅邸，来到这山中的时候，脑海中肯定会浮现出很多儿时的场景。当时的武藏，已经疾病缠身，他深知自己的时日已经不多。但比起疾病的折磨，精神上的打击更为严重。宽永十八年（1641年），武藏晚年的知己细川忠利去世，这一下子把他推到了寂寞孤独的深渊。忠利死后，武藏停止了在藩内的一切工作，每天用诗歌、茶道和禅画来打发时间。

如果在城内见不到他的影子，大家就知道，他肯定又是到灵岩洞去静坐参禅了。

灵岩洞还算高大，前后有数十步之长，洞腹较宽，能容得一个成年人站着自由出入。洞的四周都是一些大岩石，非常适合静坐冥想。据岩殿寺的寺志记载，该寺在平安朝以前就已存在，清原元辅出任肥后国国司的时候，他年轻时的恋人桧垣曾在灵岩洞内供奉一尊观音菩萨像。现在在洞内，除了观音菩萨像，还有五百罗汉的石像，有些杂乱，有的倒在地上，有的靠在墙上。当然了，这些雕塑都是后人弄的，武藏来的时候，这些东西都还没有。

洞内有些昏暗，壁顶的乳突上有规律地往下滴着水，落在肩头，沁入骨髓。

武藏当年就是坐在这里，面对着一盏寒灯，一方书案，写下了不朽的《五轮书》。

从《五轮书》的序文来看，《五轮书》开始创作于农历十月上旬。按当

---

[1] 有明海：日本九州西部岛原湾内的浅海性海湾，别称筑紫潟、前海。为长崎、佐贺、福冈、熊本四县所围绕。

[2] 耶马溪：位于日本九州大分县中津市，地处山国川的中上游溪谷处，获选为新日本三景之一，1923年日本政府将此地指定为名胜，1950年，进一步将附近区域划为"耶马日田英彦山国定公园"。

时的气候，已是冬季，洞顶滴下的水滴肯定似冰一样冷彻。寒夜漫长，烛照颊骨，毛笔在纸上缓缓地移动，这样的场景，让人一想起来就禁不住鸡皮疙瘩顿生。武藏在《独行道》中说"轻自我重世人"，他也确实是在用自己的行动躬行着自己的誓言。

就这样，经过数年的静坐冥想，经过数年孜孜不倦地写作，武藏的人生终于走到了尽头。但是，却留下了很多他在这段时间的逸闻。

可能是武藏在灵岩洞中的情形，以及洞中映出的灯光，让周边的老百姓产生了各种各样的联想。关于他的风言风语越来越多，逐渐传到了城内。藩老长冈监物听到这些传闻之后，非常担心武藏，考虑到武藏年事已高，所以就假借打猎之名，前来洞内看望他，劝他搬回千叶城的宅邸居住。

据岩殿寺的僧人说，武藏是在灵岩洞中打坐的时候去世的。不过还有一种说法，说武藏并不是在灵岩洞去世的。武藏当时有两名家仆增田总兵卫和冈部九郎右卫门，他们看到武藏快不行了，就赶紧把他背回熊本的宅邸，然后没过几天，武藏就断气了。

对照武藏去世的前后来看，显然后一种说法更有说服力。

不管怎么说，武藏的《五轮书》就是在灵岩洞，是在一种参禅的状态下创作的。

《五轮书》的全文比较长，武藏不可能一口气写完，可能是花了两三年的时间，才最终收笔。

《五轮书》共分为地、水、火、风和空五卷。

《地之卷》主要介绍兵法总论和二天一流的基础知识，因此以"地"来命名。《水之卷》主要论述身与心的关系，希望达到一种自由无碍的境界，这和自然界的流水类似，因此用"水"来命名。

《火之卷》与《风之卷》主要是细致入微地介绍为人处世之道。从字里行间，可以看到武藏对自己的严格要求，以及努力求得解脱的心境。总而言之，这两卷写的都是武藏自己的人生体验。

《五轮书》中，武藏用情最深的就是最后的《空之卷》。《空之卷》让《五轮书》达到了一个新的高度，正如荻昌国以及后人所说，这已经不是一部普通意义上的兵法著作，而是一部精深的哲学著作。这是武藏穷尽一生所学，融合佛学、儒学、天文和诸艺诸道，呕心沥血写出的一部大作，是武藏一个人的哲学。

因此，武藏不应该被称作剑客，也不应该被称作画师，他更应该被称作哲人。

只有用心去读《五轮书》，才能体会武藏的哲学思想。我本打算在这将《五轮书》的全文都登出来，但可惜全文太长，再加上没有注释的话，很多地方理解起来很困难，所以只好作罢。

无论是《兵法三十五固条》，还是《五轮书》，都是开卷有益。即便是走马观花地读一下，即使有些地方不理解，也还是会给现代人带来很多心灵上的启示。不过，如果囫囵吞枣的话，可能就达不到思考人类与宇宙的关系这样的高度。幸运的是，现在已经有人将《五轮书》、《三十五固条兵法》和《独行道》等武藏的作品做了注释，而且在市面上很容易就能买到，感兴趣的朋友可以找来看一下。在此，我仅将《五轮书》的序文介绍如下：

《五轮书》序文

"'二天一流'乃吾兵法之道，积数年修炼之功，现誊于纸上，以待来者。宽永二十年十月上旬，于九州肥后之地，吾登岩殿山，拜苍天，礼观音，在佛前祈祷。吾乃播磨国之武士，名新免武藏藤原玄信，现已是花甲之年。

吾自幼修习兵法之道。十三岁时，战胜新当流武士有马喜兵卫。十六岁时，击败但马国的著名兵法家秋山。二十一岁时，前往京都，和京城高手过招，比武数次，未尝败绩。

之后，游历诸国，与天下各派高手比武六十余次，也是未尝败绩。以上乃吾十三岁至二十八九岁间的人生经历。

三十岁以后，回顾往昔，发现未尝败绩并不代表兵法已达至臻境界。于是怀疑自己缺乏兵法才能，抑或是天数如此，甚至怀疑是其他流派水平太差。

之后，我夜以继日探究兵法奥义。知天命之年，终于悟得兵法之精髓。此后，不再寻找其他修行之道。

兵法之理同于诸艺诸能，万事皆以自我为师。此书没有引用佛学和儒学等典籍，也没有参照战记和兵法等古书，仅以天道和观音为引导，用真心去解释二天一流的实质。

十月十日夜寅时，开始执笔写作。"

序文之后就是《地之卷》。武藏在序文中说，自己是在寅时开始创作，相当于阴历十月十日的凌晨四点左右。那一天，武藏肯定是早早起床，在书案旁等着这一神圣时刻的到来。

武藏说自己是播磨国的武士，这可能是因为他母亲是播磨国人，也有可能是因为他是播磨国赤松一族的后裔。

比武六十余次，未尝败绩，面对这么优异的成绩，武藏不认为是自己武功高强所致，而是觉得其他流派水平太差。武藏谦虚的品格，让后世那些不可一世的傲慢者汗颜。

"五十岁后，不再去寻找其他修行之道"——这简直就是武藏哲人般的吟叹。正如他在序文中写的那样，五十岁后，他将全部精力都集中到兵法之道上，夜以继日、不知疲倦地去探寻。

书信与笔迹

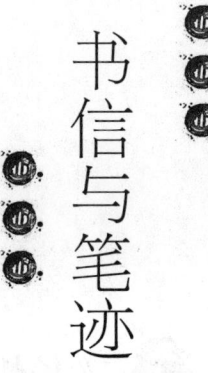

 ## 《长恨歌》诗两句

武藏的遗作大部分都是盖有二天印的水墨画,其次是很少的几件书法作品,然后就是雕刻,再就是马鞍、刀护手等极其少量的工艺品。

在此,简单介绍一下武藏的书法作品。

现在留世的书法作品中,几乎所有的书法作品都是武藏在熊本定居之后创作的,而且其中大部分是关于兵法的长文,鉴赏用的书法作品极其罕见。

根据森大狂编纂的《宫本武藏遗墨集》,以及高岛屋策划的武藏遗墨展的展览大纲,可以看到武藏的书法作品大致有以下几种:

一、《五轮书》——地、水、火、风和空五卷。(长卷)

二、《兵法三十五固条》序文(卷)

三、《兵法三十五固条》(册子)

四、《独行道》(卷)

这些作品大多是为主公细川忠利所作,或者是送给知己的礼物。在今天流传的作品中,有很多并不是武藏的真迹,而是他的弟子后来杜撰的。当然了,他们这么做,并没有什么恶意。

熊本野田家收藏的《独行道》标注的创作日期是正保二年(1645年)五月十二日。很明显,这是武藏去世数日之前写的作品,因此有人认为《独行道》是"武藏的遗戒"。我不同意这一观点,从《独行道》的内容和文辞来看,这绝对不是他给别人立下的遗戒,而是武藏从少年时代就开始严格要求自己的"自戒"。

除以上的兵法书和《独行道》以外,武藏还留下了几件鉴赏用的书法作品。

一、直指人心（大字、横幅）

二、战气·寒流带月澄如镜（一列、竖写）

三、春风桃李花开日，秋雨梧桐叶落时（两列、竖写）

这三件作品传承有序，在古时的熊本就非常有名。此外，我在遗墨展上，还看到过武藏的其他作品，但是来龙去脉就不是那么清楚了。武藏的书法作品还有个特点，那就是他从来不写奇言怪语与和歌。

综合来看，武藏对自己的绘画要比对自己的书法更有自信，如果有人向他求画，他都会尽可能满足对方；如果别人向他求字，他是绝对不会写的。

但是，古往今来，很多专家却对他的书法给予一致好评，说他的书法作品中透着一股禅趣和气魄，绝不是凡夫俗子所能达到的境界。武藏的假名书法有着平安时期的风格，非常柔和，跟他的剑客身份极不相称。据假名书法大家神郡晚秋研究，武藏的假名书法受近卫三藐院的影响明显，尤其是"の"的写法，非常扁平，这和近卫三藐院的写法如出一辙。于是，他进一步断定，武藏和近卫三藐院肯定进行过某种形式的交流。然而，在我们这些外行人看来，他的汉字书法和假名书法完全是两种感觉。假名书法和他画水墨画时用的笔法类似，非常圆润，但他写的汉字，却是骨架硬朗，刚劲而尖锐，有一种凄怆的感觉，让人难以亲近，这也恰好反映了他人生的另一面。

"直指人心"四个大字给人的就是一种凄怆的感觉。"寒流带月澄如镜"也是如此，就如他在这幅字中自题的"战气"一样，笔势中仿佛透出阵阵剑气，让人不寒而栗。武藏在创作这些作品的时候，应该不是为了让人去欣赏他的书法，而是在表达自己的内心世界。"直指人心"的禅机，"寒流带月澄如镜"中剑的微妙，当武藏陷入忘我境界的时候，在纸上挥毫泼墨，心中的感受流诸笔端，书法作品就应运而生了。

"春风桃李花开日，秋雨梧桐叶落时"出自白居易的长诗《长恨歌》。《长恨歌》描述了唐玄宗与杨贵妃之间的爱情故事，洋洋洒洒近千言，歌尽了皇帝与宠妃的享乐、爱恋、哀别与生死轮回，唱尽了无尽烦恼的人类欲望与无常。武藏竟会对这样的抒情诗感兴趣，这真是出乎我的预料。当我在小说中构建武藏这个人物时，特别注意到他在《独行道》中的一句话——不可沉迷于恋爱之情。可以看出，现实生活中的武藏应该是一个多情之人，根据这一重要线索，我在小说中刻意给他编织了几段感情经历。

武藏非常喜欢白居易的《长恨歌》，他会一节一节地、仔仔细细地去体会文中那份艳丽悠远的爱恋，以及文中蕴藏的宇宙观。武藏读《长恨歌》，并不单是沉浸于恋爱故事，而是借《长恨歌》去促进自己对剑道的感悟。

在"春风桃李花开日，秋雨梧桐叶落时"两列文字的旁边，武藏还用小字写了一句话——是兵法之始终也。

《长恨歌》是一首长诗，理解起来比较困难，我在这里就不介绍了。感

书信与笔迹

兴趣的读者可以去读一下全文，再结合武藏写的那句"是兵法之始终也"体会一下，会发现很多有意思的东西。恋爱与斗争，情痴与宇宙……余韵无穷啊！

武藏的书信

我曾经幸运地见过一封武藏的亲笔信。

武藏的书信极其罕见，甚至直接可以说没有。亲笔书信对我们了解古人的经历、性格和日常生活等非常重要，但是武藏在这一方面的资料却是奇缺，这对我们树立正确的武藏观，以及还原武藏的真实形象带来了极大困难。

他出仕细川家时，曾经向细川忠利上了两三道呈报书，而且给家老长冈监物也写过类似的东西，但这都不能算作书信。此外，在宫本武藏彰显会编纂的画册，以及各地举办的遗墨展中，也都没有发现武藏书信的踪影。幸运的是，我曾经见过武藏的一封书信。记得我当时正在《朝日新闻》上连载《宫本武藏》，一位广岛的读者给我寄来了一张武藏书信的照片。但是，在我写这篇文章的时候，那张照片已经找不到了。我去翻当年的杂记本，在杂记本上找到了我当年誊下来的原文，这也算不幸中的万幸吧。现将信件内容写出来，分享给大家。

宫本武藏书信（广岛市八丁堀新见吉治收藏）

寺尾左马大人：

　　再启。与右卫门可去贵国效劳。承蒙您对我们的挂念，在此深表谢意。自上次以后，就没再给您写信，实在是抱歉。

　　肥后国主公诚恳邀请我们前往肥后居住，并且还表示将予以我们帮助，我们真是生生世世感激不尽，将尽快启程。可惜我年事已高，并且兵法也不成体统，恐怕将难以为主公效劳。您曾经见过与右卫门，他伴我已有数年，至于是否教授他兵法之事，说有也有，说无也无吧！不过我相信他的能力，定不会让贵国失望。

　　对您的特殊关照，再次表示深深的谢意。恐惶谨言。

宫本武藏
玄信（花押）
八月二十七日

通过这封书信，我们可以得到很多信息。

这封信应该是武藏受细川忠利之邀，去熊本之前写的，并且他极力向对方举荐与右卫门这个人。与右卫门是何许人呢？和武藏又是什么关系呢？在现有的史料中，我们还找不到答案。

武藏在文中提到和与右卫门的关系时，用了一个特殊的句子——"至于是否教授他兵法之事，说有也有，说无也无吧！"据此可以看出，武藏和与右卫门之间，应该是一种既像师徒又不像师徒的关系。文中还提到"他伴我已有数年"，这说明两人在很久之前就已经建立了这种关系。与右卫门可能是和他一起生活的人，也可能是在游历途中和他同行的一个人。

至于收信人寺尾左马，我还没有找到此人的资料。此人可能是细川家藩老寺尾孙之丞胜信或寺尾求马助信行同族的某人，也可能是熊本藩下属的知行地①的某位执政官。以上仅是两种猜测，现在还难以确认，留待以后再做研究。

武藏在岛原、天草起义时的一封书信
——记战后在有马家文献中发现的一份新资料

今年春天②，一个很偶然的机会，一位陌生的年轻人小N来到了我在吉野村的寒舍。他很随意地从包袱中拿出一沓古代文献，交给我说："麻烦您给鉴定一下……"这一偶然的机缘，让我发现了武藏在岛原之战中的书信。

从聊天中得知，小N是青山学院附近的S旧书店的老板的儿子。他拿来的这一沓古代文献，是他的父亲在战后去整理有马家书库的时候，论堆儿买下的。

我翻了一下，发现这些文献都是"岛原、天草起义"的相关文件。宽永十四年（1637年），肥前国岛原地区的切支丹军③发动起义，随后幕府派兵镇压，一时间岛原地区战火纷飞。

起义爆发之后，幕府首先派遣板仓重昌率军前往征讨。但是，切支丹军势力强大，不仅没有被消灭，反而把板仓重昌给打死了。起义军士气高涨，西日本地区到处都流传着岛津、伊达等强藩将呼应而起，一举消灭迫害天主教徒的德川幕府的谣言。后来，幕府又派遣松平信纲和户田氏铁前往戡乱，战况逐渐扭转。宽永十五年（1638年）三月下旬，原城被幕府军队攻破，"岛原、天草起义"被平定。

原城原是有马家的分城，起义爆发时，板仓成政在此执政。由于有马家

---

①知行地：日本封建时代领主作为俸禄恩赐给家臣的土地。幕府时期，将军将其领地分给大名和骑本，后者又将所得的领地分给下属藩士。知行地可以看作是封建主从关系的一种介质。
②作者写这篇文章时是昭和二十五年（1950年）。
③切支丹是葡萄牙语天主教徒一词的日语音译。

是幕府的近藩，再加上原城是自己的封地，所以在镇压切支丹军时，有马家一直是冲在最前面，而且作战最为用力。

武藏的养子宫本伊织身为小笠原家的家老，责无旁贷地也参与了此次战役，据说他当时是担任一支部队的队长。因为伊织的关系，武藏被任命为小笠原家的军监，也来到了前线。

小N拿来的这沓古代文献大多是当时有马家的佑笔①或者前线谋士所做的武士领取俸禄统计，以及向幕府汇报的地图、参战人员名单和往来公文等。

我对这些东西不怎么感兴趣，但其中一个书信筒引起了我的注意。书信筒通身黑色，上面用金粉写着"岛原、天草起义中书信十六封"。可以看出，这应该是为保存这十六封书信而特意做的一个书信筒。

里面的书信保存得非常完好，采用的是一种奏折叠法，纸面白洁，宛如今天的信件一般。我仔细读了每一封信，所有信件都是在岛原、天草起义时写的，而且收信人都是有马左卫门尉直纯。有马左卫门尉直纯是当时有马家的主公，也是有马军的大将。

寄信人几乎囊括了参加作战的各大将军，例如：松平信纲、立花宗茂、黑田忠之和寺泽坚高等。尤其让我感兴趣的是，其中竟然有石谷十藏贞清的书信。山本有三②先生写过一篇小说《不惜身命》，主人公就是石谷十藏贞清。石谷十藏贞清是德川幕府的近臣，在岛原、天草起义时，作为副将陪同板仓重昌出征。

此外，还有两封肥后国藩主细川忠利写的书信。信中内容大多是各将领在战场上的客套话，没有什么实质性的东西，所以在我看来，价值不是很大。

但是，在这十六封信中，有一封非常特殊的信，特别破旧，而且污损也最严重。别的使用的都是非常高档的奏文纸，而这封信用的是普通的杉原纸，有些地方已经变黄发旧，看起来像一块块茶渍。我小心翼翼地将信纸打开，但折边处还是差点断开，文字褪色也很严重。

这正是武藏在岛原、天草起义中的书信。

这是我第一次接触武藏书信的原件③，世人肯定还不知道这封书信的存在，所以我特意将全文写了出来，希望能给武藏研究者提供一些帮助。我相信，小N也会同意我这么做吧！

武藏在写这封信的时候，用的是草体连笔，而且使用的还是那个时代特

---

①作者写这篇文章时是昭和二十五年（1950年）。
②山本有三：日本著名的剧作家和小说家，是新思潮派中最有影响的作家，其作品以主题严肃和结构严谨而赢得广泛的赞誉。
③上文中提到的武藏写给寺尾左马的书信，作者看到的只是照片。

有的语法，所以解读起来难度很大。再加上，纸张皲裂变色，部分文字褪色严重，因此有几个地方难以辨认清楚。大致内容如下：

有马左卫门阁下：

您的来信已经收悉，非常感激。听闻犬子伊织在战场上立了功（此处字迹模糊，难以辨析，也有可能是"听闻犬子在您的指挥下"的意思，待考），我是备感欣慰。我现在年事已高，烦请您以后多多管教犬子。

有马左卫门阁下，各位家老大人①，我们父子二人都希望尽快收复原城，并且也为此做了一些工作。但非常遗憾的是，我的小腿被敌军抛来的飞石击伤了，现在行动不便，所以无法前去面见各位。不过，将来肯定会有机会再见到各位。恐惶谨言。

玄信
宫本武藏

从字面来看，这封信应该是武藏在原城被切支丹军占领之后写的。

虽然在碑文以及各种传记中都有他参加镇压岛原、天草起义之战的记载，但是在他自己留下的资料中，却没有发现相关信息。这封书信的发现，直接证明了他确实参加过镇压岛原、天草起义之战，因此这封书信的文献价值还是非常高的。

他在信中称呼养子是"犬子伊织"，并且还恳请有马左卫门"多多管教犬子"，字里行间透出父亲对儿子的关爱之情。

书信的文辞虽然比较艰涩，不过从用语以及前后关系来看，武藏和有马左卫门的关系还算亲密，应该不是一朝一夕的朋友关系。

武藏在游历途中，受到很多主公的照顾，例如：出云的松平家，姬路的本多家，尾州的德川家、榊原家、小笠原家和有马家等。还有人说，武藏在游历途中，其实是从一些藩国暗中拿俸禄的。

这些先且不论，这封书信应该是证明武藏与有马家关系的唯一文献资料。从信中我们可以得知，武藏和伊织在很早之前就已经和有马左卫门相识，并且双方的关系还不算浅。

在战时写给一名贵族，并且还是一名高级将领的书信中，如果双方关系浅的话，一般是不会提自己小腿受伤的事的。

武藏提自己小腿受伤的事，其实是对自己年老的一种揶揄。通过他小腿受伤这件事，我们仿佛可以看到武藏和其他年轻的武士一样冲锋陷阵，率先登上原城城墙的样子。但非常不幸的是，他被敌人抛来的飞石砸伤了，所以

书信与笔迹

---

① 武藏在这封信中特意注明了家老可以打开，这封信貌似是家老先拆开，然后再转交给有马左卫门的信件，因此武藏在信中提到了各位家老大人。

只好用老胳膊老腿来自嘲了。

前文中提到的武藏写给寺尾左马的书信是在岛原、天草起义之战数年之后写的。信中也提到"我年事已高"、"恐怕将难以为主公效劳"等话语，并且还谦虚地说"兵法也不成体统"，其实这都是对自己年老的一种感叹。

不过，按我们现代人的理解来看，就武藏当年的年纪，离年老还差得远呢！但当时人们可不这么想，那是一个崇尚成熟老练的时代，很多人刚过四十就自称是老叟了。宽永十七年（1640年），岛原、天草起义三年之后，武藏来到了熊本细川家，时年五十七岁，也有说法是五十五岁。如果按五十七岁来算，岛原、天草起义时他只有五十四岁，如果这个年龄就感叹自己年事已高，那也确实有点太早了。

虽然这封书信仅有短短数行，但却是我近年来最愉快的一次发现。在武藏研究的史料方面，以前都是关于他的兵法的，或者传记性的资料，非常枯燥乏味，但这份书信却不失趣味，很好地展示了武藏当年的风貌和心情等。毫不夸张地说，武藏书信的稀少已经成为还原武藏人物形象的一个致命缺陷。我现在真心希望在将来的某一天，在某处书堆里，还能再发现这样的书信。如果愿望能够实现，那就太好了。

武藏画作的命运——不受待见的三大名作

芦雁图的六曲屏风①，没有武藏的落款，也没有武藏的印章，但却是武藏绘画作品中的第一杰作。明治二十年（1887年）前后，屏风就被放在熊本藩细川家的北冈府②。没有人知道这是名画，也没有人知道由来，只是被随便放在屋子的一角，遭受着非常冷漠的对待。

明治时期，细川家的后人对武藏的绘画毫不了解，也毫不关心。直到后来细川护立主事之后，屏风才得到妥善保存。

此外，尾张藩德川家收藏的《芦叶达摩图》也遭遇过同样冷漠的对待。武藏和尾张藩的初任藩主德川义直，以及柳生兵库助等有着很深的交情，所以德川家收藏有武藏的绘画也就不足为奇了。但是，德川家的后人对此却是毫不知情，他们将这幅《芦叶达摩图》简单一捆就给放了起来，甚至都没有写入家藏目录。直到明治末年，东京帝国大学的泷清一博士到德川家做调查

---

①六曲屏风：日本屏风的一种款式，共有两组，每组屏风由六小块组成。
②明治维新后，熊本藩的档案资料都被移到了细川家的北冈府，也被称作"北冈文库"。

的时候，《芦叶达摩图》才得以重见天日。他对德川家的后人说：

"这可是二天宫本武藏的画，你们可得好好保存啊！"

德川家的后人这才知道这幅画原来是武藏的真迹，立马重视起来。

在幕府末期，国宝级文物《枯木鸣䴗图》也曾被挂在某个毫不知名的古董店的店头，这在今天看来，简直是难以想象的。

但是有意思的是，就是这三幅曾经不受待见的画作，却在某一天被汇集到了一起，并且还非常荣幸地受到天皇陛下的御览。

大正四年（1915年），天皇陛下出席东京帝国大学的毕业典礼。东大文科部打破常规，给天皇陛下办了一个日本美术展，其中就有武藏的这三件作品。

一、《芦叶达摩图》（德川义亲所藏）

二、《枯木鸣䴗图》（内田薰作所藏）

三、芦雁图屏风（细川护立所藏）

那天，负责美术史教学工作的泷清一博士亲自给天皇陛下讲解，引起天皇陛下的很大兴趣。武藏的绘画从此开始登上日本美术史的舞台，在当时看来，这简直算是一件破格的事情。可以毫不夸张地说，天皇陛下的御览在很大程度上影响了日本国民武藏观的形成。

和歌与俳句

武藏既是一名画画之人，也是一名参禅之人。虽然他的《五轮书》深奥难解，但行文逻辑却非常清晰，这也足以看出他对文笔的关心。没有确凿的证据证明他写过和歌，不过在民间却流传着据说是他创作的几首和歌和一首俳句。

武藏的和歌和禅僧的和歌有些相似，内容如下：

一、《无题》：世间万般事，恰似江水流，一去不复返，人言俱已休。

二、《教内》：从人修禅学，得悟拍手笑，众人同教内，切磋互提高。

三、《教外》：修禅不得悟，光阴虚度多，心仍处教外，万事成蹉跎。

四、将三千世界融入万理一空，将天地万物揽入怀中，并以此为题作和歌如下：乾坤如庭院，万物入怀抱，悠然天地外，我自任逍遥。

五、《坐禅》：静坐禅床上，心中无念想，不知不觉间，一夜已过往。

六、《无题》：坐禅悟真知，灵光瞬间见，宛如加茂①驹，来去刹那间。

---

①加茂：日本新潟县中部的一个地方，此地的赛马非常出名，武藏借用加茂的赛马来形容想法来得快，去得也快。

坦诚地讲，武藏的和歌真的很稚拙。他无非是借了和歌的外壳，在里面添了点自己想说的话而已。不过从第四首的内容和腔调来看，确实很符合武藏的性格，应该是武藏本人所做。

除这六首和歌以外，我在他的一幅自画像上，还看到过一首他自题的和歌，至于是不是他所作，我还不好断言。

比起以上这些和歌，我对《银屑集》中记载的武藏的俳句更感兴趣。前几年，天理教[①]的中山正善先生特意从天理大学附属图书馆借出《银屑集》第二卷给我看，说其中有武藏的俳句。《银屑集》是江户初期的一套俳句集，里面收录了武藏的一首俳句和他的俳号——无何。《银屑集》中收录的俳句诗人大都来自播磨、姬路和备中等山阳地区。武藏的俳句是：淅淅沥沥夏日雨，斗笠后靠做顶光[②]。后面还标注了"无何"这个俳号。

《银屑集》第二卷没有出版社的名字，也没有出版年代，在我这儿放了很长一段时间才还回去，当时我还给武藏的俳句拍了照片。现在手头只有这一张照片，所以不能给大家介绍其他内容了。这套《银屑集》并不是武藏在世时出版的，那么武藏真的写过俳句吗？编著者将武藏和其他播磨地区的俳句家放在一起，这究竟是什么意图呢？编著者应该不会无缘无故就把武藏加到集子里吧？这一切都还没有答案，若以后有机会去丹波市的天理大学附属图书馆，一定要好好研究一下。

小说《宫本武藏》中有一个部分，说武藏在一处暂时住所中用了"无可"这个号，其实构思就是来自《银屑集》。

愚堂和尚题赞武藏的达摩祖师像
——武藏与禅门中人的交往

对于武藏和禅林中人的交往，大家都不是很熟悉。

其实我们不难猜测，在众多的禅门人物中，肯定有人和武藏有过交情。但是，在《二天记》以及其他涉及武藏的史料中，却没有半点提及。

我们现在知道的仅是武藏在晚年定居熊本之后，和春山和尚是挚友。在武藏去世之后，春山和尚还特意为他写了碑文。当然了，春山和尚和武藏的

[①]天理教：日本天理教的始创人为农村出身的中山美伎子，天理教的运动出现于第二次世界大战的结束时期，现仍被视为日本最有影响力的宗教运动。天理教提倡神乐歌与跳圣舞的祭拜方式，宣扬仁慈、爱人、能医百病等教义。

[②]顶光：指佛祖后面的光环，把斗笠放在脑袋后面正好相像。

关系绝对不是我们想的那样,他们两人的关系以及友情达到了什么程度,我将在以后的《小仓纪行》中予以详细介绍。

我在小说创作时,为了填补武藏和僧人交往的空白,特意将泽庵安排了进去。但是从现存史料上来看,泽庵和武藏并没有直接关系。

在武藏苦苦修行剑道的时候,肯定有某位禅门中人给过他指点。这么多年来,我一直想知道这个僧人会是谁。这个人和武藏之间不可能是俗世间的那种交往,更应该是心灵方面的导师或朋友。

我曾对泽庵的经历和交往情况进行过详细研究,他和柳生家、细川家,以及细川家的家老长冈佐渡都有关系,并且和近卫三藐院、乌丸光广、松花堂昭乘等京都的文化名人也都有很好的交往。泽庵的交际面非常广,但武藏却不在其中。

我把泽庵安排到小说中,其实也不是全无根据的。武藏的故乡宫本村和泽庵的故乡但马国的出石村只隔着一座山,从出石往山阳方向去的商旅经常会在竹山城外的旅馆住宿,而且在当地还有一个小小的禅寺。泽庵比武藏年长十岁,从他和细川家以及家老长冈佐渡的关系来看,武藏和泽庵成为知己完全是有可能的。但这都是猜测,没有任何史料可以作为佐证。

虽然在小说创作上,安排个人物进去是很正常的事儿,但是武藏和禅门人士之间的空白却一直让我颇感遗憾。正当我郁闷的时候,一个偶然的发现让这一事件出现了曙光。我花了数月去研究,虽然问题仍没得到解决,但却从中发现了很多线索。

那是一幅达摩祖师像,上面还题着一首赞诗。有一天,一位相熟的装裱师拿着这幅画踏入了我的家门。

其实在很早以前,这位装裱师就曾对我说过,上野宽永寺的撞钟堂收藏有武藏的一幅画。

由于见到的赝品实在是太多了,所以也就没把他这话当回事。不过,后来又听到不少关于这幅画的传闻,有人说这幅画在撞钟堂珍藏了很久,并且从不外借;有人说,抱一和文晁等文人画家在当时经常会到撞钟堂游玩,而且胜海舟还给写了一块假名匾额"なんでもないこと"①;还有人说,当时的撞钟堂是要向周围能够听到钟声的老百姓收钟钱的,并且以此为生。总之,关于撞钟堂流传着各种各样有意思的传说,这也勾起了我对武藏那幅画的兴趣。去年,撞钟堂曾将收藏品中的部分古书画和古陶瓷出售,我就借机把这幅画买了下来。

那幅画的装裱还保持最初的样子,没有后期补过的痕迹。画幅不大,大概有正常画纸的一半大小,并且比较短小。打开后会发现画面上方还有一首

---

① 此匾额的意思是:什么都不是事儿。

题诗。

画面正中是穿着朱衣的达摩祖师,在右脚下方盖着一枚印章。这印章的外形比较奇怪,无论是在以前的真品中,还是赝品中,都还没发现这一形制的印章,印章呈三角形,上书"宫本二天之印"六个小字。

我首先对这印章产生了兴趣,对这幅画的真伪却拿不准了。按理来说,如果是赝品的话,没必要用一个史无前例的角形印,武藏用过的印章就那么几类,有宝鼎形、香炉形和匾额形等。如果是赝品的话,那么伪造一个以前用过的印章最安全。

而且,这幅画也不是武藏传统意义上的水墨画作品。武藏的水墨画非常有气势,喜欢用破墨技法,画笔一扫就画出某一事物的轮廓,而这幅达摩图的笔致却非常细腻,一笔一笔地描线,看起来非常仔细,而且达摩祖师的面容和毛发等处的用笔也都非常细腻。以前见到的武藏的水墨画全都是黑白画,而这幅达摩祖师像却是彩色画。祖师的外衣是朱色,面部是赭色,而且耳环上还微微涂着金漆。

乍看上去,这幅画并没有什么特别之处,但是仔细观赏会发现,那达摩祖师的眼神,色彩的运用,半干的朱泥以及粗壮飘逸的衣线,绝对不是一个泛泛之辈所能画出来的。所以说,即使这幅画不是武藏所画,那也绝不是一个普通人所画。而且,画上的那首题诗也引起了我的好奇心。

题诗之人应该是一位佛门中人。全诗如下:

前法山 东寔敬题
千古难消满面埃,
龙颜不悦赴邦出。
梁王殿上一徘徊,
十万迢迢越漠来。①

我当时读这首诗的时候,是从右向左读的。后来,碰到新井洞岩翁,他告诉我赞诗的写法其实是从左往右的,作者的落款在最右边。所以上面那首诗的正确顺序应该是:

十万迢迢越漠来,
梁王殿上一徘徊。
龙颜不悦赴邦出,
千古难消满面埃。
前法山 东寔敬题

面对这幅画,我涌出了各种各样的疑问。清新高雅,无半丝粗俗之感,而且墨色保存基本完好,无半点水渍痕迹。这首赞诗究竟是何人所题呢?

---

① 在原文中,此首诗是竖排。

我绞尽脑汁去搜寻各位禅门大家的名号，并且把《佛家人名辞书》都翻遍了，也没有发现"东寔"这个名字。对于"前法山"这个称呼也是毫无头绪，既然称"前法山"，那法山又在何处呢？

总之，我对这幅画充满了各种疑问，但是又很兴奋。先不管它的真伪，至少为我多年来思索的武藏与禅门中人的关系提供了一些线索。

装裱师已有数十年摆弄古画的经验，所以一打眼就能判断出纸张和颜料的年代。但他对武藏的绘画作品并不熟悉，总觉得武藏的画就应该是黑白水墨画，而这幅画却是彩色画，所以他自己也有些怀疑。不过他敢断定，这肯定是幅古画，而且是庆长年间的古画。而且，他还觉得这幅画中达摩祖师外衣的朱色的褪色程度和这幅画的古旧程度完全相符。装裱师能够肯定的只有这些，其他的他就不敢保证了。其实我对这幅画也没有什么把握，对于它究竟是不是武藏所画，我自己也不敢断定。

好不容易才出现这样一件线索性的东西，可是却不知它的来龙去脉，实在是觉得可惜。后来，我通过中间人，把这幅画买了下来。但是，整日忙着赶稿，无暇去顾及这幅画，时间一长就渐渐把它给淡忘了。恰在这时，听闻星星岗茶室的林柾木先生要去拜访美术研究所的胁本乐之轩先生，于是我就委托他求胁本乐之轩先生帮我鉴定一下这幅画。

其实在这之前，我还给井川定庆先生写过一封信，他当时正在京都大学图书馆调查近卫家的文史资料。我向他请教"东寔"是谁，生活在什么时代，还有"前法山"是什么意思，希望学识渊博的他能给我指点一下迷津，但过了很长一段时间都没收到他的回复。

井川定庆先生是一位半僧半俗的大学问家，曾任知恩院的住持，是日本净土宗的大僧都①。如果连他都不知道的话，那就足以说明这首赞诗解释起来的难度了。不过，从这幅画的纸质以及朱泥的使用手法来看，这幅画绝对不会是一个近代的无名画手所画。考虑到这幅画出自宽永寺，我曾经猜测"东寔"会不会就是指东睿山呢？不过无论怎样牵强附会都讲不通。我不是一个有耐心的人，实在解释不清，那就只好放弃了。

但是，就在林柾木先生临行的前几天，井川定庆先生给我寄来了详细的答复。看了他的解释，使得我更有自信求胁本乐之轩先生帮我鉴定这幅画了。先给大家介绍一下井川定庆先生的回复。

井川定庆先生也不清楚"前法山"的意思，他特意照会了曾根圆通寺的杉田宗直住持，这才弄清楚。因此多花了一些时间，这也是他为什么迟迟没有给我回复的原因。

---

① 大僧都：佛教中统辖僧尼、处理法务的僧官，各宗各派都有此僧位。

圆通寺是京都临济宗妙心寺①体系下的寺院，现任住持是杉田宗直，同时他还兼任兵库县佛教联合会的理事。按杉田住持的介绍，在当今妙心寺派禅僧中间，还依然使用着"前法山"和"法山之住"这两个词语。

"前法山"是"原法山住持"的简称，而"法山"则是妙心寺的别称，所以"前法山"就是原妙心寺住持的意思。在有关寺史的很多古代文献中，经常可以看到这一称呼。

此外，"东寔"这个人在《佛家人名辞书》中是有的，不过如果查"东寔"是肯定查不到的，要查"愚堂"才能找到。

井川定庆先生在信中还附了东寔的小传，全文如下：

"东寔愚堂国师，天正五年（1577年）四月八日生于美浓伊自良。母亲鹫见氏，是大智寺开山祖师鹫见美浓守的后裔。

国师八岁时，师从富山阳德轩的宗固首座修习文学。十三岁能作诗，诗才惊四座。

同年，师从东光寺的瑞云法师修行佛法。十九岁那年春天，开始云游四方，遍访各地名师。

庆长十年（1605年），东寔愚堂国师曾在播磨姬路的三友寺挂锡，赋诗一首后离去。之后，又拜访了骏河的清见寺。后来，又来到备前的泰恩寺，拜天长和尚为师，但没过多久，又来到花园妙心寺的圣泽院，转投庸山和尚门下。……三十五岁时，出任妙心寺住持。后来，应美浓正传寺的请求，助其复兴大仙寺。

宽永五年（1628年），国师五十二岁时，在崛尾吉晴的女婿石川忠综的帮助下，天皇陛下御赐紫衣给妙心寺，妙心寺迎来盛世。之后，因仰慕国师风范，前来求教的各藩禅僧是络绎不绝。"

以上仅是一份小传，不能道尽愚堂的全部。关于愚堂的传说有很多，据说他是一个相貌庄严的禅僧，并且深受后水尾天皇的信任，开创了禅僧在皇宫禁院内讲法的先河。

此外，愚堂和大愚、一丝、云居等当时的名僧有很深的交往。战国中期，皇室的势力衰微，后水尾天皇整日郁郁寡欢，愚堂、一丝和乌丸光广等人整日陪伴其左右，暗中扶持，其勤王精神令人敬佩，无愧于一代高僧的称号。

宽文元年（1661年）十月，愚堂圆寂，享年八十四岁。愚堂圆寂之后，十六名弟子继承了他的衣钵，人称"十六哲"。后来的无难、锥翁等名僧其实也都是出自愚堂这一流派。

俗家弟子中有冈本喜广、石河昌胜、中院通村和狩野探幽等人，一直到

---

①妙心寺位于日本京都府京都市右京区，原为花园天皇的离宫萩原殿，天皇退位后改建成禅寺，周围建立许多塔头寺院，形成一大寺院群，被京都市民称为西之御所。

后来的白隐慧鹤，以及他创立的禅风，其实都是源自愚堂这一派系。

虽然走了不少弯路，但最终还是弄清了赞诗题写者的基本情况，这真是一件令人高兴的事。很快，林柾木先生也将胁本乐之轩的鉴定结果带了回来。

胁本先生是个很直爽的人，他本人对赞诗不了解，所以就直截了当地说对赞诗不做点评，只对画提一点自己的看法。在他看来，这幅画中刻意营造了阴影部分，显然是受到西洋画的影响，所以创作年代应该晚于武藏生活的年代。而且，之前发现的武藏的画作全部都是黑白画，而这幅却是彩色画，不能不让人起疑。此外，这三角形的印章也非常奇怪，武藏从来没有用过这样的印章。最后从纸张上来看，是不是有那么古老，也不好断言，还需继续考证。

胁本先生觉得这幅画的创作年代应该晚于武藏生活的时代，这对我更好地认识这幅画提供了很大的帮助。我特意给胁本先生写了一封信，以示对他的感谢。出乎我意料的是，胁本先生又给我回了一封信，表示今后会更加系统地研究武藏的画作。

在书画鉴赏方面，我是个门外汉，既然胁本先生那样说了，我也就那样信了。这件事也算告一段落，不过愚堂和尚的赞诗还是会时不时勾起我的思索。虽然我是个外行人，但还是能一眼看出这首赞诗绝对不是闹着玩儿写的，也肯定不是赝品。这首赞诗没有禅林中人惯有的那种严肃和虚夸，它的质朴、坦率、淡泊和优雅的墨色一起给观赏者一种心旷神怡的感觉。

有一天，新井洞岩翁莅临寒舍做客，不经意间看到了挂在墙壁上的这幅画。他赶紧起身，凑上前去看了很久，惊讶地说："这真是一幅好画啊！"

他坐回来，认真地对我说："我从事南宗绘画①近五十年，宫本武藏的绘画作品也见过不少，但像今天这样打动我的还未曾有过。这幅画应该算武藏绘画作品的杰作了。细川家收藏的几件作品，以及其他人收藏的那两三幅知名作品，我都看过，但没有一幅给我留下深刻印象。不过，今天这幅真的是把我惊住了。我觉得这可能是武藏临摹某位大师的作品，很有可能是描摹唐代画圣吴道子的作品。大家都说武藏的遗作中没有彩色画，其实谁又知道呢？也许就有呢！人这一生中，随着心境和状态的变化，画风也是会变的，我们完全没必要拘泥于此。从画中透出的气魄以及运用的笔法来看，肯定是武藏的真品。今天得以见到这样的大作，真是三生有幸啊！"

新井洞岩翁夸赞了一番之后，就回去了。也许正如他所说，这是一幅大作也说不定。

听别人这么一夸，我这门外汉仿佛又看到了一丝曙光。当我再去看那幅画时，真的感觉有种强大的气魄扑面而来。

---

①南宗绘画：指在中国南宋绘画的基础上形成的日本画。

数日之后，舍弟打算去东大图书馆抄录《新免家传纪要》的部分内容，并顺便拜访一下鹫尾顺庆博士。

我突然想起，鹫尾博士可是僧人笔迹和古文献研究方面的专家啊，为何不请他帮着鉴定一下呢？虽然明知贸然求人鉴定不好，但还是禁不住内心的冲动，让舍弟把这幅画带去了。临行前还特意嘱咐他，要是鉴定起来有困难的话，把画先放在鹫尾博士那里也行。

显然我的担心是多余的，舍弟回来的时候，把画也带回来了。舍弟告诉我，鹫尾博士把画打开一看，就毫不迟疑地说：

"这画肯定是真迹，根本都没必要研究。画纸肯定是元和年间至宽永、庆长年间的老东西。愚堂的书法作品虽然很少，但我还是见过几幅的，这首赞诗一看就是愚堂的字，没有任何问题。武藏的印章也没问题。这些看起来像阴影的部分并不是刻意所为，更不是受西洋画的影响，而是朱色和墨色并用产生的晕染效果。总之，这件东西肯定是真迹，没什么好研究的了。"

此外，舍弟还告诉我，鹫尾博士在鉴定这幅画的时候，嘴里好像还在小声地嘟囔：

"这可能是愚堂年轻时写的。"

后来，我又委托京都的I先生，让他求好友G住持给鉴定一下，看这赞诗究竟是不是愚堂年轻时所写。鉴定结果是，虽然看起来像愚堂年轻时所写，但却不是愚堂年轻时的书法风格，而是晚年时写的。

G住持是纸屋川法轮寺的住持。愚堂的老师——大愚和尚就曾在这座寺庙住过。法轮寺至今还保存着很多大愚和尚和愚堂和尚的墨宝、尺牍和中途写坏的书法作品等。G住持一直致力于收集大愚和尚和愚堂和尚的遗作，在寺院祖师的研究方面是倾尽了心血。

G住持一看到"东寔敬题"下面的印章，就肯定地说："我们寺院收藏的一些字画中，有的也盖了这一印章，字形和尺寸完全相同。我个人觉得，这一印章应该是愚堂和尚应施主要求需要写点什么的时候，才会用到。等我下次去库房的时候，找到之后再给你们看吧！"

今年春天，G住持特意将盖有同一印章的横幅以及题字等，拍了多张照片，一并寄了过来。我将两者对照来看，真的是一模一样，毫无差别。

恰好这时，篆刻家M翁到我家来玩。M翁是篆刻界的传奇人物，当代大画家大观、靫彦和蓬春等人都非常喜欢他的作品。M翁现生活在东京府的养老院，非常恬淡的一位老人，过着神仙一般的生活。

我上次见到他还是十几年前的事儿了。关东大地震时，东京不仅被震得一塌糊涂，而且还遭遇了大火，我避难到了高圆寺。记得当时高圆寺周边是大片的农田，种着芋头和白菜，没有几户人家。当我到车站附近的镇子里溜达的时候，经常看到M翁迈着轻快的步子在散步。我主动和他搭话，他告诉我他是搞篆刻的，家里人都被烧死了，现在孤身一人住在养老院。而且，当时他还送给我一方篆刻，上书"英治"二字，直到今天我还在用。

十几年后能够再次相见，实在是难得。我们聊了很多，最后我求他说，您老对印章最精通了，别的我也不求您，您就帮我鉴定一下这画上的印章吧！

我把达摩祖师像展开。M翁戴上老花镜，凑上前去仔细端详，然后对我说：

"这两方印章应该不是专业人士刻的。你看上面的'沙门东寔'印和下面的'宫本二天之印'，虽然看起来貌似很专业，但刻章人其实并不习惯使用刻刀，应该是刻着玩的吧！

"不过，这两方印章肯定不是假的。如果是假印的话，无论是巧是拙，其中都会隐藏着一种邪念。你再看这两方印章，虽然看起来比较稚拙，但绝对不是拙笨。

"这应该是古时的和尚等人自己刻着玩的。而且，我觉得这两方印章好像都是木头的。

"此外，印章中使用的篆书字体早在宽永年间或元和年间就已经传到日本。此外，从印泥的色调上来看，上面的印要比下面的印晚，所以说是画在前，题诗在后。"

至此，困扰我的问题基本解决了。经过那么多名家的鉴定，可以断定这首赞诗是愚堂和尚的真迹。只要这个问题弄清楚了，那么纸张究竟是不是古代的，也就迎刃而解了。现在剩下的就是那幅画了，赞诗肯定不能先于这幅画存在。也就是说，愚堂和尚在题这首赞诗的时候，他肯定是面对这幅画的。

像愚堂和尚这样的名僧不可能会为一个小角色的画作去题赞诗，而且还用非常谦虚的语气称呼自己是"敬题"。愚堂和尚在题诗的时候，肯定知道向自己求诗的人是谁，而且也知道作者是在什么情况下画的，不然他也不会使用"谨言"、"敬题"这样的词语。

虽然以前未曾见过武藏的彩色画，但是田能村竹田在《山中人饶舌》中却记载：

"我收藏有一幅宫本武藏的布袋和尚图，笔法隽永，墨色沉酣，一双眼睛炯炯射人。此外，我还曾见过一幅武藏所画的十二彩马图，施朱填粉，极其浓厚，但却毫无俗气。马鞍、马鞭和脚镫等器具均按古法绘制。"

如果田能村竹田所言确有其事的话，那武藏肯定是画过彩色画的。我还听说，从榊原家流散出的一幅武藏的鹭鸟图中，鹭鸟的眼眸部位就施了淡淡的蓝色。

在武藏生活的那个年代，很多画家会画达摩，也有很多诗歌会咏达摩。

我曾对那一时代的风潮进行过详细研究，但由于内容实在太庞杂，在此就先不赘述了。

以上仅是对画作的真伪做了介绍，其实我真正想知道的还是武藏与愚堂和尚的关系。

胁本乐之轩先生认为那幅画不是武藏的真迹，所以我也就没敢当作真迹示人。不过，我本人对这幅画还是非常感兴趣的，所以一直把它挂在寒舍的墙壁上。《二天记》和《小仓碑文》中没有武藏与禅门中人交往的记载，但是通过这幅画和上面的题诗，可以看出宫本武藏和愚堂国师之间肯定有某种关系。总之，这幅画也算是为武藏和禅门中人的关系的研究打开了一个小口吧！

也许是我多管闲事，在这幅画的启示下，我以愚堂和尚为中心，研究了妙心寺和细川家、细川藩的家老长冈佐渡和妙心寺、泽庵和愚堂、细川家的家庙泰胜寺与春山和尚、春山与武藏、春山与妙心寺、春山与愚堂、春山和尚的老师大渊和尚与妙心寺、大渊和尚和愚堂等的关系。是不是看晕了，我也觉得太复杂。限于篇幅所限，我还是不写了。等将来有机会，我再给大家详细介绍一下武藏与禅门中人的交往。

关于武者修行
——修行风潮的兴起与武士的生活

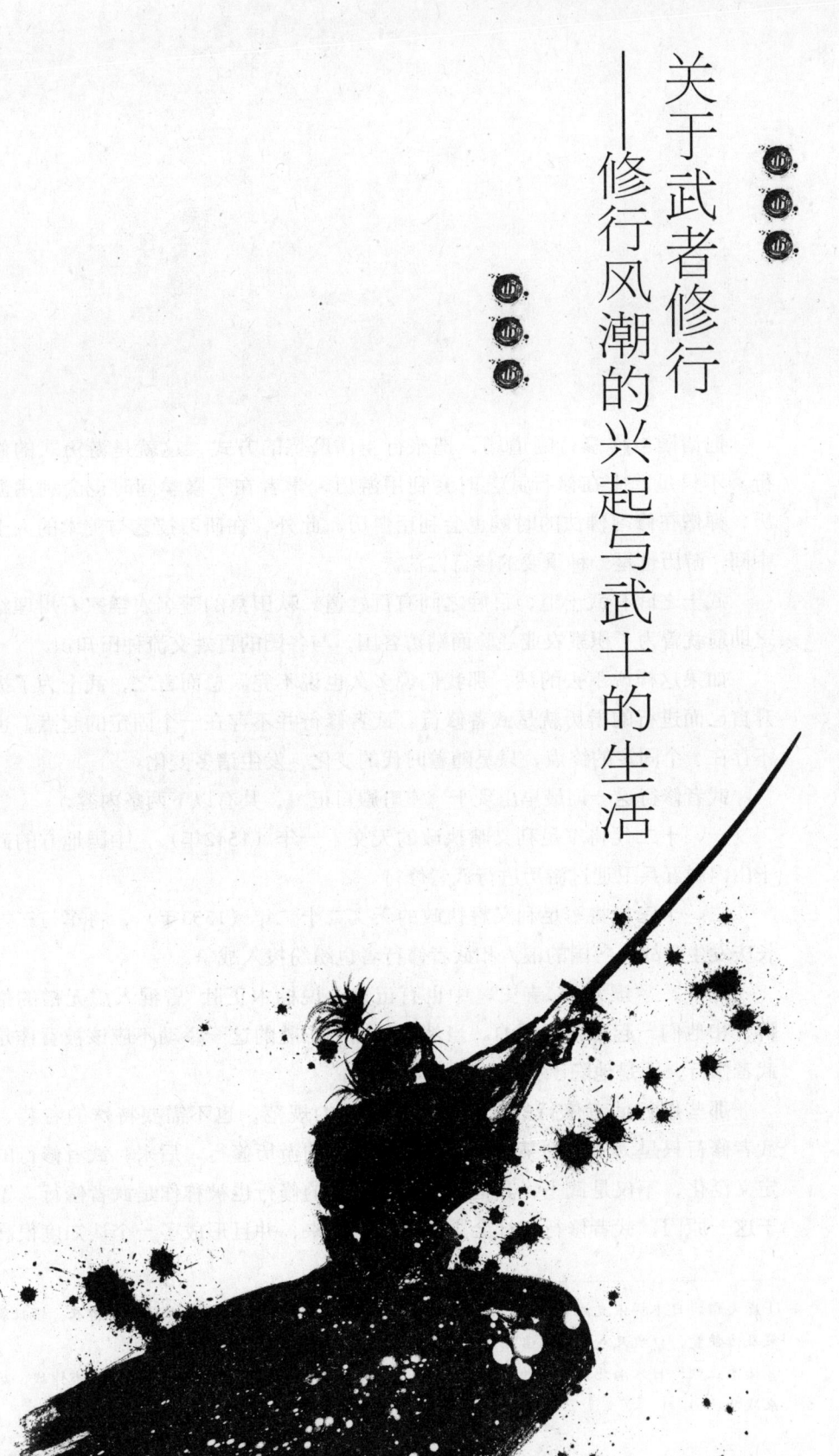

把诸国当作修行的道场，把旅行当作磨炼的方式，这就是游历式的修行。不只是武士在修行武艺时会利用游历，学者在积累学问时也会利用游历，禅僧在修习佛法的时候也会利用游历。此外，在研习技艺与美术的人士中间，游历也是一种重要的修行方法。

武士之间有武士道，百姓之间有百姓道。秋田县的著名农学家石川理纪之助翁就曾为了积累农业经验而踏访各国，与各国的百姓交流种田知识。

如果这样说下去的话，那我们说多久也说不完。总而言之，武士为了提升自己而进行的游历就是武者修行。武者修行并不存在一个固定的起点，也不存在一个固定的终点，只是随着时代的变化，发生诸多变化。

武者修行这一词最早出现于《室町殿日记》，共有以下两条内容：

一、十二代将军足利义晴执政的天文十一年（1542年），中国地方的武士山内源五兵卫通过游历进行武者修行。

二、十三代将军足利义辉执政的天文二十二年（1553年），将军与三好长庆发生激战，各国的浪人和武者修行者也纷纷投入战争。

此外，《虚无僧①寺史》中也有记载，说楠木正胜②曾混入虚无僧的僧群，和他们一起在各国漂泊。当然了，楠木正胜的这一举动不应该被看作是武者修行，而是他隐于社会的一种方式。

那些进行武者修行的武士不存在特殊的规范，也不需要特殊的着装，武者修行只是为了达到某一目的而特意进行的游历修行。后来，武者修行的定义泛化，不仅是武士，其他像虚无僧等人的修行也被称作是武者修行。鉴于这一原因，武者修行在社会上逐渐流行起来，并且形成了一个认知度很高

---

①虚无僧：日本禅宗支派普化宗的僧人，虚无僧头戴名为"天盖"之深草笠，不着僧衣，颈挂袈裟及方便囊，口吹尺八，行乞诸方。

②楠木正胜：日本南北朝时期的武将，楠木正成之孙，曾和北朝的室町幕府军队在堺市作战，后来战败。

的群体。甚至，进行武者修行的两个人见面打招呼时，根本不需要报出彼此的名号，只要说自己是去各国游历的武者修行者就可以得到对方的认同和接纳。

第十代将军足利义稙执政的明应年间，有一位非常知名的弓箭手，名叫日置弹正，他也曾游历各国进行武者修行。《足利季世记》对他的事迹进行了记载，这应该是有文字记载的最高的弓道家的武者修行，后来很多人在写武道史的时候，经常会引用这段记载。当然了，日置弹正进行武者修行的目的与其说是为了提升自己，还不如说是为了向世人宣传自己的日置流箭术。

当时，日置弹正在游历诸国时，带了大批的弟子，而且配备了完备的弓箭用具，骑着高头大马去叩响各位权贵之门，向他们宣传自己的射艺。这样的游历方式最早并不被认为是武者修行，但随着后来武者修行的流行和定义的泛化，这样的行为也被冠以武者修行之名。

《都新闻》①的学艺部长兼作家上泉秀信先生是上泉伊势守的后裔。有一次，我问他：

"在伊势守的古代文献中，有没有关于武士道方面的资料呢？"

他回答说：

"在老家的兄弟家里可能会有，不过我从来没有见过。"

伊势守和冢原土佐守等兵法家生活在天文、永禄和元龟年间，恰值战国初期，武士道在社会上已经初步形成。而且，当时兵法家在社会上的地位也都比较高，被当作专家来对待。

其实在伊势守和冢原土佐守之前，室町中期的时候，日本就已经出现了很多兵法家，例如：镰仓的僧慈音、中条流的中条兵库助、念流的樋口家以及促成剑法中兴的天真正传香取神道流的饭筱长威斋等人。可惜的是，他们的事迹都没有流传下来，在发出一点光芒之后，就迅速从历史舞台上陨落了。

直到弘治、永禄和元龟年间，上泉伊势守和冢原土佐守等人才以兵法家的身份被人们所熟知。那是一个人才辈出的年代，涌现出了一大批像松本备前守、富田势源和北畠具教这样的高手。永禄三年（1560年），兵法家伊藤弥五郎一刀斋在伊豆的桶狭间之战中一战扬名。二十四年后，武藏出生。

武士道的出现要比弓道和马术晚得多。在前文提到的日置流的日置弹正之前，就已经有很多弓道大师出现。马术也是如此，在大坪流的大坪道禅之前，已经有很多马术高手存在。武士道萌芽于黑暗、颓废和战火纷飞的室町末期，随着织田信长势力的崛起以及武力统一步伐的加快，日本出现了专门

---

① 《都新闻》：战前在东京发行的一份日报，1942年和《国民新闻》合并，更名为《东京新闻》。

的兵法家，他们开始宣扬和提倡武士道。

在这样的时代大潮中，武者修行开始出现，并且逐渐走向辉煌。

上泉伊势守曾是上州大胡的城主。永禄五年（1562年），也就是川中岛之战的翌年，他离开自己的封地，以修行兵法为名到各国游历。

《看闻御记》中记载了上泉伊势守进京的情形。伊势守被正亲町天皇招到皇宫之内，并且亲自给天皇表演剑技。伊势守在各国游历的时候，带着很多家奴，他们人人拿着武器，骑着高头大马，那阵势宛如是武士队伍在行军。

冢原土佐守在东海道游历的时候，跟随的家奴也有六十人左右，光是他自己用的马就得准备两匹，一匹骑着，一匹备用。而且，打头的那名家奴还得给他拿着鹰。

当然了，这二人的游历虽然也可以被看作是武者修行，但是和后来的武士们树下石上的修行生活是完全不同的。

上泉伊势守、冢原土佐守以及伊势的北畠具教和大和的柳生家是当时为数不多的大宗族，他们的武者修行方式自然不具有代表性。对一般的武士来说，他们的武者修行主要是以"克己"为目的，过的是一剑一笠、树下石上的生活。

林崎梦想流的创始人林崎甚助重信以他的坐姿快速拔刀法著称于世。他在天文和永禄年间，离开故土出羽国，开始在各国游历，过的就是典型的孤行独步式的武者修行生活。

据林崎梦想流的《祖师传》记载，有一夜，林崎甚助重信投宿到京都的一处民宅，突然一伙被称作茨城组的暴徒闯了进来。林崎甚助重信临危不惧，坐在那里快速拔刀把他们一个个都杀了。

《室町殿日记》中有一段对茨城组的描述：

"他们赤裸上身，腰间系着好几层锦缎腰带，暗红色的遮羞布从腰间垂下。刀刃三尺八寸，外配朱鞘，鞘首有八寸长的白银装饰，柄长一尺八寸。另外还配一把一尺八寸的短刀。头发散乱，随以麻绳扎绑。脚穿黑皮袜。经常是二十余人同行，手持铁爪斧头等物……

行进途中，遇到路人，便会恐吓道：

'大名鼎鼎的茨城组驾到，见者让道！'

可以看出，茨城组是一群非常嚣张的不逞之徒。

林崎甚助重信后来追随上杉谦信的属下松田尾张，而且也上过战场。林崎甚助重信选择武者修行的目的有两个，一是提升自己，另外就是为了打败亡父的仇敌坂上典膳。

在武者修行的风潮兴起之后，很多以复仇、归隐、逃避等为目的，以及有着各种各样隐情的人也纷纷加入武者修行的队伍。从战国时代一直到江户初期，这些抱着各种各样想法的游历者与纯粹的求道者几乎难以分辨，他们都以武者修行的名义，游走在各国的都会和乡村之间。

所有关于明智光秀的传记都记载了他在投靠织田信长之前的青壮年时期一直都是在武者修行生活中度过的。此外，同样的经历也见于山本堪助的传记之中。

他们二人的武者修行究竟是一种什么样的修行呢？苦于没有线索，我们无法下手研究。从明智光秀和山本堪助后来都成为了一代谋将来看，他们在青壮年时期那段缺乏记载的日子里，应该是考察了各国的城池、兵力和地理等情况，以备自己日后所需。后人在为他们立传的时候，为了弥补他们人生中的这段空白期，于是就臆测他们可能是进行武者修行去了。

弘治元年（1555年），美浓国的斋藤一族发生内乱，惠那的明智城也惨遭陷落，二十八岁的明智光秀被迫开始了自己的漂泊生活。①明智光秀当时寄住在叔父明智光安家中，他和堂弟明智光春一起逃出明智城，翻山越岭逃往越前。

后来，他在若狭的武田家隐藏了很长一段时间。三十五岁时，追随朝仓义景。三十九岁时，在朝仓家初识细川幽斋。四十一岁时，遇到织田信长，从此追随其左右。

可以看出，明智光秀离乡之后的十三年间，他一直寄身于名门望族，而且后半段一直在出仕。他有职责在身，并且活动范围有限，不可能去游历各国进行武者修行。另外，明智光秀当时比较穷困，他也没有条件去进行武者修行。

不过，他的旧主斋藤道三却在非常潦倒的情况下，实现了武者修行。斋藤道三的传记中，没有关于这一事件的记载。但是，在蜂须贺家的藩史以及《蜂须贺蓬庵传》中却记载了这样一个小故事。

"中村能祐规劝龙空禅师说：'不孝有三，无后为大，你还是赶紧还俗，生个孩子吧！'"禅师听从了中村的劝诲，蓄发还俗，在蜂须贺村娶妻安家。足利上台以后，禅师更名为小六正昭，此后又改姓蜂须贺。……后来，累世子孙都沿袭蜂须贺这一姓氏。

有一天，武者修行途中的松波庄九郎来到蜂须贺村。日暮时分，他挨家挨户请求借宿，但无人肯接纳他。蜂须贺小六正昭的后人小六正和见他在自己屋檐下踟蹰徘徊，面有难色，于是就上前问他有什么可以帮忙的。松波庄九郎将自己求宿而不得的遭遇告诉了他。蜂须贺小六正和觉得救人于危难乃武士之常情，于是就非常诚恳地邀请他到自己家中留宿。松波庄九郎感激不

---

① 斋藤道三遭到其子斋藤义龙的攻杀，斋藤道三在长良战死后，斋藤家的新家主斋藤义龙立刻对亲近斋藤道三的明智家发动进攻，明智家灭亡。

尽，表示他日一定报恩，并且临别时，还将自己的一半印符留给小六正和。后来，松波庄九郎出任斋藤山城守，改名斋藤道三秀龙，他把小六正和召到自己门下，月领俸禄二百贯。"

文中的小六正和是小六正胜的父亲。大家可能比较熟悉矢矧桥的故事，有一天，小六正胜在矢矧桥上救助了一个小孩，名叫日吉丸，这人就是后来大名鼎鼎的丰臣秀吉。斋藤道三夜宿蜂须贺村的故事虽然没有矢矧桥上救助日吉丸的故事流传广，但真实性还是很高的。

斋藤道三的人生经历非常复杂，他出过家，卖过油，而且还在世间漂泊流浪过。从后来斋藤家和蜂须贺家的关系来看，当年他受到小六正和救助的故事应该是真实的。

战国时代部分武将的武者修行，以及前文中提到的上泉伊势守和冢原卜佐守那样的武者修行，甚至以报仇和归隐为目的的武者修行都不是真正意义上的武者修行。他们受时代潮流的影响，借武者修行这一称呼，混入武者修行的队伍，只是形式上的武者修行而已。

武者修行必须具有明确的目的，是武士精神层面的修行，核心是"克己"和"求道"，要求修行人必须有昂扬的求道意志，能够舍弃安逸的生活，能够忍受千辛万苦，这在某种程度上类似于禅门云水僧①的修行。

室町末期，整个社会一片黑暗，混乱不堪，武士阶层也都处在一片颓废的气氛之中。但其中部分武士不甘于沉沦，他们努力从令人窒息的时流和腐败的俗世中挣脱出来，并且萌生出新的思想。

在这样的大背景下，武士训应运而生。武士训既可以是主公对晚辈的教诲，也可以是对自家武士的训诫。它的形式多种多样，是新思想的一种产物，主要是为了促进他人对现实生活的反省，或者表达自己的忧虑。

毫无疑问，武士训就是武士道德的诫语，是对将会成为武门中坚力量的年轻一代的训诫，它告诉年轻武士什么嗜好不能有，什么事情该做，什么事情不该做。

室町末期和战国时期流行的武士训其实是镰仓时代武士道的复古。在江户时代，山鹿素行和山本常朝对各种各样的武士训进行了提炼，分别写成了《士道》和《叶隐》。这两部书揭示了日本武士道的最基本精神，也因此成为日本武士道的经典。

室町末期的武士训主要有楠公题壁文，斯波义将管领②的《竹马抄》和今川了俊的《今川状》等；战国时代的武士训主要有北条早云的《早云寺

---

①云水僧：指行脚僧，也叫游方僧，即四处游历、拜师学法的僧人，因其行踪不定，如行云流水一般，故称之为云水僧。

②管领：室町时代的官职名，主要辅佐将军处理幕府的政务。

殿二十一条》，武田家的《信玄家法》，长曾我部元亲式目和黑田长政遗言等。

在众多的武士训中，大内义隆的大内家题壁文、细川幽斋的《幽斋纪要》和细川赖之的武士训最为出名。这些武士训通过各家的家臣传到世上之后，很快就流传开来，并且成为时人的座右铭。

宫本武藏的《独行道》也可以看作是他为自己写的一则武士训。

武士训并不仅是大名或名门望族为了训诫子弟和臣下所做，还有很多是像武藏这样的武士，甚至是毫无名气的人写的。他们写下武士训，主要是借以自诫，或者向他人传递自己的某一信念。

在当时，除武士训以外，道歌也非常流行。细川幽斋写的道歌非常多。武藏也写过。兵法家主要是借道歌来传达兵法的深奥和言外之意。给大家举个例子，有一首道歌是这样写的：

"抡起大刀有地狱，退后一步是天堂。"

有人说这是武藏写的，其实不是，这首道歌的原作者是柳生宗严。武藏写的道歌是下面这首：

"乾坤如庭院，万物入怀抱。悠然天地外，我自任逍遥。"

上泉伊势守创作的道歌是：

"何处可栖心，最佳是故乡。"

在日本历史上，这样的道歌有很多，如果整理一下，可以编成一本很厚的集子。我本人最喜欢的还是柳生十兵卫三严的这首：

"身入深山中，苦心求道成。偶遇一村寨，山民乐无穷。"

这首道歌与其说是在暗示剑法，还不如说是柳生十兵卫三严对自己内心的一种表达。仔细体会，会发现这首道歌真的非常有意思。

以上有点扯远了，我们书归正传。

在那个动荡的年代以及颓废的氛围中，无论是细川幽斋等人写的道歌，还是各种各样的武士训，它们都有一个共同的目的，那就是唤醒武士阶层的道义精神。此外，还有很多有志之士选择了独自修行，并且对自己提出很高的要求，不希望自己在时代的浊流中沉沦。

就是这些人，他们有的踏入禅门，有的踏上武者修行之路，在求道的道路上踽踽独行。

虽然当时武者修行者的规模非常庞大，但是抱着纯粹武者修行精神的人却极其罕见，不过武藏就是其中一位真正的武者修行者。

伊藤一刀斋、丸目藏人、柳生兵库助、小野典膳和诸冈一羽等剑客也都进行过武者修行，但他们的目的却各不相同，让人不禁怀疑他们进行的究竟是不是纯粹的剑道修行。

在当时参加武者修行的人中，大部分都是漂泊的浪人，他们游历的主要目的是找到肯接纳他们的主人或者出仕为官。但武藏和他们不同，武藏有自己的理想，他希望通过修行提升自己的剑道。

应仁之乱后，浪人的人数空前增多。在战国时代，风云突变，很多山野之中的青年也离开自己的故土，被卷入时代的动荡之中。

在战乱中，很多名门望族被战火所摧残，他们的遗族和部曲也被迫加入浪人的行列，但这些人的境界要比普通的浪人高得多，他们不甘于随波逐流的生活，开始在各国间游历，借以提升自己。

总而言之，在武者修行的大潮中，混杂着各色人等。

武者修行得以盛行的一个重要原因就是当时开放的生活方式为游历者提供了物质基础。现代人可能不是很了解当时的经济状况，在战国时代，百姓的生活是非常自由的，物质也相对充盈，所以游历者得到衣食并不是十分困难。

像冢原土佐守和上泉伊势守这样的贵族，他们即使离开自己的城池，也还是会有众多的家仆和门人服侍其左右，所以衣食对他们来说，根本不成问题。

当然了，也有很多游历者背负着特殊的使命，他们暗中接受主公的委托，化装成浪人，潜入敌国刺探对方的兵力状况。这样的游历者背后自然会有强有力的支持，所以他们的衣食也没有任何问题。

稍微有些问题的可能是那些独行的剑客，他们短则数年，长则十年二十年，在各国间游历，居无定所，希望通过修行让自己的武艺得以精进。

对那些毫无背景的武者修行者来说，他们活下去的唯一方式可能就是和一个有能力提供资金的人合作，或者是通过教授武艺为自己谋一口饭食。

战国时代的日本是一个以中下阶层为主的社会。在这样的社会结构中，边教授武艺边游历也许是最好的选择。

在当时，寺院都是对外开放的，武士和寺院有着非常特殊的关系。此外，寺院还是武者修行途中修养身心的重要场所，游历者可以在寺院中求得一个暂时的容身之所。

室町中期以后，战乱频繁，百姓对武术的需求也就越来越高。在当时的一些偏远村落，领主的统治力量难以到达，再加上茨城组这样的暴徒、野武士等经常来袭，百姓的人身安全得不到保障，这就使得他们迫切希望掌握防身的武艺。

此外，在那个杀伐成风、道义沦丧、充满欺诈与权谋的时代，作为个人来说，掌握一门防身的技能也是非常必要的。

后来，在织田信长和丰臣秀吉执政期间，都曾出台法令，收缴农民的武器。据说，当时从各村落收缴上来的武器数量惊人，这也足以看出当时社会的动荡不安。

在当时的一些偏僻村落中，村民是非常欢迎武者修行者来的。因为修行者来了以后，不仅可以教他们一些防身的技能，还可以成为整个村子的保护者。从一些关于山贼的故事，以及人身供养的传说来看，村民和武者修行者的关系是非常融洽的。在这样的地方，武者修行者的住宿和衣食自然是不成问题的了。

在都市地区，武者修行者的生活主要靠相互之间的扶持与帮助。可以通过相互间的人脉关系，把自己介绍到某位贵族的门下，从而获得必要的生活条件。

武藏的青年期和壮年期就是在武者修行的状态下度过的，他当时的生活状态也应该像我在上文中介绍的那样，在农村有农村的生活方式，在城市有城市的生活方式。

在关原之战前后，以及大阪夏冬两战的前后，日本社会在表面上看来是一片安静祥和，但实际上却是暗流涌动。很多大名预感到战事随时可能爆发，于是就积极整装武备。但苦于财力有限，不能大规模养兵，有时即使看到德才兼备的人才，也不能招致自己麾下。

但他们想出了一个办法，那就是暗中支持。在无战事的时候，这些被支持者过着普通浪人的生活，一旦战事爆发，他们就会为支持自己的大名服务。九度山的真田幸村就是一大典型。幸村住在草庐中，过着非常简朴的隐士生活，并且还给自己起了个别名——传心月叟。他平日里从大阪城的秀赖那里得到不少财力支持，但这么多钱自己又用不了，于是暗中资助了很多浪人。

大阪之战爆发之后，他和儿子披挂出山，从高野出发，经纪泉前往大阪。途中，从四面八方闻讯赶来的浪人有两千多人，瞬间就集结成一支战斗力惊人的部队。

毫无疑问，这些浪人的生活费都是来自大阪城。其实不只是大阪城，当时很多藩国都在用这种方式供养浪人，以便在战时为自己服务。

除了浪人，一些正在进行武者修行的武士也会通过某种特殊的渠道，从相应的大名那里得到扶持。

大阪之战时，武藏三十一岁，他当时参加了西军，但其所属的部队以及所立功绩至今不明。我们不难猜到，他之所以参加西军，肯定是因为受到了西军中某位将领的扶持，参战其实是向帮助过自己的将领报恩。

总之，室町初期武者修行刚刚出现的时候，修行者更多的是模仿禅门的行脚僧。后来，随着参与人员的增多，武者修行出现了杂乱无秩序的状况。直到战国时代的元和年间，武者修行才逐渐走向规范，并且焕发出蓬勃生机。到江户时代后，世间恢复平静，统治者的控制力也得到空前加强，武者修行者的生活就不是那么好过了。

在江户时代，为了对付那些假装的游历者，政府颁布了非常严苛的法律，一些正当的武者修行者也因此受到牵制。不过从后来千叶周作写的《廻国日记》来看，直到江户末期，参加武者修行的人数还是非常可观的。到幕府末期，武者修行逐渐演变成一种社交的形式，武者修行者的行动也没有受到什么限制，他们仍可以自由地游历诸国。

江户时代的武者修行者跟眼下凭着一张嘴在各地巡回演讲的演讲家，以及凭着一支画笔走遍天下的画家一样，他们凭自己的本事吃饭，饿不着，也冻不着。

当然了，在这众多的武者修行者中，受主公之命，秘密到各国游历的人也不在少数。据说，柳生十兵卫三严就是受德川家光之命而开始了武者修行之旅；很多剑道家也都是受到各自藩主的派遣而到各国游历。

据《柳生旅日记》记载，宽永三年（1626年）十月，柳生十兵卫三严受德川家光召见，回家之后，他剪断发髻，佯装发狂而去。这一去就是十一年，其间他游历诸国，直到三十一岁时才回到江户。

现在奈良县添上郡的柳生寺内依然保存着柳生十兵卫三严所写的兵书《月之抄》，他在序文的开头写道：

"宽永三年十月，我离开家，开始修行。"

接着，又介绍了自己山中生活的情形：

"从德川家光将军殿内退出之后，我即来到山中修行，世人都言我是在逃脱人世。随他们说吧，我自得其乐就好。我修了一个草庵，日夜沐浴山风，而且还用竹子做了一条引水管，时时都能听到潺潺的流水声。"

最后，柳生十兵卫三严在序文的末尾写道：

"这些年来，跟他人比武不少，有胜也有负，积累了一点经验，所以就想把它写出来，也算是献给父亲的一份礼物吧！……个人觉得，比武时最重要的是保持内心的一份纯净与自由。泽庵大和尚曾告诫我们要'以心载道'，父亲也曾教育我要'以心传心'，我这本书其实就是围绕这两个主题来创作的。

暗夜行路难，
执杖辨危安。
月出天地亮，
舍杖径向前。①

---

① 此首诗颇有深意。柳生新阴流的真髓在于"无刀取"，即以空手制伏对方。这首诗中的杖其实暗指剑，意思是：在开始修行剑道的时候，需要用剑。当达到了一定境界之后，天地豁然开朗，就不需要再用剑了。

因此，将本书定名为《月之抄》。"

《柳生旅日记》后来被认定为是伪作，所以他受将军之命，秘密到各国游历这一事情的真实性就大打折扣了。不过有关他的传记，以及很多兵书中都还在沿用这一说法。

通过《月之抄》的序文，我们可以得知，他在离家之后，孤身一人进入山中修行的事情肯定是真的。

柳生十兵卫三严性格刚毅，幼年时就失去了一只眼睛，他的性情比弟弟飞騨守宗冬温和，而且剑法也更为精湛。从《月之抄》的序文，我们可以看出他的文笔非常典雅。在这里，可惜大家看不到《月之抄》的原件，要是大家看到原件的话，会发现柳生十兵卫三严的书法也非常漂亮。在柳生宗矩的众多儿子中，柳生十兵卫三严应该算是最为出色的一个。

《柳生旅日记》中认为从事特殊任务的是柳生十兵卫三严，其实从历史资料来看，真正接受秘密任务，游历各国的人应该是柳生兵库助。

柳生兵库助的父亲是但马守柳生宗矩的哥哥柳生严胜，爷爷是柳生宗严。因此，他和柳生十兵卫三严是堂兄弟关系。

兵库助二十五岁时，出仕加藤家，年俸五千石。

当时，祖父柳生宗严特意恳求加藤清正说：

"兵库助性情急躁，若给您惹下什么乱子，恳请您饶他三次不死。"

但是，柳生兵库助上任之后，没过几年，就离开了加藤家。此后九年，他游历诸国，最后在德川家落脚，成为尾张柳生的祖先。

既有祖父柳生宗严这样的背景，又有加藤清正的宽容，柳生兵库助在当时可以说是出尽了风头，但是他却轻易就离开了加藤家，在各国间游历，其中的深意绝对不是他自作主张那么简单。请允许我臆测一下，在当时，柳生宗严带着儿子柳生宗矩面见德川家康，双方一定是做出了某些约定。柳生兵库助在各国之间跑来跑去，肯定有他深层次的原因，而且这个原因极有可能跟当初做出的约定有关。

① 红梅鸠图
② 布袋竹雀枯木翡翠图（部分）
③ 葡萄栗鼠图（部分）

各家的武藏论

在我写《宫本武藏》的时候，报纸小说的争论那是不绝于耳，不过提出否定意见的大都是一些从没读过外国报纸和新小说的人。当然了，我在《朝日新闻》晚间版上连载《宫本武藏》也绝对不是为了和他们怄气。

果然不出我所料，还没连载到十回，就有人站出来批评我了，说我这是"假评书"，而且提批评意见的大都是一些像中村武罗夫和冈田三郎这样的老前辈。这也不怪他们，人老了，想法难免跟不上时代的步伐，所以我也就没反驳他们。

其实早在延享三年（1746年），一本关于武藏的通俗小说《花筏严流岛》就面世了。为了迎合读者的趣味，这本书的作者是乱编一气，大致内容如下：

"佐佐木小次郎喜欢上了吉冈的女儿，后来因为吉冈反对这门亲事，佐佐木小次郎就把吉冈给杀了。而武藏是吉冈的儿子，在父亲被杀之后，他就流浪到肥后的加藤家，成为宫本武右卫门的养子。他努力修行剑道，最终在严流岛把佐佐木小次郎给杀了，报了杀父之仇。"

《花筏严流岛》的作者据说是一个叫八文字屋自笑的男人，他把整本小说分成了十三章，其中有一章说的是武藏在姬路投宿，还有一章说武藏打败了变幻莫测的狒狒，最后以武藏在严流岛杀死佐佐木小次郎结尾。文化七年（1810年），佐川藤太对原小说做了补充，并付梓出版。

此外，享和三年（1803年），平贺梅雪还写了一部十卷本的净琉璃剧本《二岛英雄记》，主要内容也是关于宫本武藏和佐佐木小次郎的。

后来流行的评书《宫本武勇传》大致也是在这两本书的基础上创作的。我至今还记得年少时看过的武藏净琉璃剧，感觉和大阪的租书屋中租到的岩见重太郎、丸目藏人和家原卜传等人的武勇传没有什么区别，无非都是救了漂亮姑娘，打败了狒狒，杀死了仇人，在天皇面前比武等等老套的情节。

虽然现在的读者不是那么好糊弄了，而且武藏也更出名了，但是普通老百姓心目中的武藏还是停留在《花筏严流岛》以及各种评书的水平。对一般老百姓来说，宫本武藏和岩见重太郎没什么不同，冢原卜传和荒木又右卫门也都生活在同一个时代，他们的服装一样，习俗一样，就连生活的时代也都是江户中期。而且，现在的百姓和过去的百姓喜好一样，男主角一定要帅气，要强大，要有飒爽风姿，最好披着连环甲或者身穿黑色绸衣，要是再能留着短垂发那就更好了。

持这一观点的不只有底层的老百姓，很多知识分子，甚至一些作家也都是这么认为。对武藏不懂装懂，将真说和假说混淆不清的大有人在。

我在报纸上连载《宫本武藏》之后，有人批评我，评书怎么能这么写呢？史实都到哪里去了？……总之，各种各样的批评铺天盖地，唾沫星子简直能把人淹死。

我的《宫本武藏》自登出以来，那是毁誉参半，褒贬不一。其实这些我早就预料到了，不过让我稍感意外的是，在众多的批评者中，除了那些对武藏已形成固定认识的老百姓以外，还有很多是宫本武藏研究方面的专家，以及宫本武藏的崇拜者。

对武藏的研究以及对武藏的景仰绝对不是近年来日本民族主义风潮的产物。针对楠木正成五百年祭和前年纪念弘法和法然①的活动，二宫尊德曾组织讨论过浜口内阁以后日本民族主义的倾向。在这一大讨论中，从来没人觉得应该探讨一下宫本武藏。而且四五年前，直木三十五还提出了"武藏非名人说"，频频邀请我和他论战。

但是，早在江户时代，就已经有很多人开始对武藏进行研究，想弄清他的真实面目，并且还有部分人对他充满崇拜。当时的很多剑道家在著述的时候，必然要引用武藏的遗作与兵法。荻昌国所著的《武藏传》中特意写了平山子龙对武藏的评价。此外，渡边华山和田能村竹田等著名画家也都在自己的著作中对武藏的绘画作品进行了论述。

关东大地震之前，大川周明和安冈正笃等人专门发表过对武藏的研究成果。熊本有一个宫本武藏彰显会，他们有自己的会刊，井芹经平还在上面发表过武藏研究的文章。此外，碧瑠璃园也写过关于武藏的文章。近年来，武藏的遗墨集也已出版，关于武藏的著述那更是不胜枚举。

虽然出现了这么多新成果，但是一般百姓对武藏的印象还是没有得到丝毫改观，依然维持在净琉璃剧的水平。据此也可以看出，百姓先入为主的观念是多么强大和顽固了。

面对读者已经形成的固有观念，写出一个跟他们印象中完全不同的武藏那是非常危险的，而且对连载方《朝日新闻》来说也是一大冒险。尽管如

各家的武藏论

---

①弘法是日本真言宗的创始人，法然是日本净土宗的创始人。

此，我还是觉得如果按照原有的套路，再用评书的方式去写武藏实在是没有必要。

时至今日，无论谁去写武藏，都不会再参考《花筏严流岛》以及武藏的武勇传了。当然了，也不会从纯学术角度去着手。对于今天的大众文学来说，更多的是在学术研究的基础上去创作，力求尽可能接近史实，同时又要保证故事性。如果不打破固有的武藏形象，不写出一点真正接近原貌的东西，那实在是没什么意义。我在创作《宫本武藏》的时候并不亢奋，但是对报纸小说还是负有一种使命感。总之，创作出尽可能接近史实的作品，是一个作家应该具备的基本态度。

归纳一下近年来有关武藏的书籍，我们会发现，最早的就是熊本的宫本武藏彰显会出版的一些书籍和刊物。此外，还有《直木全集》中关于武藏的部分内容，中里介山居士著的《日本武术神妙记》，《史林》等杂志刊登的部分文章，《古事类苑》的兵事部分，国书刊行会编著的《武士丛书》和井芹经平的讲话笔记等。这些我都有，就堆在我书桌的旁边，几乎和桌子等高。除以上列出的这些外，碧瑠璃园的书，以及幸田露伴的《古代日本百将传》等我也都读过。如果再把有关日本精神和剑道方面的论评加进来的话，那跟武藏有关的书籍真的可以堆成一座小山了。

在明治以前出版的有关武藏的书籍中，不算毫无参考价值的通俗小说，单是手抄本的传记就有四五十种，其中最有价值的当然还是《二天记》。

《二天记》是后人给它起的名字，这本书最早是取武藏名字中的"武"字，称为《武公传》。武藏去世之后，埋骨于肥后细川藩。这本书据说是细川藩的藩士丰田又四郎在武藏话语、文件和武藏弟子回忆的基础上创作的。不过这就出现了一个问题，武藏是正保二年（1645年）去世，而丰田又四郎是一百零三年后的宽延元年（1748年）去世，两人年龄相差太大，所以他根本不可能见到武藏，也不可能听到武藏的话语。还有一种说法，说丰田又四郎、他的儿子丰田彦兵卫、孙子丰田左近右卫门都参与了此书的创作，历经祖孙三代才最终完成。这就更不靠谱了，历时那么久，又怎么可能直接听到武藏的话语呢？

不过毫无疑问的是，在武藏的所有传记中，《二天记》应该算是最古老的一本，后来很多人都在传抄这本传记。除《二天记》以外，还有一些其他的传记，例如小仓藩的《宫本玄信传》和《异本二天记》等。其中，《宫本玄信传》记载了宫本家的族谱和武藏的碑文等。武藏的养子宫本伊织曾是小仓藩的家老，所以在小仓藩出现这样的传记也就不足为奇了。

若单从文献的古老程度来看，《小仓碑文》应该算是最接近武藏生活年代的一份文献。武藏去世后的第九个年头，宫本伊织为他立了这块碑。但是，在碑文中有一些明显的错误，所以文献价值并不是很高。

武藏还有一本传记，丹治峰均著的《兵法大祖武州玄信公传》。在讨论武藏究竟是不是名人的时候，直木三十五曾经援引过此书，但他当时并没有用这个名字，而是称其为《丹治峰均笔记》。这本书据说是丹治峰均在武藏二天一流的继承人吉田实连的陈述的基础上创作的，和《二天记》几乎是同一时期。

荻昌国也写过一本《武藏传》。幕府末期的横井小楠读过之后，称其是："此《武藏传》有前人未见之识见。"《武藏传》与其说是传记，还不如说它是一份论评，行文的重点不在于武藏的履历，而是侧重于武藏的业绩与人格。正如横井小楠所言，这本《武藏传》要比《二天记》以及《小仓碑文》更接近于他本人的形象。荻昌国别名荻角兵卫，也是熊本藩的藩士。

此外，林罗山和平山子龙等人也写过一些片段性的论评和逸事，但这些文字远远不足以补全武藏的整个人生。在一些地方志中，也有一些零散的信息，例如《美作略史》、《新免家传纪要》、《东作志》和《作阳志》等，其中记载了武藏幼年时的一些经历以及家庭方面的一些内容。

除以上介绍的传记和地方志以外，不少兵法书中也有关于武藏的记载，不过大多都是对他的《五轮书》和《兵法三十五固条》等文章的摘录或注解。此外，一些书籍对武藏的绘画作品也做了介绍，例如《肥后金工录》和《画乘要略》等。

除了我们难得一见的书信和画作以外，从古至今单是关于武藏的书籍就有七八十种，也许还有更多。面对这么多的书籍，无论多么忠实的研究者，都难以做到每一本都仔细读过。

直木三十五在《改造》和《文艺春秋》上发表了多篇"武藏非名人说"的文章，其中引用的很多书我在上文中并没有提及。记得其中有一本是《言继卿记》，这是战国时代山科言继的日记，记载了他与上泉伊势守交往的一些情况，其中有部分章节涉及武藏。直木三十五在提出"武藏非名人说"的时候，料到会遭到武藏研究者的反驳，所以做了很多工作，基础打得还是非常牢固的。

将我上文中提到的所有的书，以及直木三十五接触到的书加在一起，也找不出几条关于武藏的确定无疑的史料。别说是一本了，要是有半本也烧高香了。我们现在能够确认的关于武藏的史料大约只有一段文字那么多，也就有六七十行吧。

少年时代与家庭

无论是工匠、画家，还是剑客，只要人出名了，那么关于他的传说就会有很多。武藏从十三岁杀死剑豪有马喜兵卫到六十多岁时去世，留世的传说相当多。不过直到他在细川家落脚之后的传说才算稍稍有点根据。这些传说最早都是藩士口口相传，直到多年以后才被记载下来，究竟能够在多大程度上反映武藏的真实情况，这就很难说了。

据《武艺小传》记载，有马喜兵卫是有马丰前守一族的族人，而有马丰前守是剑道大家松本备前守的刀法继承人。有马丰前守受德川家康之命，来到纪州。有马喜兵卫修习的是天真正传香取神道流，按他的身份，无论如何都不可能和一个小孩子发生争执。

武藏出生在美作吉野郡赞甘村的大字宫本。有一次，有马喜兵卫来到村子里，扎好篱笆墙，立起贴金告示牌，找人和自己比武。武藏当时还小，幼名叫弁之助，在从私塾回家的途中，用墨水把那个贴金告示牌给涂了。这下可把有马喜兵卫给惹急了，他抽出大刀，非要把武藏砍死不可。这时，和武藏相熟的一名僧人赶紧过来，代武藏向有马喜兵卫求情，但有马喜兵卫不听这套，非要把武藏杀了才解心头之恨。后来，两人就打了起来，结果出乎所有人的意料，有马喜兵卫被十三岁的武藏给打死了。

对于这件事，武藏在晚年所著的《五轮书》中用一句话带过："吾自幼修习兵法之道。十三岁时，战胜新当流武士有马喜兵卫。"至于具体经过是不是如传说的那样，我们还无从得知。

有马喜兵卫在当时也算是个小有名气的兵法家，他应该不会那么容易就被小孩子的恶作剧所激怒。再说了，在那个小山村里，扎起篱笆墙，立起贴金告示牌，目中无人地等着别人前来挑战，这也不合情理。当时虽然有搭好擂台找人比武的风俗，但都仅限于都会地区，在乡村地区，尤其还是小山村是绝对不会有的。而且，有马一族是当时的名门望族，如果有马喜兵卫来到竹山城的属地，那当地的官员必须按照相应的礼仪规格来接待，根本不可能让他在荒天野地里自己找人去比武。

武藏十三岁的时候，父亲无二斋去世，但家里的房子还在。直到宽永十五年（1638年），才由官府下令，将房子毁掉。据当地人介绍，从残存的地基来看，武藏家当时的房子有三十多间，可以看出，武藏家还是很气派的。无二斋因十手术而闻名于乡野。我们不妨再做一下猜测，有马喜兵卫可能不知道无二斋已经去世的消息，特意跑到宫本村，想和他比武，在获悉无二斋已经去世之后，就和武藏进行了比武，结果被武藏杀死了。

熊本的宫本武藏彰显会编著过一本《宫本武藏传》，其中对武藏击败有马喜兵卫一事的评价是："事件发生很久之后才去记载，存在诸多疑点。"我对此也持有同样观点，觉得这一传说应该不符合史实。

在丹治峰均写的《兵法大祖武州玄信公传》中，有如下这样一个小故事。有一天，无二斋在屋子里削牙签，武藏在旁边看父亲的兵法书，时不时地口出狂言批评几句。虽然武藏当时还是个孩子，但还是激起了无二斋满腔的怒火。他随手把手中削牙签的小刀向武藏扔去，武藏赶紧躲闪，小刀扎到了身后的柱子上。无二斋一看没打着，火气更大了，这次拿出佩刀，向武藏扔去。武藏见势不妙，就逃出家门，之后就再也没回家。据说，他此后投靠了播磨的一名僧人，跟随他云游四方。

这个故事非常怪异，很难让人接受。如果真是那样的话，那无二斋该是一个多么冷血无情、性情古怪的人啊！在关于武藏的各种书中，虽然没有无二斋在武藏童年时期就去世的记载，但我们不难推测出在武藏还不满十岁的时候，他就已经去世了。当时，武藏还是个什么都不懂的小毛孩，又怎么会对父亲的兵法说三道四呢？据说武藏还有个姐姐，无二斋就武藏这一个儿子。俗话说，虎毒不食子，他又怎么舍得把自己的独子给打死呢？

这个小故事虽然没有什么史料价值，但是在武藏去世百年之后还是被写到了传记中，这也足以证明这个小故事中肯定还包含着其他特别的暗示。若从这个角度来看，这个小故事还是有一定价值的。武藏幼时父母离异，从来没有得到母亲的关爱，这种家庭的缺陷使得武藏幼时的生活并不温馨。

武藏的母亲叫率子，来自播磨佐用郡平福村的别所家，和无二斋离婚之后，又改嫁田住政久。据说，现在大野村的"于政墓"就是田住政久的墓地。

不过还有一种过于穿凿附会的说法，说是由于和田住政久的特殊关系，武藏年少时是在播磨住一段时间，然后再到美作住一段时间，如此来回跑。还有一种说法，说武藏是母亲带过来的，并不是无二斋的亲儿子，因为无二斋对他不好，所以后来就偷偷跑回播磨的生父那里，因此他在晚年写《五轮书》的时候，声称自己是播磨武士。

不管何种说法，我们都可以看出，武藏儿时的家庭生活并不幸福。儿时的遭遇注定了他终生流浪的宿命。晚年，他只身一人来到岩殿山灵岩洞，形如枯骨，修禅打坐，孤独等死，这一切似乎也都跟他的家庭影响有关。

　　武藏面对敌人时的冷酷无情，以及他年老后不时露出的野性，使得直木三十五非常讨厌他。可以说，武藏的这种性格是由多种因素造成的：首先是家庭环境，幼时父母离异；其次是整个人生中没有青春，没有妻子，直到在熊本死去，连个交心的朋友都没有。

　　武藏年老之后，选择了用绘画来消遣时间，他喜欢大笔一扫式的写意画法。这不仅体现了一种特有的虚无观，同时也是武藏将自己六十余年的生涯归于一瞬的特有表达。这一切，其实都和他少年时代的家庭生活息息相关。直木三十五曾通过实例来历数武藏的冷酷、残忍和野性。我对此持反对的态度，并对武藏充满了同情和兴趣。虽然遭遇了童年的不幸，但在武藏的一生当中，他一直都在努力成为一个好人。

　　在武藏所有的遗作中，没有一处文字提及他的父母。仔细体会《独行道》，会发现其中充斥的全是孤独的情绪。如何在孤独寂寥中体会快乐，提炼哲学，提高道德，提升艺术，成为鞭策他坚持独自生活的动力。《独行道》中有这样一训：

　　"分离之时亦不伤悲。"

　　从此句话我们也可以看出，武藏绝对不是一个冷酷无情之人，他也有自己的感情，也有自己的烦恼。

家系

我得声明一下，前文中我说武藏的真实史料仅有六七十行，并不是说其他有关武藏的书籍都是假的或错的。

其实，每本关于武藏的书籍都有自己的特色，作者的主观意图也都各不相同。不过从史料方面来看，每本书基本上是大同小异。《小仓碑文》、《二天记》以及地方志类的书籍中，有部分内容是真实的，其他的书籍无非是在史实的基础上附加上一些谣言和传闻而已。

从古代的手抄本一直到现在的印刷本，使用的基本上是相同的史料，很难找出一本书中的史料在其他书中没使用过。可以说，那些不合实际的传闻模糊了编者的双眼。当然了，对这些书籍来说，它们的性质要比内容更重要。此外，在一些不足为信的谣言和传说中往往隐藏着史实的影子，有时候甚至可以发现重大线索。

宫本家的祖先姓平田，在明应文龟年间，宫本家出了一位重要人物，那就是平田将监。他擅长剑术和十手术，辅佐美作吉野郡的竹山城城主新免氏实现了中兴。

说起明应文龟年间，大家想必觉得离我们现在已经很遥远了。当时，山名、细川和畠山等大名频频发动战争。伊势的野武士新九郎也更名为北条早云，每次出战的时候，他都要在自己身上装两个翅膀。有人说这是一段盛世，也有人说这是一段充满战乱与野心的乱世。不管怎么样，九十余年后，武藏来到了这个世界。

平田家以十手术和剑术闻名于乡野，这在当时已有明确记载。当平田家的剑术扬名于世的时候，日本一些著名剑道流派的创始人，例如天真正传香取神道流的创始人饭筱长威斋和鹿岛神流的创始人松本备前守等都还没有出生。当然了，上泉伊势守、有马乾信和冢原土佐守等人就更得靠后了。平田家以剑术和十手术出仕于竹山城，可以说，武藏身上流着的正是剑客的血。

有一次，在火车内听广播，听到作家平田晋策的老家是播磨，他的祖上跟武藏还有亲戚关系。武藏的父亲出仕新免氏后，获得主公的肯定，被允许使用新免这一姓氏，因此更名为新免无二斋，武藏有时也会使用这一姓氏。

据春山和尚撰写的《小仓碑文》，以及《二天记》和其他书籍记载，无二斋曾受足利义昭将军的征召，前往京都和将军兵法所的吉冈宪法教头比武，并且最终取得了胜利。我对这一记载不太相信，觉得这可能是后人捏造的赞词。

提到御前比武，我们首先想到的是德川家光时代的宽永御前比武。其实早在足利义辉时代，这种比武形式就已经存在了。据《言继卿记》记载，上泉伊势守曾在足利义辉将军的面前比武，并且还将新阴流兵法传授给足利义辉。后来被叛军包围之后，足利义辉变得异常勇猛，在庭前同松永久秀的士兵激战，斩杀数十名叛军之后，终因寡不敌众，力尽被戮，一代剑豪魂归离恨天，享年三十岁。正因为足利义辉接触了上泉伊势守这样的兵法家，再加上他平常的刻苦训练，所以才能变得如此英勇善战。

足利义昭即位之后，形式更加紧迫。永禄十一年（1568年）十月，织田信长拥立足利义昭为征夷大将军，但很快又于天正元年（1573年）将其放逐到若江。此后的六年间，足利义昭先是遭到三好三人众的袭击，后来又被织田信长所戏弄，讨伐织田信长时又惨遭失败。总之，在那段时间，整个京都和近畿地区是战火连天，连比睿山都给烧了。

足利义昭身处困境，于是就把柳生宗严召到了自己门下。柳生当时是大和国一地区的贵族，柳生宗严是著名的兵法家，他扼守险要，手握精兵。柳生谷离京都有十里左右，比较近，所以足利义昭将柳生宗严召到自己门下还可以理解。

如果《小仓碑文》和《二天记》中的记载为真的话，那么无二斋也在这段时间被召到了京都。美作离京都非常远，而且足利义昭的势力根本就没发展到美作的山间地区，单纯以比武为目的，就把一个低级别的武士召到京都，这确实也有点不合常理。

足利义昭在位的时候，自己都没过过一天安稳日子，所以他也不可能有那闲情逸致大老远地召个武士前来比武。即使真的有这份心情，按吉冈宪法当时的教头身份，也不可能轻易就和无二斋比武。

据碑文和一些书籍记载，当时无二斋和吉冈宪法比了三局，无二斋胜了两局。按当时的惯例，比武用的都是木剑，并且是一局定胜负，所以比武三局这一说法本身就比较奇怪。

武藏与吉冈家

宫本武藏与吉冈家有着很深的宿怨，武藏二十一岁到京都，在郊外的一乘寺下松单挑吉冈一门，吉冈家的最后一名继承人吉冈又七郎被他斩杀。在此之前，吉冈宪法的儿子吉冈清十郎和吉冈传七郎已经被他所杀。

直木三十五对武藏在这场比武中的残忍表现一直持否定态度，觉得他无论多么强大，都不应该在连杀两人之后，又将吉冈又七郎这样一个孩子杀死。

双方当时已经远远超出了比武的概念，而是你死我活的决斗。通过这场决斗，我们可以看到武藏嗜血的性格，我有时也在怀疑，一个人怎么能够残忍到如此程度呢？其实，造成这一结果的并不是武藏自己，而是整个社会。我们可以看一下当时其他人的比武活动，发展到最后都会演变成决斗。那是一个靠杀戮来提升自己地位的动乱年代，我们不能简单地因为武藏的残忍就去否定他。

吉冈家是当时的名门望族，而且还有一帮弟子撑腰，这更加激起了武藏击垮吉冈一门的斗志。当吉冈又七郎出场的时候，他身边有上百人保护，早早地在武藏的必经之路上摆好了阵形，甚至连弓弩这样的武器都用上了。可以说，武藏是以一敌众。俗话说"擒贼先擒王"，面对那么多人的围攻，最好的办法就是先把吉冈又七郎给杀死。虽然吉冈又七郎年纪尚幼，但武藏当时的年纪也不大，仅有二十一二岁。

《武藏传》中对当时的情况进行了记载，但是《吉冈传》中却完全是另一番描述。

我没有见过这本书，只是在别人的书中见过一些引用。据说作者是福冈的某个人，享保年间印制的一本汉文小册子。至于作者是何许人，书的质量怎么样，我都无从考证。总之，这是一本宣扬吉冈家剑法的书，无非是打败九州天流名人浅山三德，一剑杀死前来挑战的鹿岛村斋等。写到武藏的时候就比较有意思了，说武藏前来挑战，比武的时候，额头受了一点伤，武藏赶紧喊停，要求改日再比，结果等到约定的日子，左等右等也没将武藏等来，原来他早已悄悄地逃跑了。

只有这本书中有此种记载，其他书中我还未曾见过。可能是后来武藏成名之后，吉冈一门的相关人员为了显示自己的派别多么厉害，特意杜撰的吧！直木三十五对这一记载非常重视，在《直木全集》中专门有一节来表达自己的愤怒。他觉得《吉冈传》中明文记载的东西，《武藏传》中竟然一个字都没提，这实在是无耻。直木三十五还质问，通过武藏的传记得出的武藏形象能靠谱吗？将两者比较一下，谁要是再坚持《武藏传》是绝对正确的，那我真该问问他的研究方法了。

可惜啊，直木三十五已经去世了，对一个已经过世的人说三道四，我自己也觉得有些愧疚。其实，早在四年前，直木三十五就频频在《改造》和《文艺春秋》上发文，阐述他的"武藏非名人说"。有一次，《读卖新闻》举行座谈会，我、菊池宽和直木三十五都去了，他又和我讨论起武藏的问题，当时菊池宽和我的观点一致，觉得武藏很强，是个名人。后来，他又在《文艺评论》上发文，指名要我出面和他"笔战"，但我当时并没有回应他。

当然了，今天我写这些话并不是为了向直木三十五报仇。说实话，当他点名要与我"笔战"的时候，我对武藏并不是那么了解，仅仅是一些宏观上的感受。我当时读了武藏的《五轮书》和《独行道》，觉得他应该算是剑道形成初期心境最高的一位剑客。在座谈会上，虽然我言明支持武藏，但当时并不是出于一种信念，而是单纯的喜欢，再说我手头也确实拿不出过硬的证据。

座谈会结束一个月后，直木三十五在《文艺春秋》上发文：

"正如吉川英治在《读卖新闻》中说的那样，如果我的十条以及对武藏传说的看法没有充分证据的话，那么确实不值得大家相信。吉川批评我的论点缺乏证据支撑，那他不出示任何证据，就断定武藏很强大，很有精神力量，这是不是也很不合适呢？武藏究竟强在哪里，希望吉川能够通过实证一一说明。"

直木三十五抛出的这一问题就如同劈头向我砍来的一把木剑，比武藏还要傲慢不逊，毫不留情。如果我硬接的话，那肯定正中他的下怀。其实在这件事前后，直木三十五正在对日本的剑道史进行研究，他掌握了大量第一手资料。他的研究以整个剑道文化史为目标，从剑道形成之初一直到幕府末期的剑客都是他的研究对象。而且，他还非常热衷于这一研究，已经在很多杂志上发表了有关剑道的文章。我知道，如果和他交手的话，那我必败无疑。既然这样，我还不如不接招呢！要是中了他的圈套，那就真是贻笑大方了。

当然了，我也没打算就此退却。我把直木三十五的挑战当成了自己的课题，从那以后，只要是跟武藏有关的事，无论多么枯燥，多么零碎，我都去关注，心想等自己准备得差不多了再和他"笔战"，哪怕先战个五回合、十回合也好。但遗憾的是，还没等我准备好，直木三十五就去世了。

今天，我能在《朝日新闻》晚间版上连载《宫本武藏》，亡友的"毒舌"是功不可没啊！直木三十五那家伙对很多东西都抱有异论，他的离世真是日本文化界的一大损失。要是他泉下有知，听到我说这样的话，肯定会苦苦地笑一下吧！

话扯远了，书归正传。虽然武藏留下的史料不多，但他至少还有六七十行货真价实的正传，而享保年间印刷的《吉冈传》，无论怎么挑选，都难以挑选出半点真的史料。遗憾的是我手头没有这本书，不过即使我看不到，仅凭别人引用过的只言片语，我也能够断定这本书肯定是胡编乱造的。一个作家，要是没有这点史料敏感性的话，别说是五十年，就是让他活一百年，他也写不出一部像样的小说。不过话说回来，在这一方面，直木三十五做得比我好，他一直是我追慕的对象。

跟众多的武藏传记相比，《吉冈传》实在是太没有参考价值了，简直就是一部闹着玩的稚气之作。不过这也从一个侧面表明，经过和武藏的三次决斗，吉冈一门可能真的是家破人亡了。虽然吉冈家败了，但是一些受其恩惠的人还在，他们气不过《二天记》以及其他关于武藏的书在世间大量流传，于是就攒出了这么一部书。

别说武藏没有像《吉冈传》中说的那样，悄悄地逃走，即使武藏使用诡计，残忍地杀了人之后就跑，按当时的风气，像吉冈家这样的名门望族也绝对不会挥挥手就放他走的，无论武藏走到哪里，他们都会追杀过去，为死去的人报仇。

在武藏的一生中，他杀的人无法计数，很多都是声名显赫的人物，如果武藏使用卑鄙手段的话，那他早晚有一天会被别人杀掉。当时的社会就是这样，即使和被害人没有什么关系，如果某人使用卑鄙手段的话，那么大家也绝对不会饶恕他。如果武藏真的如直木三十五说的那样，傲慢无礼，粗暴残忍的话，别说和人比武了，当时的人肯定争着想要他的命了。

据水南老人楠正位介绍，吉冈一门其实分为前吉冈和后吉冈两家。这样一来，吉冈宪法的事迹就更复杂了，如果不对照年表的话，很多东西我们都弄不清楚。

有些书中，将"宪法"写作"拳法"。如果在报纸小说中，用"宪法"这个名字的话，很多人首先想到的肯定是政治上的那个宪法，所以我在《宫本武藏》这部小说中用了"拳法"这个名字。不过用"拳法"也有问题，很容易会联想到练拳的那个拳法，所以说这名字非常让人犯难。

其实，我个人觉得宪法这个名字可能更符合历史事实。吉冈宪法这人当时可能号"宪法斋"，后来一简化，就只剩"宪法"二字了。如果我们联想到政治术语中的那个宪法，就会觉得这个名字好没有人情味啊！其实不是这样的，圣德太子曾经制定过《宪法十七条》，其中的宪法指的是对群臣的训示，跟我们今天的宪法完全是两个概念。日本古代有个惯用语叫"做好该做的事"，这其实就是"宪法"，也可以被称作"如法"。元弘年间，北条与党的僧兵中就有一名和尚叫笹目宪法。因此，宪法这个名字在当时应该并不奇怪。

前文中我已经否定了吉冈宪法和无二斋在足利义昭将军面前比武的事情。其实早在庆长九年（1604年），吉冈宪法就已经去世了。但是，根据《本朝武艺小传》和《古老茶话》等书籍的记载，在庆长十九年（1614年）六月，皇宫开放南苑，普通老百姓可以进去观看能戏，吉冈宪法也去了，并且还大闹了一番。

据记载，当时的情形大致是这样的：

当天，吉冈宪法混在老百姓当中，进入皇宫观看能戏。但他很没礼貌，站得太高把后面的人都给挡住了。宫内差官发现之后，就走过去，用铁棒敲了他一下说："你站太高了，低点！"这一敲可把吉冈宪法给惹急了，他转身走出皇宫，在衣服底下藏了一把刀后，又悄悄溜了回来。吉冈宪法找到刚才那名差官，二话没说就把他给砍死了。然后，谁上来拦他，他就砍谁，把整个舞台弄得一片血污。不过，最后他还是被宫内的差官给杀死了。

《常山纪谈》中的记载和以上基本相同，不过在最后阶段稍有差异。《常山纪谈》中的记载是，京都所司代①板仓胜重听到外面一片混乱，就手持长刀冲了出来，最后是他把吉冈宪法给杀死了。《击剑丛谈》中的记载则是板仓胜重的部下太田忠兵卫把吉冈宪法给杀死的。我们先不管这些，先考虑一下，这一事件真的存在吗？

庆长十九年（1614年）发生了大阪冬季之战，京都和大阪等关西地区是一片混乱。在那样混乱的形势下，不可能开放皇宫让百姓进入。很明显，故事的背景和实际情况不符。此外，按当时的紧张形势，在皇宫举行能戏表演也很不合常理。其实最不合逻辑的就是吉冈宪法，假使他当时还活着的话，那也算是一个有身份的人，再看他在故事中的表现，那简直就是毫无教养的无赖，这显然和他的身份不符。

有人怀疑当时在宫内闹事的不是吉冈宪法，而是吉冈清十郎，这也不合常理。确实有一种说法，说吉冈清十郎并没有被武藏打死，他在受伤之后

---

① 京都所司代：幕府职称，一般由谱代大名担任，是幕府在京都的代表。

就被手下用门板给抬回去了，后来在医生的帮助下恢复了健康，但是伤好之后，他就跨入佛门，终生没有再摸剑。很显然，闹事的这个人肯定不是吉冈清十郎。

吉冈传七郎和吉冈又七郎也不可能，他们都被武藏给杀死了，所以不可能又出现在皇宫闹事。吉冈清十郎、吉冈传七郎和吉冈又七郎毙命之后，吉冈一门就散了，门人弟子流散各地。即使有人来到京都，也不可能去败坏老主人吉冈宪法的名声。此外，从著名兵法流出来的人，也不可能那么无耻。虽然很多书中都采用了这一故事，但我不认为它是真的，应该是后人杜撰的。

武藏的离乡与本位田又八

我的小说和《二天记》以及各种武藏的传记一样，都是以武藏参加关原之战开头。不过，对于武藏是否真的参加了关原之战，还有很多研究的余地。

近日，东京帝国大学的本位田祥男教授向《朝日新闻》的《学艺栏》投稿，批评我将小说和历史混淆。在我个人看来，我们对于史实的看法其实过于理想化了。我在前文中也曾直截了当地指出，史书中的记载，那是"玉石同盆"，有的史实虽然看起来很光鲜，像草莓一样，你要是深挖下去，说不定就会在里面发现沙子。

从投稿中得知，本位田教授和我在小说中写的本位田又八不仅是同姓，而且还是同乡。因此，东京帝国大学的学生诸君给这位教授起了个外号，整天"又八"、"又八"地叫他，搞得他非常郁闷。没想到我的一部小说给他带来了这么多的烦恼，实在是非常抱歉。接下来，给大家简单介绍一下他的那篇投稿，题目是《宫本武藏和我的祖先》，开篇写道：

"吉川先生小说中写的内容与史实以及我家的传说完全不同。"

本位田教授是本位田家的后裔，他为自己的祖先辩白说：

"……我家的族谱中根本就没有本位田又八这个人。……我还去查了新免家的武士名单，想看看谁去参加了关原之战，但是从中也没有发现本位田又八这个人。……即使参战的话，也轮不到本位田又八这样的无名小卒啊……"

看到这位教授为了解除困扰做了这么多工作，我就更加感觉对不住他了。本位田是他们老家特有的一个姓氏，最早是从"中位田"或者"小位田"这样的官田称号演变过来的，在当地没有多少人姓这个姓氏，无怪乎他会觉得我是在写他的祖先。其实，我没看过本位田家的家谱，古书中也没有本位田又八这个人物，所以他看家谱、查古书是根本不可能找到这个人的。

正如他在投稿中说的那样：

"也许又八和阿杉婆是吉川先生特意虚构的人物。"

但是，接下来他又写道：

"最初看到又八劝说武藏参加关原之战的时候，还以为他是一个正面角色，没想到后来是个反面人物。古时的评书中，英雄豪杰出场的时候，对手要么是窝囊废，要么是大坏蛋，没想到今天的大众文学还是没能逃脱这种评书式的俗套。不知作者对此持什么看法。"

读过小说《宫本武藏》的人肯定都清楚，本位田又八和本位田祥男的祖先绝对没有任何关系，而且他也不是仅仅引出武藏那么简单。虽然在小说中他是处于战国时代，但他身上却集合了现代青年的各种特点。此外，对于武藏，我也绝对没想把他打造成高、大、全的英雄形象。本位田教授说我写了他们家谱中没有的人，而且还说我没逃出评书的俗套，这无非是他情绪化的一种表达而已。

熊本的宫本武藏彰显会出版的书中经常会拿本位田外记之助和无二斋的纠葛说事。①

"杀死本位田外记之助之后，平田无二整日闭门不出，武藏也难容于乡野。后来，平田无二带着武藏远走播磨，从此再没回故乡。"

本位田教授认为武藏离乡是基于这一原因。不过其他文献中却记载武藏十七岁时参加了关原之战。如果没有充分证据推翻武藏十七岁参加关原之战的话，那么认为武藏离乡是因为父亲就显得有些不妥了。

虽然不知道无二斋的生卒年月，但可以肯定的是在武藏很小的时候，他就已经去世了。本位田教授为了反驳我，特意引用了《东作志》一书。不过，《东作志》中还有以下记载：

"九十年前，宫本武藏离村。当时将族谱、权证和家具等交给了与右卫门。后来，与右卫门又将其传给九郎兵卫。九郎兵卫善于耕田，住在宫本村下方一千米左右的地方。"

如果这段记载属实的话，那足以证明武藏是在成人之后才离开宫本村。此外，还有以下两段记载：

"武藏离家的时候，将家中的家具和三把十手交给了嫡孙左卫门。六十年前，九郎兵卫当家的时候，这批东西全被烧毁了。"

另：

"武藏离村的时候，森岩彦兵卫将武藏送到中山村的镰坡。武藏突然就把自己的手杖交给他，当作自己送的离别礼物。

那把手杖由枇杷木制成，外涂黑漆，正中有棱，长三尺五分，一端粗

---

① 平田家和本位田家都是新免家臣，无二斋受主公之命不得不设计杀死本位田外记之助，从此两家决裂。

二分五厘，另一端粗四分五厘。现在收藏于森岩的后人森岩长太夫手中。此外，据说在该村还有武藏雕刻的一座观音像，不过最近丢失了。"

很明显，如果武藏幼时被父亲带到播磨的话，就不可能再有上面这些记载；如果真的是因为父辈的纠葛的话，那武藏离乡的年龄应该更小一些，而且《东作志》中也不会对此毫无记载。综合来看，武藏离乡并不是因为本位田外记之助和父亲之间的纠葛。

以上我是按照本位田祥男的思路来说的，他把《东作志》中的记载当作史实，那么我从同一本书中摘出来的内容，毫无疑问也都是准确的。可是这样一来，他的观点就前后矛盾了。

新免家六武士

根据相关书籍推断，武藏应该是在十七岁的时候参加了关原之战。平田家的主公是新免宗贯，而新免宗贯又归属于浮田家。武藏在关原之战的时候参加了西军，主要就是因为浮田家是西军的中坚力量。不过，正如我在前文中说过的那样，对此研究的余地还很大。

可是，又有一个疑问出来了，在黑田家的武士名单中，为什么会有新免伊贺守的名字呢？庆长五年（1600年），关原之战时，九州的大友义统想趁着关西大乱，夺回自己旧时的丰后封地。黑田如水当然不会那么轻易就让他夺回去，黑田如水召集了一万多名士兵，与大友义统展开了激战。所以说，武藏参加的并不是关原之战，而是大友和黑田之间的这场战争。据说，在黑田家还有武藏的相关记载。

如果以上属实的话，那各书中提到的武藏参加关原之战的说法就是错误的。近代兵学家楠正位先生生前对黑田家的档案进行了研究，并且还在杂志上发表了自己的研究成果。根据他的研究，《武藏传》中所言的武藏率先登上城墙并不是发生在关原之战时，而是发生在黑田与大友激战的时候。

总之，武藏年轻时具体参加了哪场战争，至今还不是很明确。在当时的历史记载中，除了关原之战和大阪之战这样的大战以外，一些小规模的冲突也都被冠以战争的名字。武藏参加的本是黑田和大友之间的激战，可是后人给传成了关原之战的可能性也不是没有。

不管怎么说，在关原之战后，新免家的武士流散到全国各地却是事实。据《新免家武士纪要》记载，关原之战后，新免门下著名的六武士：内海孙兵卫、安积小四郎、香山半兵太、船曳杢右卫门、井户龟右卫门和木南加贺右卫门流落到小仓。他们租了一间很小的房子居住，靠给马编草鞋为生。①

据此也可以看出，战败武士的生活是多么凄惨了。

上文已述，本位田教授认为像武藏和又八这样的无名小卒不可能被派上

---

① 在战国时代，日本的马匹没有马蹄铁，为了防止马蹄磨损，都要给马套上专用的草鞋。

战场，我对此持有不同看法。在无二斋去世以后，武藏已不可能再从新免家领到俸禄，为了生存和实现自己的"野心"，他很有可能会主动要求前往战场。当时武藏怀有出人头地的"野心"，不管是沦落到务农，还是沦落到与商人为伍，只要一有机会，他肯定会拼命去争取，绝对不会像现代人这样，家庭沦落之后，依然会顾及自己的面子，踟蹰不前。

继续前面的话题，新免家的六武士靠给马编草鞋为生的故事传到细川忠兴的耳朵里后，忠兴就感叹道："真是可怜啊！把他们招到细川门下吧！"

细川家给他们六个人一共一千石的待遇，觉得这么做已经是非常仁慈了。但是，六武士中领头的内海孙兵卫的老母亲却对六人说："虽然我们现在破落了，但想用每个人不到两百石的俸禄就招抚我们，这简直就是羞辱，你们每个人就值那么点钱吗？"听老人家这么一说，六武士就果断拒绝了细川忠兴的招抚。

后来，细川家给六武士提高了待遇，尤其是对内海孙兵卫，格外给他很高的俸禄。六武士这才答应了忠兴的招抚。在六武士进城面见新主公之前，一名颇有阅历的老臣对忠兴说："听说他们六人已经破落到不成样子了。在进城面见您之前，要不要给他们点钱，让他们置办身像样的衣服啊？"

忠兴笑着回答说："你放心，他们不会衣衫不整地来见我的。不信，你就等着看吧！"

数日之后，六人一起来面见忠兴。果然如忠兴所料，六人衣衫整齐，颇有风采。最初向忠兴建议的那名老臣见此般情形，颇感惊讶。后来向忠兴道歉说："我如此低估这六位武士，实在是惭愧啊！"

根据这个小故事可以看出，新免家应该有一批非常优秀的武士。在关原之战，新免家战败之后，一部分武士来到了黑田藩，还有一部分武士去了小笠原家、本多家和有马家等。这样一来，各藩都有了武藏的同乡，这无形中给武藏以后的武者修行提供了很多便利。

提出"关原参战否定说"的楠正位先生曾指出，现在武藏的相关史料大部分出自九州地区，而对武藏宠爱有加且有武藏的弟子存在的本多家却没有发现任何关于武藏的史料，这真是一件奇怪的事情。现在黑田家、小笠原家和有马家的书库还没有对外公开，希望将来的某一天能在这些大名家的书库中发现关于武藏的"沧海遗珠"。

武藏的一生基本是在漂泊中度过的，他的脚步遍布全国很多地方，别说关东地区了，就连出羽和奥羽这些偏远的地区他也都去过。但是遗憾的是，在京都以北的地方，还没有发现武藏的任何史料。只有传说，说他曾在行德地区①的一个叫藤原的地方结过一个草庐，在那里住了一段时间，但没有涉及

---

①行德地区：位于现在千叶县市川市的南部。

他在江户活动的任何内容。

　　我曾经感叹武藏的真实史料仅仅有六七十行，说实话，这一点儿也没有夸张。要想再发现武藏的新史料，我们必须要比考古学家还要有耐心，除了踏访他曾经到过的地方，除了发掘那些大名家中还没有公开的档案，我们别无他法。

武藏与三宅军兵卫

元和三年（1617年），本多忠胜的嫡子美浓守忠政被转封为姬路城的城主。姬路原先就有很多武藏的弟子，所以关于武藏的传言就不知不觉间传到了忠政的耳朵里。忠政把武藏当作贵客召到自己身边，给他很好的待遇，并且向武藏学习剑道。

宽永八年（1668年），忠政去世。忠政的儿子本多政朝从江户来到姬路，继承了父亲的领地。当时，政朝的堂弟，也就是出云守忠朝的儿子所拥有的入道丸的土地也一并划到了政朝手中，入道丸地区的家臣自然也就一起跟了过来。

本多家原有的家臣都知道武藏的威名，所以没有人敢小瞧他。可是后来从入道丸并过来的那些家臣，对武藏就不是那么熟悉了。他们刚到姬路的时候，看到武藏不过是一个客人，竟受到那么优厚的待遇，所以就对武藏非常敌视。

入道丸地区的原有主公是出云守忠朝，他是一名刚勇绝伦的大名，但可惜的是在大阪夏之战的时候战死了。出云守忠朝手下原有一批猛将，例如三宅军兵卫、市川江左卫门和矢野弥平治等，都是响当当的人物。

在关原之战时，本多家参加的是东军，所以对东军流的流风非常重视。尤其是三宅军兵卫，他身材高大，擅长荒木流的擒拿术，而且剑术精湛，有很多实战经验，再加上精于兵法，毫无疑问地成为东军流中的名人。

三宅军兵卫来到姬路之后，根本就没把武藏放在眼里。有一天，他带着三名武士来到武藏的住处，向武藏挑战。用人将四人引进客厅之后，就退了出去。他们在铺着十四块榻榻米的房间内静静地等着武藏的到来，心里在盘算着武藏究竟会是什么样子。很快，从连接厨房与客厅的连廊内，传来了武藏的脚步声。

在这，我先给大家介绍一下武藏的相貌。武藏身高六尺。当然了，这不是拿尺子量出的高度，只是一个估计而已。此外，也有人说他是六尺多高，还有人说他也就五尺六七寸。中年以后，武藏开始在嘴唇上方留小胡子，两颊还有稀稀拉拉的络腮胡。武藏的毛发有一些卷，短的时候看不出来，一旦长了就很明显了。武藏晚年之后不爱刮胡子，所以在很多画中，他的胡子都是卷的。武藏有一张站姿全身像，手持长短两把日本刀。在这幅画中，武藏三角眼，高鼻梁，而且眉毛尾部还微微上挑。传说，武藏的眼眸略带琥珀色，后来年纪大了之后，面颊有点内陷，算是长脸儿。

武藏的那幅站姿全身像一直收藏在T先生家中，每当我面对武藏的这幅画时，都会感到一种精悍的气息迎面扑来。T先生一直将这幅画挂在自家墙上，据说他和客人讨论剑道的时候，经常会问对方："你觉得这幅画怎么样？"

我也被他问过，但我不是专业画家，所以不好评论，不过，从这幅画中，我确实能够感受到武藏威风凛凛的气势。武藏两手垂在腰间，一手握着一把长刀，另一手握着一把短刀，目光微微下视，让人感觉到一种威慑力。

可以想象得到，三宅军兵卫等四人见到的武藏应该就是画中的那一形象。在此之前，三宅军兵卫已经事先派信使向武藏传达了比武的请求，所以武藏对他们的来意已经心知肚明。

当时，武藏提着一长一短两把木刀走了进来。武藏进屋之后，没做太多寒暄，简单问候一下之后，就要求立刻比武，这使得四名挑战者不禁慌了三分。武藏还指出如果他们四个人一起上的话也没关系，这可把三宅军兵卫给气坏了，他怒气冲冲地站起来，一个人前来应战。

两人相距大约有七尺，呈对峙状态，其他人先退到了里屋。开始的时候，谁都没有动，只是静静地对峙着。然后，武藏开始向门口处后退。三宅军兵卫怕武藏瞬间冲上来，于是也开始往后退，直到身子靠到纸拉窗为止。两人都在寻找着进攻的时机。进攻的时机跟很多因素有关，例如呼吸、力量的微小变化、感觉和动作等。当所有的一切都对自己有利的时候，便会在瞬间给予对方最有力的攻击。武藏在《兵法三十五固条》中所言的"见切"正是这一意思。

两人的后退是为了空出合适的距离。对守方来说，合适的距离可以让自己在面对进攻时具备足够的反应时间。同样，对攻方来说，合适的距离也可以增加自身的冲击力。在比武场上，胜负难以预测，所以谁都可能成为攻方，谁也都可能成为守方，不管怎样，空出一定的距离对彼此都有利。此外，对武士来说，木刀比武和真刀比武没有什么差别，无非是留下一条命而已。

武藏左手持短刀，右手持长刀，长刀在前，短刀在后，呈交叉状，一步步向三宅军兵卫逼近。三宅则是双手握刀，将刀高高举过头顶，呈守卫之势。武藏终于出招了，他的长刀瞬间向三宅的鼻尖袭来。三宅也不是等闲之

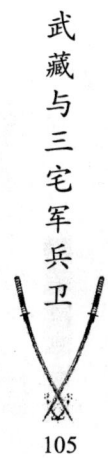

辈，他一个躲闪就将武藏的长刀压了下去。武藏的短刀进而向前，和长刀密切配合，将三宅的刀架了回去。三宅将刀一横，逃出了武藏两把大刀的夹击，然后腾空跃起，劈头向武藏砍来。武藏将两把大刀举起，稳稳地接住了三宅的进攻，但由于冲击力太大，他还是被逼得退后了好几步，最后整个背部都靠在了墙上。三宅一看这是个好机会，于是将刀锋一转，向着武藏胸部袭来。武藏大吼一声：

"放肆！"

左手短刀瞬间转向，将三宅的大刀推到了一边。同时，右手长刀朝着三宅的面颊刺去。三宅难以回防，只听"啪"的一声，应声倒地。那三名随行的武士见此情形，惊出一身冷汗，赶紧跑了过来。武藏对他们说：

"没什么大碍，我去给他拿点药。"

然后，拿着药和棉球走了过去。

从此之后，三宅军兵卫对武藏是心服口服，每次见到他都要行弟子之礼。这是三宅军兵卫回忆和本多出云守一起参加大阪夏之战时，自己亲口说的一个故事，后来在其他书中也有引用，不是为了突出武藏而刻意编的故事。

三宅军兵卫常跟他人说，在他的一生中，只怕过两件事，一是大阪夏之战，一是宫本武藏。"大阪夏之战时，敌方的真田家、毛利家以及各将领都是抱着必死的决心，我方的越前家和小笠原家也是抱着必死的信念。双方打得昏天暗地，人仰马翻。我就记得在混战当中，我被一片杀气所笼罩，突然之间我感觉世间仿佛安静了下来，我感觉不到周围其他人的存在，好像只有我一个人在厮杀。那次战斗我们打得可真是够惨的啊！另外就是宫本武藏，当我从他家走出的时候，那感觉比在大阪夏之战的刀光剑影中的感觉还要难受，我感觉自己是真的败了，瞬间就开始胆怯起来。"

武藏冢原试合图

关于佐佐木小次郎

对于三宅军兵卫和武藏的比武，知道的人并不是很多。这既不是专门为了突出武藏而写的，也不是武藏传记中高调记载的，而是其他书中顺便带出的一个小故事。不过，这样的故事可信度反而更高。

跟在本多藩的这次比武相比，武藏和小次郎在严流岛的那次决斗就更不清楚了。其中一个最大的问题，就是关于小次郎的年龄问题，那真是众说纷纭，莫衷一是。

鹫尾雨工先生曾写过一篇题为《严流岛》的短文，将研究的重点放在了小次郎的老师富田势源身上。中条流起源于越前国的净教寺，而富田势源所继承的就是这一兵法流派。从富田势源以及他的弟兄——五郎左卫门和治部左卫门等人的年龄来推断，佐佐木小次郎在庆长十七年（1612年）参加严流岛决斗时肯定不会仅有十八岁。

但遗憾的是，《二天记》和各种武藏传中采用的都是"十八岁说"。鹫尾雨工先生根据富田势源的年龄推断出小次郎在参加严流岛决斗的时候应该已经是六七十岁的老人了。不过这样一来，问题又出现了，如果小次郎在严流岛决斗的时候真的已经是六十多岁的老人了，那他在决斗中的幼稚表现就更加奇怪了。

武藏和小次郎的严流岛决斗大家都比较熟悉，所以我在这里就不详细介绍了。从武藏和小次郎的决斗情况来看，还没有开始比武，武藏在精神上就已经胜了七分。武藏在京都和吉冈一门决斗的时候，采用的是扰乱对方军心的方法。在严流岛决斗中，武藏把小次郎视作一个强劲的对手，所以继续采用这一方法，这也足可以看出他对小次郎的重视。

在决斗场上扰乱对方的精神，就如同在战场上擂鼓扰乱敌人的军心一样。武藏故意迟到，并且一再用语言激怒小次郎，其实就是为了扰乱小次郎的精神。而且，武藏在决斗之前一直在慢悠悠地准备着，他甚至用船桨刻了一把木刀。可以看出，武藏在决斗之前其实就已经在战斗了，小次郎的战死也恰好表明了他的年幼与经验的缺乏。

虽然小次郎年幼，但也不至于仅有十八岁。当然了，更不可能是个六七十岁的老练圆滑的人物。再说了，细川家也不会将一个十八岁的少年，或者一个老气横秋的老头招到自己门下。严流岛决斗是武藏主动要求的，而且还向世人公布了决斗的结果。如果小次郎是个少年或者老人的话，武藏不可能主动约战，而且即使胜了对自己也不会有好处。

那么，小次郎在参加严流岛决斗的时候，究竟是多少岁呢？从小次郎独创严流一派，名扬天下，以及被细川忠兴招到自己门下来看，小次郎在当时应该不会超过三十岁。可是这样一来，就出现了一个问题，小次郎师从富田势源这一说法就不成立了。富田势源和小次郎相差五十多岁，所以小次郎不可能是富田势源的直接弟子。最有可能的就是，小次郎是富田势源的再传弟子，后来传来传去就变成小次郎直接师从富田势源了。

富田势源的弟弟治部左卫门曾教授丰臣秀次刀法，其弟子山崎与五郎的刀法也非常了得，后来出仕前田利长，并且成为富田家的女婿。据《末森后卷》记载，山崎与五郎这个人非常勇猛。因此，从中条流派生出来的富田流在家贺地区一度繁荣起来。除越前国净教寺村以外，家贺地区是中条流弟子最多的一个地区。佐佐木小次郎应该就是从富田家走出的一个门人。

我在很久之前就听说，武藏决斗之前用船桨刻的那把长刀一直保存在细川家，后来传到了九州的某个人手中。

前段时间，我在京都清水寺的一院举行关于武藏的讲座，前来听讲的都是当地演艺界的相关人员和美术家、实业家等。当时，O先生带来了一把长刀，据说就是武藏用船桨刻的那把木刀。

我用手掂量了一下，非常重，用两只手都差点没拿起来。木材是血榈木，有四尺七八寸长。因为是用船桨刻的，所以刀把非常粗。我抬了一会儿刀尖，就感觉有些累了，要是再被水泡过的话，那就更重了，一般人很难将其挥舞起来。

如果小次郎被这么重的大刀打中的话，脑骨不碎才怪。不过问题又来了，这么重的木刀，武藏真的能将其挥动自如吗？后来，O先生将这把木刀送给了我，在带它回东京的路上可把我给累坏了。

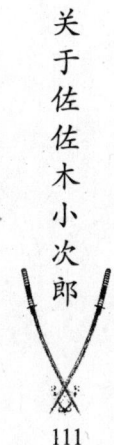

① 严流岛的决斗
② 佐佐木小次郎 春川芦广画

关于二刀

这个小故事，听过的人可能不是很多。本多忠胜和本多政朝两代大名手下有一位重臣，名叫石川主税。有一次，他举行午宴，邀请了诸多宾朋，武藏也在其中。

在饭桌上，一名客人谈起了武藏的二刀，他问武藏：

"您在挥动二刀的时候，肯定需要很大的力气吧！像我这样力量不强的人，也能修炼您的二天一流吗？"

武藏回答他说：

"剑道靠的并不是力量，所以你根本不需要担心自己的力量弱。只要你能将两把刀抡起来就行了。"

这样一说，那名客人就更好奇了，于是又问道：

"我再失礼地问一句，先生身材高大，也听说您臂力惊人，您在挥动二刀的时候，和挥动其他的什么东西类似呢？"

武藏摇了摇头说：

"你太客气了，其实我和大家并没有什么区别。有时候，我也会拿起什么用什么，要是说舞动起来和什么东西类似……"

武藏站起身，往周边望了一圈，然后向石川主税请示了一下，就走到里屋，拿出两把发射五匁①弹的火绳枪。武藏回到座位，坐好之后，用手拿着枪头，胳膊伸直呈水平状态，并且枪和胳膊都处在同一水平线上。

"我在挥动二刀的时候基本就是这个状态，如果大家能将这么重的东西单手水平举起来，那么挥动二刀就灵活自如了！"

说完，武藏单膝跪地，将两把火绳枪在空中抡得"隆隆"作响。挥动的速度非常之快，在各位看客的眼里，那已经不是两把枪，而是在空中划出的一个环。

---

①匁：日本古代的计量单位，1匁=3.759克。

说实话，武藏究竟有没有用过二刀，还是个疑问。据说他在实战中，从来没有使用过二刀。此外，武藏自号"二天"，并没有称自己是"二刀"；他创立的武术流派称为"二天一流"，也没有被称为"二刀流"。

东京帝国大学的本位田祥男教授在反驳我的投稿中也曾指出，关于武藏在故乡的荒卷神社看到鼓手用两个鼓槌击鼓从中悟出了二天一流一说，其实并不属实。此外，他也不赞成武藏在中国地方的某处海滩遭到渔民野蛮攻击，在做拼死抵抗的时候发现了二天一流的说法。总而言之，对武藏来说，二刀或单刀其实并没有什么差别。直木三十五频频批评武藏使用二刀是一种非常愚蠢的举动。我个人觉得这一批评有点儿没批到点子上。无论是二刀，还是单刀，那都是一种工具而已，对于真正的剑道高手来说，手里使用什么武器并不是很重要。柳生流就是将"无刀"视作剑道的最高境界。武藏在《五轮书》的最后一卷中，也写道：

"学习'二天一流'的最高境界，便是无知无觉空无一物的境界。"

剑道的最高境界就在这里，既可以是柳生派的"无刀"，也可以是武藏的"万理一空"。在武藏著的《兵法三十五固条》中，一点也没有他使用二刀的记载。后人谣传武藏使用二刀，其实是一些浅薄的剑客不了解武藏精神的实质，单纯照葫芦画瓢，以讹传讹传出来的。

正如直木三十五和剑道史的编写者们说的那样，在武藏同时代的众多剑客中，他不仅有众多遗墨，而且还有自己的遗著，因此在所有剑客中，武藏的传记是最明了的。不过话说回来，武藏的真实人生又怎么会和传记完全一样呢？在今天，如果想了解他的整个人生，了解他在历史上的功绩以及他的剑道理念，我们就必须要做笃实的研究，要不断发掘新的史料。只有这样，我们才能看清武藏。

二天一流刀法

武藏佩刀考
——『武藏正宗』与他的佩刀

很久之前，文部省举办过一次艺术精品审查会，岩仓具容先生收藏的名刀——"武藏正宗"被认定为国家级艺术精品。

据说这把刀是武藏最爱的一把刀，所以从古至今一直都被爱称为"武藏正宗"。这把刀是相州产的名刀，刀身二尺四寸，宽九分一厘，厚二分。虽然我没见过实物，但据我了解，这是一把绝世宝刀。

关于这把宝刀还有一段传说。享保年间，德川吉宗将军命各国搜集当地的名刀，后来全部汇集到将军府邸。德川吉宗又命令著名的鉴刀家本阿弥从众多的名刀中挑选出最好的一把。这把"武藏正宗"据说就是当年本阿弥选出的最好的那一把。

据《享保名物帐》记载，德川吉宗将军非常喜欢这把刀，一直将其收藏在幕府的御刀宝库内。前段时间读报纸得知，明治维新时，这把宝刀被收藏到了岩仓家。

既然文部省都认定"武藏正宗"是艺术精品，那这把刀的真伪应该不存在任何问题。不过，宫本武藏这样一个剑客，不可能整天将这么一把绝世宝刀带在身边，那他平时都佩带什么样的刀呢？在这儿简单给大家介绍一下。

大概和艺术精品审查会同时，大阪的高岛屋举办了一场武藏遗墨展。虽然是遗墨展，但也展出了武藏的一把刀。我没有去看这个展览，但是从展览细目中看到了对这把刀的注释：

"赐天览武藏所持之宝刀　熊本岛田家藏"

只有名字和收藏人的信息，至于铭文和尺寸，没有详细介绍。

很明显，天皇陛下欣赏过这把刀，毫无疑问这也应该是武藏的爱刀之一。此外，据我所知，世上还流传着武藏的几把刀。

《八代闻书》中有如下记载：

"武藏平时所佩大刀由伯耆国的著名铸剑师安纲打造。来熊本之后，由于受到泽村友好的诸多关照，武藏觉得欠他的人情，所以就将这把刀送给了泽村。至今，此刀依然被保藏在泽村家。武藏去世之前所用的大刀由武州的锻冶大家和泉守兼重打造。另外，兼重临终之际，将自己的部分遗物赠给了长冈佐渡，并特意叮嘱佐渡，要将自己的那把短刀送到播磨。"

据此可以看出，武藏来熊本之前，用的一直都是安纲锻造的刀；去世之前的一段时间，佩带的是兼重锻造的刀。长冈佐渡和兼重以及武藏的关系都比较好，兼重将自己的部分遗物赠予了长冈，武藏也将自己的部分遗物赠给了长冈。长冈佐渡曾是细川家的家老，是今天松井男爵家的先祖。

也许是因为武藏一辈子都比较孤独吧，武藏对路边的孤儿以及陷入困难的人都会给予关爱，而且比起那些老年人，他更喜欢充满朝气的年轻人。

听到春山和尚这个名字，大家可能会觉得他是个上了年纪的老和尚，其实在武藏到达熊本的时候，春山和尚还只是个三十多岁的年轻僧人。春山和尚是大渊和尚的弟子，是大渊和尚把他从小仓带到了细川家的家庙泰胜寺。武藏非常喜欢这个年轻的禅门弟子，春山和尚也因此成为武藏晚年最好的忘年之交。

武藏在去世之前，特意将自己的一把爱刀送给了春山和尚。这把刀由大和国的铸剑大师国宗锻造，刀身长二十二寸，刀背右侧刻着"大宝二年（703年）八月"几个文字，是古刀中的精品。后来，这把刀一直被保藏在子饲男爵的家中。

此外，还有一种说法，说武藏在斩杀吉冈一门时用的刀现藏在津村男爵家中。这是一把长刀，单是刀刃就有三尺八寸长。我曾在熊本的武藏彰显会出版的写真集中看到过这把刀的照片，不过总觉得有点牵强附会之嫌。武藏和吉冈一门在一乘寺下松决斗的时候仅有二十一岁，别说是当时的刀了，就是在决斗之后入手的，经历了那么长的时间，到武藏晚年时也不会保存得那么完好。从一乘寺下松的决斗到晚年后在熊本定居，这期间有三十多年。根据文字记载，武藏在这段时间过的是武者修行的漂泊生活，没有家人，也没有住宅。在这样的漂泊生活中，武藏不可能将一把刀完好地保存到晚年。武藏自己在《五轮书》中说，平生比武六十多次，未尝败绩。可以看出，他的一生都是在生与死的边缘度过。在这样充满不测的生活中，无论多么优良的宝刀，都不可能经得起那么多次实战的考验。

若继续挖掘文献的话，还可以找出好几把武藏曾经使用过的刀。不过，究竟哪一把才是武藏所钟爱的呢？究竟哪一把才是在一乘寺下松的决斗中使用过的呢？究竟哪一把才是在严流岛将小次郎杀死的呢？这一切，我们都还不得而知。

从以上列出的几把刀中，我们已经基本可以判定武藏对刀的兴趣。他不喜欢向他人炫耀自己的佩刀有多么优良，也不喜欢庆长年间流行的那种厚重的胴田贯①,他只喜欢优良的古刀。

柳生流剑法的奥义在于"无刀",武藏的二天一流则在于"空即是道,道即是空"和"万理一空"。在《五轮书》空之卷的结尾,武藏将兵法分成"实相"和"空相",并指出"空即是道,道即是空"。在《兵法三十五固条》的末尾,武藏将剑道的哲理归纳为"万理一空"。

二天一流的"万理一空"和柳生流的"无刀"其实有异曲同工之妙,都认为不用刀剑而将人制伏才是剑道的最高境界。

据《二天记》的记载以及熊本当地的传说,武藏在晚年之后,平常根本就不带刀。外出的时候,一般会带一根五尺长的拐杖。我比较同意这一说法,武藏的真实状态大概也就是如此。

武藏所持的拐杖并不是普通意义上的木头拐杖,而是特制的一种拐杖,也可以被称作"拐杖剑"。大和柳生谷的芳德寺现存有一根据说是柳生十兵卫三严亲自设计的拐杖。从外表来看,像是用柳木做的,比较软,但拐杖的芯部其实是由三根细钢筋扎成,外面又用雁皮纸紧紧地裹了若干层,拐杖头箍着金属片。要是被这样的拐杖击中的话,那肯定是非死即伤。武藏使用的拐杖的芯部好像也是由铁棍组成,外面也用雁皮纸包了好多层,而且拐杖头也箍着铜片。

武藏经常对别人说,在木剑柄上搭配红铜是最好的选择,据此也可以看出武藏对红铜的喜爱。元禄年间以后,日本出现了重视装饰的文化风潮。不过,武藏不喜欢,他的刀一般都比较朴素,绝对不会做一些花哨的装饰。

在武藏的壮年时代,有一天,他在大阪走夜路,突然一个男人挥刀就向他砍来。武藏一个躲闪,大吼一声,伸手就抓住了那名刺客的手腕。那个男人被按在地上,发出痛苦的哀鸣,并且不断向武藏求饶。

武藏见他手中拿着一把新刀,那质量着实不错,于是就问他从哪里弄来的。那个男人告诉武藏,这把刀是自己新打的,这次突然袭击武藏,就是想找个人试试自己的这把刀快不快。说完之后,那个男人苦苦哀求武藏放过自己。

武藏又问他姓甚名谁,那个男子乖乖地回答说,自己来自下总国的绳手,名叫河内守永国。后来,武藏将他带回到自己的住处,在灯下仔细端详永国锻造的那把新刀,禁不住赞叹真是一把好刀。

武藏客居细川家之后,河内守永国也慕名搬到了熊本。后来在武藏的推荐之下,细川家把他召到了自己门下,年俸三十人扶持②。此后,永国将家安在了城外的高田原南町,世世代代为细川家铸造刀剑。

---

①胴田贯:专指祖居肥后国的刀剑锻冶世家胴田贯一门的作品,以刀身厚重而著称。
②人扶持:当时日本的一种单位,三十人扶持相当于五十四石粮食。

从这个小故事可以看出，武藏应该具有很高的鉴刀本领。武藏一辈子最爱的就是刀，我们不难想象，他肯定会精挑细选好刀给自己用。

　　武藏在《独行道》中特意指出"诸事无偏好"和"私宅不求豪华奢侈"，告诫自己不要贪图物欲。但对刀却是格外开恩，特意加了一句——"兵具不同，要追求极品。"[①]

　　从上文我们不难想象，武藏对刀应该已经达到了一种痴狂的程度，他的一大爱好应该就是搜寻天下的名刀。

　　无论是被定为国家级艺术精品的那把"武藏正宗"，还是我在上文中提到的数把刀，它们都是武藏人生中某一阶段使用过的。虽然武藏自己不会铸刀，但他自己却做过一些护手、刀柄装饰和匕首鞘这样的小物件。在武者修行途中，即使自己缺衣少食，武藏也还是会为了求得一把好刀而节衣缩食。在他的整个漂泊途中，他随时随地都在求好刀，在换刀。因此，现在出现那么多武藏用过的刀，也就不足为奇了。

　　但是有个问题，关于这些刀都是一些传说，并没有明确的史料记载，所以细究起来，我的心里还是没底。

[①]《独行道》分好几个版本。前文中作者介绍的《独行道》仅是十四训那一版本，此段中的这几训在前文中没有提及的，应该是十九训或者二十一训中的内容。

日本武士

泽庵与细川忠利

在写了《宫本武藏》之后，经常会有人问我泽庵和尚的事情，今天在此略作拙文，向大家简单介绍一下。如果大家还想了解得更多一点，可以去读一下细川护立支持出版的《泽庵全集》，其中对泽庵的介绍更加全面。

不过，大家关心的好像只是我在小说中写的武藏与泽庵的关系。对此问题，我在前文中也曾提过，在此再向大家阐明一下，小说中的武藏和泽庵的关系是我为了创作需要而特意虚构的，在历史上并没有两人交往的记载。

但是，我这样构思也绝不是凭空捏造。众所周知，泽庵是禅门之中最关心武道的一位僧人，他与柳生家的关系也非常密切。

土岐子爵特意到我家拜访过好几次，说在他们家有一本祖传的枪术书，据说是泽庵被流放到出羽国时写的。我只知道泽庵为柳生宗矩写过《不动智神妙录》和《太阿记》两本兵法书，不知道他还写过枪术书。如果情况属实的话，那泽庵和武道之间的关系就更广泛了。

之所以觉得泽庵会和武藏有某种关系，主要是因为两人的故乡挨得比较近，而且两人年龄相差不大，并且和细川家都有很深的关系等。

泽庵的故乡是但马国的出石，离武藏的故乡美作的吉野乡不远，仅隔着一座山。当时从出石前往山阳地区的旅客，一般会在美作的竹山城外留宿一晚。

泽庵与武藏的年龄相差也不大，仅比武藏大十岁。而且，在当时，武者修行者和禅门有着千丝万缕的联系，禅刹不仅是武者修行者修行的道场，同时也是他们借以休息的宿舍。

此外，泽庵与细川忠利，以及长冈佐渡都是挚友。庆长十七年（1612年）四月十二日，武藏给长冈佐渡写过一封信，从中可以看出武藏与长冈在当时已是至交。细川忠利和武藏的关系当然更不用说了，两人从表面上是主仆关系，其实私底下是很好的朋友。

接下来，我们排除想象，单纯从史料方面来探究一下细川忠利与泽庵的关系。在《泽庵全集》中收录了数首泽庵写给长冈佐渡的诗，以及其他的一些内容，据此也可以看出泽庵和细川家的关系非同一般。

紫衣事件之后，泽庵被流放到出羽国的上之山，在那里度过了四个寒暑，直到宽永九年（1632年）七月才被赦免返回江户。

紫衣事件的大致经过如下：

德川家康建立江户幕府之后，制定《元和御法度书》，规定京都的大德寺和妙心寺未经幕府的同意，不得擅自着用紫衣。

但是在德川家康去世之后，这项法令就渐渐松弛下来。后来，后水尾天皇在未征得幕府同意的情况下，敕许十几位僧侣着用紫衣。宽永四年（1627年），京都所司代板仓周防守重宗以违反《元和御法度书》为名，剥夺了十几位僧侣着用紫衣的权利。

翌年，当大德寺的住持玉室宗珀将自己的衣钵传给正隐宗知的时候，正隐宗知又开始着用紫衣，这引起幕府的强烈不满，对大德寺予以严厉谴责。

幕府的谴责搞得大德寺的诸位长老狼狈不堪，不知如何应对。泽庵亲笔起草了一份应答书，认为大德寺的此番举动只是遵循寺法先规，并没有违反幕府的法令，后来和玉室宗珀、江月宗玩一起署名，呈送给了德川幕府。

这下可激起了幕府的愤怒，把他们三人全都逐出了江户。宽永六年（1629年）七月，五十七岁的泽庵被流放到出羽国的上之山，玉室宗珀被流放到奥州的棚仓。

当时，仰慕泽庵学识的大名非常之多，其中尤以细川忠利和柳生宗矩最为出名。

还有一种说法，说柳生宗矩早在关原之战之前，就已经跟随泽庵参禅。

泽庵被赦免返回江户之后，经常被德川家光将军请到幕府的军帐内讨论佛法问题。泽庵承蒙将军的恩宠，后来被任命为品川东海寺的开山住持。据说，柳生宗矩就是泽庵向将军推荐的人才。

德川家光曾向柳生宗矩学习剑法，虽然他对技法是烂熟于心，但和柳生宗矩相比，总还差那么一点点。他自己也很纳闷儿，于是就问柳生宗矩："你教我的东西我都懂了，也刻苦练了，为什么总是超不过你呢？"

柳生宗矩回答说："等您悟得了剑禅一致的妙境，您就会领悟到剑道的奥义，到那时就能超过我了。您应该去听听泽庵讲法，这会对您大有裨益。"

泽庵特意为柳生宗矩写过两本书，一本是《不动智神妙录》，另一本是《太阿记》。《不动智神妙录》主要是阐述剑与禅的关系，而《太阿记》则是借剑道说禅。

泽庵与细川忠利的关系更为密切，并且和忠利的祖父幽斋、父亲忠兴、儿子光尚祖孙四代都有关系。

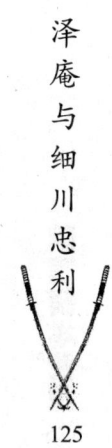

从战国时代一直到德川幕府建立，这段时间日本是战火纷飞，政局动荡，百姓惶惶不可终日，但是日本的文明之火却没有熄灭，这主要得归功于在当时的日本活跃着一大批像细川幽斋藤孝、三藐院近卫信尹、乌丸大纳言光广、本阿弥光悦和松花堂昭乘这样的文化界名人。其中禅门的杰出代表就是泽庵，正是这些人成为日本精神的支柱，延续了日本的文明之火。

根据文献记载，细川幽斋与泽庵的交往开始于庆长七年（1602年）。当时的泽庵仅有三十岁，还是个在泉州堺大安寺的文西西堂出家的年轻和尚，他孜孜不倦地学习佛法，同时也在掩饰着自己的锋芒。两年之后，他的佛学造诣达到一定深度，被授予"泽庵"这一法号。

当时的细川幽斋已经七十多岁，是文化圈里最有威望的老人，他给了泽庵很多指导。

据说，泽庵曾写过一百首和歌，并向幽斋征求意见。幽斋看到这些和歌后，被其优美的文字所吸引，禁不住连连夸赞。其实不只是和歌，在很多方面，幽斋都给过泽庵帮助。

泽庵与幽斋的儿子细川忠兴的友情也是在这一时期结下的。

跟父亲细川幽斋相比，忠兴更具有武将的性格。当然了，他绝对不是那种只知武术的鲁莽之人。忠兴曾跟随著名的儒学大师藤原惺窝学习儒学。此外，他在和歌、茶道和古代典章制度方面也颇有造诣。

细川忠兴虽然是在德川的麾下，但是面对幕府对佛门和朝廷的不逊政策，他心中还是充满了极大的愤懑。

德川幕府发动紫衣事件的本意其实是想否定朝廷的权威，然后将所有的权力垄断到自己手中。泽庵只是当时公家和武家争斗的一个牺牲品而已。

当时，细川忠兴给儿子忠利写过一封信，感叹皇室的式微，其中写道："此番论及天皇陛下及公卿众人之事，天皇陛下势弱在于可掌控金银、爵位甚少。"

此外，忠兴还在信中表达了对紫衣事件的不满，他写道："另，大德妙心寺长老被幕府剥夺地位。虽然是敕封爵位，亦遭此羞辱。更为可气的是，一下毁掉了天皇陛下的六七十道敕书……"

庆长十五年（1610年），幽斋去世，享年七十七岁。忠兴在丰前为父亲建了一座寺庙，并恳请泽庵出任寺庙的住持。但由于泽庵当时恰好有别的事务，所以这一请求最终未能实现。

晚年的泽庵与忠兴春花秋草无所不谈，交情愈加深厚。

有一次，忠兴送给泽庵一束莲花，并作诗一首：

"夏日荷花秋红叶，愿君长寿共赏花。"

泽庵当时已是七十多岁的老人，听到别人祝他长寿，内心应该会感到很温暖吧！

在细川家的花园中,一年四季都开着各种各样的花。泽庵也是爱花之人,而且尤其喜欢清冽的梅花。泽庵经常会为了赏花而特意拜访忠兴这位老友,两人一起品茗闲谈,时间在不知不觉间流过。

有一次,泽庵回到草庐之后,还依然沉浸在赏梅的乐趣之中,于是顺口吟诵道:

"心中梅花依然在,身体却已回草庵。"

虽然忠兴比泽庵年长九岁,但他对泽庵却是充满敬意。同样,在泽庵眼里,忠兴是幽斋的儿子,是比自己年长的挚友,所以处处都对忠兴非常谦逊。

细川幽斋觉得孙子忠利是整个家族中最为聪明的孩子,所以对他非常宠爱。因为泽庵是祖父和父亲的挚友,所以忠利一直把泽庵当作长辈来看待,毕生都对其非常敬重。

在战国乱世,诸大名依靠武力获得了权力与声誉。后来,在天下安定之后,作为政治家,他们转而谋求内心的完善,而泽庵的学识正可以帮助他们实现这一愿望。

在当时,叩响泽庵家大门的大名除了前文中介绍的柳生宗矩以外,还有酒井忠胜、堀田正盛、板仓周防守重宗、小堀远州和佐久间将监等。当然了,在这些人当中,泽庵最喜爱的还是细川家卓越的嫡孙细川忠利。

细川忠利继承了祖父与父亲两代的文武之才,是元和宽永年间最为出色的大名。

忠利去世之后,泽庵称颂他是:

"胸襟雪月,心里清泉,好事风流,出其群拔其萃,有德气象,仰弥高钻弥坚。"

此外,他还在忠利的肖像画上题字——公与余讲交异他。

据此也可以看出,忠利和泽庵的友情是多么深了。

在幽斋和忠兴的影响下,忠利在很小的时候就开始和泽庵交往。宽永九年(1632年)之后,两人的关系进一步加深。

我们先来看一下泽庵被赦免之后,在江户的滞留时间:

宽永九年七月返回江户一直到宽永十一年五月。

接下来,宽永十二年十二月至宽永十三年十月。

然后,宽永十四年四月至宽永十五年四月。

最后,宽永十六年四月以后,长居江户。

再来看一下忠利在江户滞留的情况。虽然忠利在宽永九年(1632年)十月从小仓被移封到熊本,但他在江户逗留的时间并不短。

宽永十年十月进江户参觐将军,一直到宽永十三年五月才返回熊本。

然后,宽永十四年三月至宽永十五年一月。

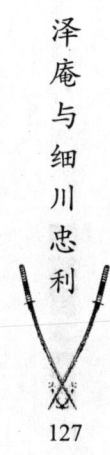

泽庵与细川忠利

最后，宽永十六年三月至宽永十七年五月。

可以看出，两人在江户的时间高度一致，肯定少不了深层次的交流。

泽庵向来讨厌荣华富贵，成为将军幕下的一名显僧也许并不是他的心愿。泽庵在故乡但马结了一个草庐，日夜与风月为友，安静地生活，别有一番情趣。

宽永十二年（1635年）末，泽庵受将军之命不得不返回江户。在临行之前，他给但马国主小出吉英写了一封信，其中写道：

"受将军之召，我将于近日返回江户。在但马的这段时间，承蒙您的关照，深表谢意。"

此外，泽庵在写给小出吉英的另一封信中还写道：

"这次突然被召回江户，我自己都觉得很奇怪。我现在年事已高，算是等死之人吧，即使回去了也中不了什么用，可是为什么又要召我回去呢？我已经习惯了在这里的生活，拐杖和草鞋就放在廊下，随时都可以出去。僧人本来就该过山林树下的修行生活，但现在很多人却对权势趋之若鹜，这真是令我感到羞耻。我素来对武家之事不感兴趣，这次被召回江户，也是迫不得已。"

泽庵对那些攀附权门的僧人充满了厌恶之情，对那个道德沦丧的乱世充满感叹。对泽庵来说，一箪食一瓢饮的生活足矣，出仕武家那简直就像是踏入苦海。

泽庵对将军家发动的紫衣事件非常不满，所以他非常不愿意出仕将军家。前文已述，紫衣事件只是公家与武家斗争的一个产物，但当时在暗中操纵这一事件的却是金地院崇传。他的这一举动直接促成了大德寺、妙心寺与镰仓五山的反目。

泽庵在信中所说的"僧人本来就该过山林树下的修行生活，但现在有很多人却对权势趋之若鹜，这真是令我感到羞耻"，其实就是对金地院崇传利用幕府权势，实现自己私利的讽刺。

在德川家光的再三邀请之下，泽庵最终回到了江户。他清楚地知道自己在那个时代中的存在意义，于是在文化方面做出了很大的贡献。

我们不能否认，如果没有泽庵，就不可能有柳生宗矩对剑术精神的深化；如果没有泽庵，也不会有细川忠利这样著名政治家的出现。

当泽庵在江户生活的时候，他的年轻朋友忠利在物质与精神方面给了他很多帮助。

泽庵不仅喜欢花，还喜欢茶，他会将忠利送给他的茶叶当作宝贝一样。此外，忠利还会送给泽庵一些应季的水果，以及各国的特产等，这对过惯了清心寡欲生活的泽庵来说，真的是受宠若惊。

在泽庵写给忠利的信中，随处可见他的感激与喜悦之情：

"昨日得您送来的礼物,甚为感激,特此修书一封,以表谢意。您昨天向我提出的问题,我思考了一日,但是还是没有得出结果。可惜现在白天太短,不知不觉就天黑了。若有结果,我一定再写信告知。"

泽庵在信中表达了对忠利的感谢,同时还慨叹白天太短。泽庵与忠利无话不谈,谈话内容涉及雅趣、治民和武道等各种各样的话题。当然了,所有话题的中心还是"道",忠利是个诚挚的"求道者",所以非常渴求泽庵的高示。同时,泽庵对忠利也是不吝赐教。

在忠利归国之前,泽庵给他写过一封信:

"在您归国之前,希望能面见您一次。我手头有一本书,觉得可能会对您有所帮助。见面之后,我们也可以做一些交流。"

从信中我们可以看到泽庵的谆谆教导之态,也可以看出忠利孜孜不倦的学习态度。

此外,两人还一起欣赏过能乐:

"昨日承蒙您邀请,观看了《松风》,真的是非常有意思。那松树的道具,以及演员的演出都非常精彩。在观看能乐的过程中,我和柳生宗矩阁下都有点忘我了,这也足以看出演员技艺的高超。再次对你安排的精彩演出表示感谢。"

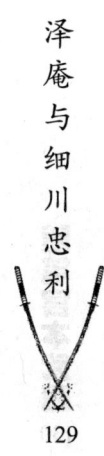

泽庵与细川忠利

这次能乐演出是忠利特意为泽庵安排的。泽庵欣赏完后,特意写来感谢信,并对演员的表演大加赞赏。师父与弟子和睦欢乐的场景跃然纸上。

宽永十四年(1637年),忠利的身体出现了问题,不得不经常服用草药。这年十一月,他转居镰仓,安心养病。

精通医学的泽庵给忠利很多用药和养生方面的建议,而且还特意为他写了三本医学书籍:《医说》、《骨董录》和《旅枕》。

正当忠利的身体逐渐恢复的时候,九州的岛原、天草起义爆发了。由于忠利还没有完全康复,所以由他的儿子细川光尚带领部队出征岛原。

没想到,起义军的势力非常强大,不仅没有被消灭,反而把板仓重昌给打死了。没办法,宽永十五年(1638年)正月,细川忠利只能亲自披挂上阵,前往岛原戡乱。在忠利到达后的一个月内,岛原、天草起义起义就被镇压下去了。但是,由于战事的劳累,忠利旧病复发。宽永十六年(1639年),幕府允许他回江户养病。

在忠利戡乱的那段时间里,泽庵先是去了京都,参加大德寺开山祖师大灯国师三百周年祭的纪念活动,后来又回到故乡但马洗温泉,总之这段时间,两人很少有消息往来。但是,在宽永十六年(1639年)四月,泽庵和忠利几乎是同时回到了江户。

二人在江户度过了快乐的一年。宽永十七年(1640年)五月,忠利返回熊本,两人从此永别。

五月十八日，忠利从江户出发。当时，泽庵正在热海泡温泉。泽庵觉得自己的老躯沉疴已久，不可能再久留于世，所以很害怕没机会再见忠利一面。于是，他打算在忠利抵达小田原的时候，前去和他见上一面。但是，人算不如天算，恰好赶上了坏天气，他难以成行，只好作罢：

"天公不作美，此番无法成行矣，心中万般遗憾。待明年春天参觐之时，再与君相见。"

泽庵期待着来年春暖花开之时，能再次在江户见到忠利。但非常遗憾的是，宽永十八年（1641年）三月十七日，忠利在熊本病逝，享年五十六岁。

听到忠利去世的消息，泽庵心中充满了落寞与悲伤。他在写给小出吉英的信中感叹道：

"细川越中守阁下的病逝，让我深感世事的变化无常。原本希望在今年能再次相见，没承想现在却已天隔两方，实在是始料未及。"

在写给忠利的儿子细川光尚的信中，泽庵写道：

"老叟听闻令尊去世的消息，最初一直不敢相信。后来得知此为实情，颇为悲痛。在令尊生时，承蒙他的诸多关照。本希望在他今年进江户参觐的时候能再见到他，没承想去年一去竟成永别。"

可以看出，泽庵在最初听到忠利去世的消息的时候，根本就不肯相信，觉得这是假的。佛家弟子追求看淡生死，不过从泽庵的这封信中，我们却能感受到他平凡人的一面。

细川越中守忠利法名妙解院台云五公居士。泽庵特意为其写了秉炬①时的法语：

梦回五十有余年，
一阵春风蝴蝶前。
四海九州无处觅，
离弦圣箭过西天。

正保元年（1644年），细川光尚在熊本城外为父亲修建了一座护国山妙解寺，并请求泽庵出任寺院住持。但是，泽庵已于宽永十六年（1639年）出任品川东海寺的住持，没有办法，只好推荐自己的同门耆宿启室座元法师出任妙解寺的住持，代自己向亡友祈福。

---

①秉炬：为禅林葬仪行事之一，秉持火炬行火葬之意，在举行葬仪时要念法语。

浮世绘中的日本武士图

柳生的《武藏野》

最近看到一本好书，柳生十兵卫三严著的《武藏野》。整本书都是用假名写成，字体优雅，有点类似于女性书体。书是线装本，半纸①大小，有一百多页。《武藏野》一直收藏在大和柳生村的柾木坂书库内。后来，柳生家家庙的桥本定芳法师来东京的时候，特意带过来，给我看了一下。

书名并不是柳生十兵卫三严的亲笔，但是自序是由其所作。他在序中介绍了此书名的由来：

"庆安二年（1649年）七月朔日，柳生三严。脑海中突然冒出'武藏野上花草多，露珠压身誓不折'这句俗歌，于是就将此书命名为《武藏野》。"

可以看出，柳生十兵卫三严是根据当时江户传唱的一首俗歌起的《武藏野》这个名字。在书中，柳生十兵卫三严首先从柳生流"三学"开始谈起，用口语和书面语两种形式记述了自己对剑与禅的理解。非常有意思的是，当他提到祖父石舟斋的某事时，会使用"爷爷是这样说的……"；当提到父亲但马守的某事时，会使用"爸爸是这样说的……"这样的语气。这本书虽然是柳生十兵卫三严在晚年时写的，但我们依然能够感觉到他在提到祖父和父亲时的那种孩子般的心情。

在《武藏野》的最末一章，柳生十兵卫三严写道：

"母亲怀胎宛如一滴露珠滴入她的体内，然后从这滴露珠上长出身体与心灵。这和衣袖、花草上的露珠能映照出完整的月亮一样，虽然很小，但却蕴藏了大千世界。"

然后，又写道：

"月白风清说到底都是一无所有，也不存在任何道理。"

最后，柳生十兵卫三严特意写了一首和歌来结尾：

---

①半纸：日本纸的一种。最初是由整张的杉原纸一切两半做成，所以叫半纸。

"身入深山中，苦心求道成。偶遇一村寨，山民乐无穷。"

古往今来，在剑道上颇有造诣的剑术高手中，很多人都写下了寓意深远的和歌。和柳生十兵卫三严的这首和歌类似，武藏在自己的自画像上也曾题过一首和歌："月明为何物，幼时尚不知。长期求理尽，归来如昔时。"

无论是柳生十兵卫三严的那首，还是武藏的这首，都是非常有深意、非常优秀的和歌。

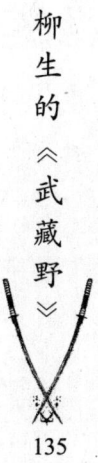

柳生的《武藏野》

宫本武藏大战天狗图

遗迹纪行

京都一乘寺下松——武藏与吉冈一门决战的遗迹

京都人都说京都是世界上最好了解的城市，可我去了好几次，对京都还是完全不了解。我去京都的时候，一般都会住在京都宾馆，要不就住在中村屋，有时候也会住在近糸家。近糸家离堂本印象家不远，就在他家的正前方。每次到京都，见的都是那几个人，逛的也都是那几条街，所以我这样的人说京都难以了解确实有点不太恰当。不过说实话，我确实对京都不太了解。

可能是看我可怜吧，有一天，星星冈茶室的N君开着私家车来到了我家，说要带我去京都转转。

N君是东京星星冈茶室的老板，也是我的一个知己，我一直以为他是东京人，没想到他却不无自豪地对我说："我可是地地道道的京都人！不过你放心，这次我绝对不带你去祇园和银阁寺，带你去别的地方看看。"

我本来也没有什么不放心的，再说我当时还有自己的一个小心思。武藏与吉冈一门的决斗就发生在京都的一乘寺下松，我一直想去探访一下当年的遗迹。这个念头萦绕在我脑海之中已经有一段时间了，也去过三四次京都，但每次都像蜗牛爬水盆那样，在那几个地方转来转去，所以一直没有机会去一乘寺下松。这次，我暗下决心，一定要找到那处遗迹。现在每日都在报纸上连载《宫本武藏》，很快就要写到一乘寺下松决斗这一事件，要是再不去的话，可能就要晚了。所以说，这次京都之行不是为了玩，而是为了准备素材，也可以说是为了工作吧。

武藏和吉冈清十郎比武的场所是洛北莲台寺野，和吉冈传七郎比武的具体场所还不是很清楚。最后，吉冈一门出动了上百人，在一乘寺下松摆好阵势，等着武藏的到来，想一举将其杀死，以报家门之仇。可是，这么多人却被武藏打得惨败。我在写小说的时候，觉得这已经超出了比武的范畴，而是一场战争，是一场以一敌众的战争。双方都确定了自己的策略，考察了地形，而且吉冈一门还携带了弓箭这样的射杀工具，可以说是将兵法知识全都运用了进来，所以我在写这一段的时候，不想把它写成是一次简单的比武，而是想用叙述战争的形式来写这次决斗。

在准备小说素材的时候，了解地形具有非常重要的意义。踏访当年的遗迹，可能会给自己带来一些意想不到的收获。

在《二天记》和《小仓碑文》中，对一乘寺下松的记载不足一行，不过从两份文献都有相同的记载来看，武藏和吉冈一门在一乘寺下松的决斗应该是确有其事。在去之前，我的心情有些忐忑，不去当地踏访一下的话，我也不敢断言这一记载确实就是真的。《二天记》和《小仓碑文》中对此事的记载大致如下：

"京洛东北之地，武藏与吉冈一门决斗于一乘寺下松。"

N君获悉我的意图之后，一点也没觉得我烦，欣然同意带我一程。按照他的安排，他先带我去看鹰峰的光悦寺，然后到真珠庵，回来的路上把我放下，就不陪我一起去找一乘寺下松了。我恰好也有事去八濑一趟，中途下车正合我意，所以毫不犹豫地答应了。

我在构思小说的时候，将武藏与光悦寺扯上了关系，所以一听到要去光悦寺，就有点迫不及待了。后来，又约上S君和Y君一起出发。由于我不太了解京都，所以N君打算向我介绍一下光悦艺术、真珠庵和远州独创的京都文化。不过，我对这些并不是那么上心，心中早已被搜集武藏史料的事情给占满了。

遗迹纪行

"对了，我一直想问你呢！本阿弥光悦在前往鹰峰之前，好像是住在阿弥路口，你知道在什么地方吗？现在还是叫这个名字吗？"

在写小说的时候，这一疑问一直萦绕在脑际，很快就要写到光悦家了，所以我趁机将自己的疑问问了出来。

"嗯？"

N君想了一会儿，对我说："我好像听谁说起过，貌似在丸太町，不过我也不是很清楚。光悦移住鹰峰之后的事情，我还算了解一些。"

连京都本地人都这么说，看来我对这一疑问只能死心了。这也正好印证了我在开篇中说的那句话——无论来京都多少次，要想了解京都那都是非常困难的。

后来，知恩院的I先生送给我一本《京都坊目志》，光悦的住所问题才算搞清楚。I先生非常认真，特意在该书的第二百零九页折了个角，意思是关于光悦的记载就在这一页。可能是他觉得，对于我这个连那么容易了解的京都都觉得难以了解的人来说，不这么做肯定是不行的吧！

不过，这本书再一次印证了京都真是一块复杂的土地。当然了，这并不是说京都的行政区划不好理解，而是说这座城市的历史实在是太悠久了。从古时的武家争霸，一直到后来的战国时代，尤其是应仁之乱时连绵不绝的战火，京都都是各重大事件的舞台。在日本国内，还没有哪块土地能够像京都这样演绎着日本的治乱兴衰。对于光悦的住所，《京都坊目志》中明确记载道："本阿弥光悦的宅邸位于实相院町东南部。"

此书中还记载了实相院町的具体范围：西起五路小川，东至堀河。而且还特意补充道：

"水落寺至堀河之间叫狼路口。此外，白峰宫路口也被俗称为本阿弥路口。"

可以看出，本阿弥路口还有个别名叫白峰宫路口。只看文字，很难弄清具体在什么地方。后来，我又查了宽延年间出版的《京师内外绘图》和宝历年间出版的《中京绘图》，但非常遗憾的是，无论哪张地图，都没有本阿弥路口这一地名。在京都，经常会用寺院名或者公卿的府名来命名町的名字。后来，随着战乱和震灾，这些寺院和府邸都逐渐毁掉了。那些没被毁掉的也已经变成民宅。京都已经成为一座现代化都市，对于以前的那些地名，我们就更加难以了解了。

刚才说了很多本阿弥路口的事儿，有点跑题了，我们书归正传。武藏一生之中最艰难的一次血战就是和吉冈一门在一乘寺下松的决斗。我这次去京都的目的，就是想确认一下一乘寺下松这个地名现在是否还存在。如果找得到的话，顺便考察一下当年的古战场。

后来，在N君的引导下，我们参观了鹰峰门前町的遗迹，还在光悦寺欣赏了光悦描金画，并且还品尝了鹰峰特产的大萝卜，据说日本最美味的荞麦面在调味的时候都少不了这种大萝卜，此外还游览了真珠庵的涂鸦。最后，我在白河边和N君作别，同T君一起踏上寻找一乘寺下松的征程。

来来往往的车辆很多，但没有一个司机知道一乘寺下松这个地方。后来我们转变了策略，改为问一乘寺村在什么地方。这时有个司机纠正我们说，那个地方不叫一乘寺村，而是叫一乘寺町。

我和T君恍然大悟，原来当年的村落已经发展成町了。我们恳请那名司机带我们去一乘寺町，但是司机一听到这一请求，脸上就流露出怪异的表情。幸运的是，司机最终还是同意带我们去了。沿途看到好几块一乘寺修学院町的路牌，此外还看到了一块写着一乘寺释迦堂町的路牌。我禁不住问他："是这个方向吗？"

"嗯，就是这个方向！"司机自信满满地回答。看到他的样子，我和T君也都放心了。汽车朝着比睿山的方向行驶着，他所说的一乘寺町就在远处，是一片被田园包围着的恬静的工场街。但是，突然之间，车停了。

停车并不是因为到了目的地，而是因为车歪了。刚才汽车是沿着桑田垄沟下方的一条狭窄的小路行驶，后来一侧轮子掉到了沟里，车就歪了。T君有点急了，他向司机发火说：

"您走的什么路啊！这样的路能走车吗？您赶紧退回去吧，越快越好。"

发火归发火，其实司机也不愿意走这样的地方，他也是一片好心，想把我们尽快送过去而已。车轮还在打转，看来没有被草稞子给缠住，也算不幸中的万幸吧。不过，既然掉到了沟里，想退出来就没那么容易了。

正当我们想办法的时候，已经有老婆婆领着小孩从竹林中走出来看热闹了，而且在附近山上干农活的男男女女也都停下手头的工作看着我们。别人的注视搞得司机很不好意思，他内心的小宇宙爆发了，他将车轮在那陷下去的沟中退后了半米，然后猛打方向盘，一踩油门，车蹿了出来，回到刚才的路上。我和T君也赶紧上车，司机猛踩油门，那辆汽车犹如一辆行驶中的坦克，掀起大片尘土。

这时我突然发现，刚才还在看热闹的老婆婆和孩子们正在朝我们的汽车追来。司机可不管这些，他继续风驰电掣般地向前行驶着。后来我才知道，原来是司机把掩盖在草稞子中的一把铁锨的把儿给压断了，他们是追上来讨说法的。疾驰的汽车离他们越来越远，远处的太阳也要下山了。我心里还在寻思，要是这番折腾都找不到一乘寺下松的话，那真是太遗憾了。

司机停下车，摇下车窗，向杂货铺中的女孩问路。然后手握方向盘，兴奋地对我们说：

"这回知道了，原来就在诗仙堂的旁边。而且，还叫下松这个名字。"

郊外的道路上车辆稀少，汽车开足马力疾驰着。那名司机为我们做了这么多工作，真该好好谢谢他。正当我这样想的时候，车又停了，我们迷路了，不得不第二次下车。这个地方我们刚才走过，位于北山御房的旁边，与谢芜村和松村月溪的墓就位于此地。我们在田间的小路上迂回前进，很快就来到了一个叫四路口的小镇。进入小镇的路边，有一个大鸟居，司机把车停在那里，打算再找个人问问。

T君看到一个人，赶紧摇下车窗，向对方询问了些什么，然后兴奋地对我们说："走，快下去，快下去。"

我们也不知道他问出了什么，既然让我们下去，那就下去吧！我们跟在他身后，一直往前走，还没走出二十步，猛然间发现前面立着一块大石碑，上面赫然刻着"武藏吉冈决斗之地"八个大字。

如果是尚未被人发现的遗迹，那么费这么大劲去寻找也算情有可原。可是，前人已经给立了这么一块大石碑，我们却还花了那么大力气去寻找，这实在是有点说不过去。

本以为那夜要无功而返了，没想到却给找到了，这真是令人高兴的事情。这一地点和我通过文献猜想的地点一致，正是位于一个三岔口的旁边。

　　决斗地点位于一乘寺山与瓜生山之间，而且那个三岔口还稍微有些倾斜。四路口是一个典型的郊外小镇，稀稀拉拉地散落着一些人家。这块石碑就位于小镇的一角，可能是对武藏比较敬重的缘故吧，乡民用漂亮的石头在石碑周围围了个大约有十坪①大小的三角形。

　　从下松这个地名来看，在很早之前，这个地方应该有一棵大松树，而且树龄要比武藏生活的年代久远得多。

　　我在来此之前，查过很多关于一乘寺的资料，此外也翻过许多包含下松这一地名的书籍。吉田东伍博士根据《太平记》和《名迹志》编纂过一本地名词典，其中对一乘寺下松的描述是：

　　"修学院村别名一乘寺。古时有一棵枝叶下垂的老松树，人称下松，后来逐渐演变成当地的地名。在《太平记》中，对此地的称呼是薮里鹭森下松。"

　　很明显，在古时，这里确实有一棵大松树。其实早在武藏之前，就已经有典故和这棵大松树有关。据《名迹志》记载，无官太夫敦盛死后，他的妻子受形势所迫，无法抚养尚在襁褓中的孩子，只好将其舍弃在这棵大松树下。后来，黑谷的法然上人捡到了这个孩子，并将其抚养成人。

　　法然将敦盛的孩子抚养成人的传说应该是确有其事。在平家战败后，越前三位通盛等平家的部下都将自己的后事以及后人托付给法然上人。

　　传说，三位通盛战死以后，法然上人命他的两个弟子随连和成阿来到生田森林找到了他的尸体，并将其转交给三位通盛的妻子小宰相。此外，还有个传说，说有一天，一名客人拜访法然上人的禅室，发现地上有一个婴儿在嬉嬉闹闹地爬着。那客人禁不住问："这是谁的孩子啊？"

　　法然上人回答说："这是按察使资贤的女儿玉琴的孩子。"

　　那名客人大吃一惊，原来这就是无官太夫敦盛的孩子。以上这几个小故事在法然上人的传记中都有记载，并且和《名迹志》以及下松当地的传说完全相符。

　　这块"武藏吉冈决斗之地"的石碑看起来年代并不是那么久远，我转到背后，想看看后面刻了些什么内容，但可惜已是黄昏，光线微弱，难以看清，想必是建造此块石碑的缘由和相关人员的姓名吧。后来向别人打听之后才知道，原来这块石碑是由熊本的堀正平先生所立。

　　按照文献中的记载，此地应该有一棵大松树，可是我借着薄暮的微光向周围望了一圈，也没有发现一棵大松树。只是在石碑的旁边，有一个一丈高

---

①坪：1坪约合3.3平方米。

的干枯树桩，树皮和树枝都没有了，根部像人的两条腿一样，稳稳地站在地上。

乡民们在树桩四周拦起了粗粗的稻草绳，和神社内禁止人入内的稻草绳一样。树桩很粗壮，有成年人的两抱粗。拉着建筑材料的大卡车不时地从树桩旁边轰隆隆地驶过。在薄暮中凝望着眼前的树桩，一点儿也找不到当年大松树的风姿。我当时的感受和那位在法然上人的禅室看到敦盛后人的客人一样，深切地感觉到时光和历史正从自己的眼前流过。

人的欲望总是无穷无尽，探明了大松树的所在之后，我又禁不住想搞清楚另一个问题。根据文献记载，武藏和吉冈一门决斗的时间是在黎明时分，天还没有大亮，而且在来此地的途中，他还特意去了一趟八幡宫神社。

那天是武藏人生中最重要的一天，他原本打算拜会八幡宫神社的宫司，并且祈祷神灵让自己获胜。但是，就在他的手触到拜殿堂下方的鳄口铃的那一瞬间，心中突然响起了一个声音，告诉他没必要这么做。武藏最终没有摇动鳄口铃，也没有向神灵祈祷，他毅然决然地奔赴下松战场。

武藏在《独行道》中写道：

"敬神佛而不求之。"

武藏当时在八幡宫神社中的内心世界应该就是如此吧。对当时的武藏来说，一乘寺下松的决斗已经不是别人的复仇，而是自己修行途中必须要经受的一次考验。

"对了，这附近有没有个八幡宫啊？不对，是从京都往这里走的路上有没有个八幡宫啊？"

我问遍了茶馆以及附近的百姓，他们都表示附近和来的路上都没有八幡宫。不过有个人告诉我，离这里不远，在二条有个御所八幡，再就是在堀川有个若宫八幡。不知不觉间，我们身边围过来一些当地的百姓，他们肯定是觉得我们这几个外地人比较奇怪，凑过来一探究竟的。面对这么多人，我多少有些害羞，不过还是觉得在这附近肯定会有神社的遗迹存下来，哪怕是很小的一个神社。

猛然间，我想起刚才下车地方的那个大鸟居，我连忙问司机："那个鸟居是哪个神社的啊？"

司机回答说："是八大神社的。"

我迫不及待地穿过大鸟居，沿着狭窄的山道向上爬去。爬了一段之后，发现在右手边有一栋爬满苔藓的小房子，原来是石川丈山的旧居——诗仙堂的遗迹。

我们的脚步声惊扰了在山上修行的尼姑，不时有尼姑探出头来，想看看我们究竟在做什么。我们绕到诗仙堂的后面，继续往上爬，本以为在这苍松劲柏之中会掩映着一座高大的殿宇，可等我们爬上去，映入眼帘的却是八个

和蜂箱差不多大的小神社。这八座神社静静地立在那里，让人很难想象得出它们昔时会是什么样子。

毫无疑问，这八座神社中各供奉着一位神明，因为位于同一个地点，因此就被统称为八大神社了。但遗憾的是，其中并没有八幡神。看到这番景象，我不禁有点失望起来，武藏当年驻足打算祈祷的地方难道就是这里吗？

我站在最高处俯瞰，一眼就看到了那棵大松树所在的三岔口。山风吹拂着松枝，沙沙作响，仿佛是松树的低吟。我瞬间兴奋起来，一直以来困扰我的问题——武藏是如何在拂晓时分来到一乘寺下松的？在那一刻终于找到了答案。

我觉得这是上天对我辛苦踏访的赏赐，在书桌上怎样构思都不妥的场景，当我来到当地之后，一切都变得清晰起来，我变得有信心去写好这段往事。

早在武藏赶到之前，吉冈一门的上百人就已经在三岔口附近做好了埋伏，静等武藏自投罗网。当然了，武藏也不会贸然前来，他需要提前了解一下敌人的设伏情况。所以，武藏在从京都赶来的时候，并没有走那个三岔口，而是翻山越岭走的山路。

天空中已经升起点点繁星，我回头朝八大神社的背后望去，黑漆漆的一乘寺山仿佛就在自己的眼前。沿着八大神社继续往山上走，在半山腰的位置有一条小路，既可以去往鹿谷方向，也可以前往东山和京都。

武藏在山间迂回穿行，最终来到了诗仙堂的上方，这样一来，敌人的布局就可以一览无余。庆长年间，石川丈山还没有来此居住，八大神社也应该比现在气派得多。从八大神社的占地范围，鸟居的巨大程度，以及年代的久远程度来推断，当时的八大神社应该有个大的拜殿，而且外面还可能会有一圈围墙。

黑暗中，夜风吹拂着面颊，我环顾四周，最后将目光投到下面的三岔口，发现没有任何一个地点能比我站的这个地方更适合发动攻击。这里正好位于敌人的背面，而且是居高临下，突然冲入敌阵的话，势必会乱了敌方的阵脚。

在下山的途中，我在心中对自己说："《二天记》以及其他资料中的记载应该是错把八大神社记成了八幡宫神社了吧！"

我本打算用素描将这里的地形画下来，但是农用车和卡车络绎不绝，再加上已是夜晚，实在是没有心情在车来车往中作画，最后只好作罢。在小说创作中，地形情况对还原史料匮乏的历史事件非常重要，所以回到东京之后，我又后悔当时没有把地形给画下来。后来，我委托家住一乘寺附近的陶艺师河合卯之助先生，让他帮我把当地的地形画下来。河合先生本来就善于作画，很快他就将一乘寺地形图和下松遗迹图给我送了过来。当时，我的小说还没写到一乘寺下松决斗，所以经常把这两幅图摆在书桌上研究，推测武藏走过的足迹。回忆那半天自己踏访的过程，那种散步式的踏访在我的一生中都是少有的事情，不过回想起来，还真是别有一番意趣。

宫本村

都说画家胸中有山水，其实小说家胸中也有山水。对小说家来说，当他们写到某一个地方的时候，心中都非常想去看一看，但可惜的是大多数时候都不能成行。

虽然我经常走山阳线，但是在中途却从来没有下过车。在我心中，冈山县英田郡赞甘村大字宫本与我的距离要比上海和北京还要远。我在五万分之一的地图上，花了五分钟时间才找到因幡、美作、但马和播磨这些地名，它们就像一个个跳蚤的卵一样，围成一条绿色的斑点带。这里就是宫本武藏的故乡。

我在报纸上连载《宫本武藏》的那段时间，每天睁开眼第一件事想的就是今天该写些什么，哪怕是元旦都难得清闲，甚至在将要发生车祸的那一瞬间，心中想的也不是自己的安危，而是明天要是在报纸上登不出来小说了该怎么办。就这样，我在《朝日新闻》晚间版上足足连载了四年。对我来说，宫本武藏的故乡已经远远超出了"胸中山水"的程度，而是我魂牵梦萦在有生之年一定要去一趟的地方。

今年五月下旬，受冈山县当地的乾利一先生和牧野融博士的邀请，我终于有机会前往宫本村。记得出发的那天早上，天空中滴滴答答地下着小雨。从冈山出发之后，开始的时候周围还是农田、小山和河流，后来就只剩下小山了。我们的汽车在山岭中穿梭，途中不时发现一些名字奇特的小村落，例如和气、佐伯和周匝等。

朝日新闻社冈山分社的工作人员负责给我们开车，我问他："我们这一趟得走多久啊？"

那人轻轻地回答说："五六小时吧！"

他只送我单程，回来的时候我还另有安排，打算从佐用郡到三日月，再经过龙野町去姬路。回程也得花四小时左右。在冈山，不知谁从初平①买了一个果篮上来，我们在路上吃了一些，中途在仓敷去了一趟卫生间。雨越来越小，貌似就要停了，就连那矮矮的小山上也笼罩着薄薄的云雾。路上有人穿着蓑衣、戴着斗笠，有马驮着货物，慢悠悠地行走着，使人仿佛又回到了武

---

①初平：冈山卖当地产的水果的专卖店，开业于1913年。

藏生活的年代。

牧野融博士的老家是大原，就在宫本村的旁边，所以对当地的风土人情非常熟悉。他指着公路旁边一条流淌的大河对我说："那就是你小说中写到的吉野河，要是能在写小说之前来看看，就更好了。"

我嘴硬地回答道："那可未必啊，只要心中有山水就行了。有时候，看得多了，反而不知道怎么写了。"

汽车在山岭之间绕来绕去，最终抵达了宫本村。虽然我在小说中称呼这里为宫本村，而且当地的人也这么叫，但这还是以前的称呼，现在这里的官方名字是赞甘村大字宫本。

宫本村四周群山环抱，平整的耕地少之又少。但是群山并不险峻，也不高大，线条非常柔和，和北陆、信州附近的险峻群山完全不同。

吉野河从山间蜿蜒流过，浇得上水的地方是水田，浇不上水的地方是旱田。河流两侧点缀着神社、森林、木房子的小学校和刷着白色墙壁的村公所，景致非常漂亮。当我下车，第一次踏上这片土地的时候，连我自己都感到很惊讶，我觉得对这里非常熟悉，感觉以前曾经来过。

在构思和创作小说的过程中，我翻阅了无数的地名词典、古画、地图、名胜图鉴和地方志等资料，在脑海中已经构建起一个属于自己的宫本村形象。没想到来到当地之后，实际的景象和我脑海中构思出的景象是高度一致的。

赞甘村小学的校长、大原町的町长和赞甘村的村长等人，或穿着雨衣，或穿着蓑衣、戴着斗笠，或打着洋伞，或撑着和式油纸伞，或穿着草鞋，或踩着木屐，站在村口迎接我的到来。

他们站在雨中，向我献上了大段欢迎致辞。这一地区的百姓对武藏非常爱戴和尊敬，在他们心中，武藏就如同他们的祖先，他们因和武藏同乡而深感自豪。他们对我的热烈欢迎，让我的心终于安定了下来，看来我在小说中虚构出的一些情节，并没有招致武藏家乡人的反感。

村里人告诉我，就在刚才停车地点的旁边，有武藏父母的墓地，建议我先去看一下。我身披斗篷，脚上与和服下摆也都沾满了泥点，在众人的引导下，前往无二斋夫妻的墓地。墓旁有一棵巨大的栗树，墓石上爬满了青苔，而且墓碑也不大，好像还没有一米高。我蹲下身去，想看一下苔藓下方刻的究竟是什么字。这时，一个人赶紧给我撑起了一把油纸伞，而且还向人群中喊着："智善师父，智善师父来了没有？"

一位八十多岁的老和尚拨开人群，来到我的面前，虽然年事已高，但他的身子骨还算硬朗。永幡智善和尚是大野村宫本家家庙的住持。旁边的人向我介绍说："智善师父对武藏的事情非常熟悉，他是明治四十年（1907年）前后，建议在武藏的旧宅为武藏立碑的发起人之一，后来在细川护成和冈山县知事的协助下，这事儿终于办成了。而且，他还在宫本家的家庙中发现了一本《点鬼簿》，上面记载着宫本家族去世人员的年份和戒名等。这本《点鬼簿》的抄写本现在还保存在智善师父的手中。"

智善和尚年纪太大了，所以耳朵有点背。他盯着我和那名介绍者的脸看来看去，最后好不容易才弄清了那名介绍者在说什么。然后，他从袖子中拿出一本手抄本的书，递给我说：

"听说你今天要来，所以我特意把这本《点鬼簿》也带来了！墓碑上的文字已经辨不出来了，不过这本书中多少还有点有用的东西。"

关于无二斋的在世年代和去世年月，很多武藏研究者都研究过，但是结果一直没弄清楚。现在看到这本《点鬼簿》，一切就都明朗了。《点鬼簿》中还记载了宫本家和新免家的姻亲关系。更为重要的是，书中记载了武藏母亲的去世年月和去世时的年龄，这对我们研究武藏的幼年时代，具有非常重要的意义。现将部分内容誊抄如下：

文龟三年（1503年），癸亥年，十月二十一日，武专院一如仁义居士，平田将监。

永正三年（1506年），丙寅年，七月十五日，智专院贞实妙照大师，平田将监之妻，新免氏之女政子。

天正八年（1580年），庚辰年，四月二十八日，真源院一如道仁居士，平田武仁少辅正家（五十岁）。

天正十二年（1584年），甲申年，三月四日，光德院觉月树心大姐，平田武仁之妻（四十八岁）。

此外，《点鬼簿》中还记载了新免备中守贞弘和妻女的法号，在此我就不一一赘述了。毫无疑问，备中守贞弘应该是无二斋的主公竹山城新免氏的后裔。从记载中我们可以看出，宫本家的祖先平田将监娶了自己主公新免氏的女儿政子为妻，新免家和宫本家除了主仆关系以外，还存在着姻亲关系。

后来，武藏在书信和函件中，有时候用宫本这个姓，有时候用新免这个姓，所以说宫本武藏和新免武藏其实是同一个人。原先以为是因为无二斋有功，被允许使用主公的新免姓氏。现在看来，武藏和新免氏还存在着血缘关系，所以他使用新免这一姓氏毫不为过。

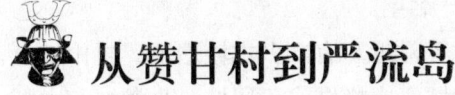
从赞甘村到严流岛

看罢了武藏父母的墓地，村民们又把我们带到赞甘村小学。坐定之后，给我们上了很多茶点。村民们的热情接待消解了我们远途而来的舟车劳顿。

村民们都很纯朴。我注意到其中一个人非常殷勤，他穿着一身和服大袴，而且上面还绣着家徽，这让我这个粗人感到有些诚惶诚恐。后来，有个人寄给我一张名片，说自己叫本位田兵之助。

我在小说中虚构了本位田又八这个人物，因此招致了东京帝国大学本位田祥男教授的抗议，说自己家族中根本就没这么个人。对此，我也做过一番辩解。不过，今天在宫本村又收到同一姓氏的名片，还是让我有些瞠目。

本位田兵之助指着一位鹤发童颜的老人对我说："这位就是本位田祥男的父亲。"

听他这么一介绍，我就更加惶恐了。不过，很快我就发现，我和这位老人非常合得来，宛如知己一般，并且还听他讲述了很多本位田家的故事。本位田祥男教授的这位老父亲，面貌威严，是一位非常传统的老翁，行事做派都很有古代武士的感觉。他没像本位田教授那样在意本位田又八这个虚构的人物，村子里的其他人对此似乎也都非常理解，这让我安心不少。我们越聊越投机，到最后一点忌惮之感都没有了，时间也在这样的氛围中一点点流过。

在小学校的讲堂内，村民们还特意为我摆放了许多关于武藏的资料和参考品，但都不是很有价值的东西，在这里我就不介绍了。

从赞甘村小学望出去，可以看到远处竹山城的古城遗址。本位田祥男教授在反驳我的文章中曾提到故乡的山中密生着竹子，一到晚上，可以听到乌鸦的鸣叫。虽然说远，其实也就是几条街的距离，在古城遗址的山脚下，至今还散落着很多民宅。

竹山城现在已经没有了，从山顶的一块平地到山的东北面，还残存着当时的柱础、水井和围墙的遗址等。

在今天看来，赞甘村不过是一个偏僻的小山村，但从武藏出生起，一直到后来新免宗贯当城主的时候，这里却是连接山阴地区和山阳地区的交通要道，而且还是兵家必争的军事要地。在当时，这里简直就是一座繁荣的小都会，和今天偏僻的小山村不可同日而语。

从赞甘村附近存在众多的古坟、神社和寺庙来看，赞甘村所在地区的历史应该非常悠久。关于赞甘村这一名字还有一个传说，大海人皇子被其兄长大友皇子暗算之后，就来到赞甘村暂时隐居，因为喜欢当地产的一种酒，称赞其非常甘甜，于是就有了"赞甘"这一名字。

虽然赞甘村位于山间，但在这个村子附近却有众多古城遗址。竹山城自然不用说了，此外还有比丘尼城、赤田城、堂峰城、正冈城、小渊城和大野五城之一的法天山城等遗址。这都是能叫出名字的，若再算上那些没留下名字的古城遗址，数量就更多了。

在南北朝之乱和日本的战国时代，这些城池的城主频频受到战乱的波及。当时中央不安，地方上也出现大乱。在这山谷之间，无数的小豪族相互征伐，他们要么征服他人，要么被他人征服，时而统一，时而解体，在子民的流血牺牲中苟延残喘，不断演绎着治乱兴衰的历史。换个角度来看，这些城池既是他们的居所，同时也是他们的坟墓。

就是在这样的战乱背景下，武藏来到了人世。他出生在天正年间，当时这一地区小豪族的混战已经基本进入终结期。足利末期，山名家与赤松家就竹山城的归属问题展开争夺，最终赤松家获胜。后来，赤松家将竹山城封给了大臣浦上。浦上去世之后，竹山城成为浮田家的属地。浮田家又将其封给新免家。自明应二年（1493年）至庆长五年（1600年）的百余年间，新免伊贺守贞重、贞宗和宗贯祖孙三代都在此居住。关原之战时，浮田家败灭，新免家也一道破落。后来，竹山城被德川家的势力所占据。

武藏出征关原时，年仅十七岁，此后就再也没有回过故乡。所以说，武藏只有少年时代是在故乡度过的，伴随着竹山城的毁灭，他也开始了自己的漂泊之旅。

当我还沉浸在对武藏少年时代的想象中的时候，已有数百名孩童聚集在讲堂的台阶下，等着我给他们演讲。校长和村长等人特意为此求我，我自然不能拒绝，于是花了一小时的时间，给孩子们做了一次演讲，涉及的内容主要包括故乡、日本的力量和古人的影响等。

演讲结束后，我立即去了武藏家的老宅旧址。离学校不太远，穿过几条街就到了。途中，一条小河穿路而过，上面横着一座石桥，石桥对面就是荒卷神社。

武藏家的旧址紧挨着荒卷神社和小河，当地人称这里是"神社屋后"。旧址上只剩下一些矮矮的石墙，但看起来面积不小，横向大约有三十间，纵向也有十八间。在那个年代，能够住上这么大的房子，已经算是非常不错了。

现在，在旧址上立着一块大石碑，最后面还有一处茅草屋。问了陪同的人才知道，原来是新免家某位后人的住宅。

根据《二天记》的记载，武藏在年少时，有一次，神社举行祭祀活动，他受到击鼓手手持两把大鼓槌击打大鼓的启发，最终悟出了"圆明流"。毫无疑问，这一记载中的神社应该就是旁边的荒卷神社。

此外，宫本这一地名的由来好像也和荒卷神社有关。荒卷神社内供奉的是荒卷大明神。据说，神社最初并不是建在现在这个地方，具体年代谁也不清楚，只知道最早是赞甘乡的一位总镇守把荒卷神社建在了后面的山上，神社的主殿称为宫，因此神社下面的地方就被称为宫下，意思是指神社的下方，后来因为在日语中宫下和宫本的发音相同，因此逐渐演变成宫本这一地名。

从武藏家的旧址稍微往山上一爬，就是宫本家族的墓地。从墓碑的新旧程度来看，这片墓地显然要晚于无二斋夫妇二人的墓地。我在墓碑上发现了一个有意思的现象，那就是都刻着梅花家徽。武藏在文章和画作中有时称呼自己是二天藤原玄信，认定自己的祖上始自藤原家，但从墓碑上刻的梅花家徽来看，宫本家族的祖上应该是始于菅原家。

虽然淋了一天雨，但我还是觉得不虚此行。如果我在家中的故纸堆中待着的话，打死也不可能发现宫本家的家徽，也不会认识到武藏自己所言和实际情况的差异。

踏访完宫本家族的墓地之后，我就离开了宫本村，翻过村后的山岭前往佐用。当车行驶在竹山城遗址下方的一个小山坡上的时候，我发现满山坡都开满了麝香百合。我赶紧让司机停下车，下去采了一枝，那幽幽的百合香着实让人陶醉。从津山市到姬路，这枝百合一直都留在车里，抚慰着我这一路上的旅愁。

过完年后的一月份，从熊本回大阪的途中，我又计划去一趟严流岛，主要目的还是收集史料。

之前，铃木文史朗先生托某新闻社的记者给我带话说："要是你见到了吉川先生一定要告诉他，我最近去了一趟严流岛，看了一些遗迹，也听了许多故事，真是非常有趣。"

我原本打算再去岛上看看的，但可惜时间不是很充裕，所以就没有上岛，只是去小仓市外的山上俯瞰了一下严流岛以及周边的地形，后来又去向山拜访了武藏家，并且还麻烦朝日新闻社福冈分社的朋友帮我收集涉及武藏的史料和传说。

贯通关门海峡的海底隧道已经修好了大约七成。严流岛旁边的弟子侍岛是海底隧道的一个节点，车辆可以驶出隧道，在岛上停留。等隧道通车之后，处于海峡之中的严流岛将会成为一处观光胜地，届时定会有大批游客来此，武藏与小次郎在严流岛比武的故事也会被更多人所知吧！

严流岛拾遗——武藏与小次郎的剑迹

受火车时刻的限制，当我在门司站下车的时候，天空才刚刚放亮。朝日新闻社福冈分社的T先生已经等在那里了，他向我道歉说："昨晚接到您的电报实在是太晚了，所以去严流岛的船只还没有安排好。"

摄影部的N先生也一并来了，他劝我说："严流岛你都去过那么多次了，没必要再去一趟吧！岛还是那个岛，看的东西还是那些东西，没任何变化。你还不如登上风师山，俯瞰一下严流岛呢！这样不仅可以勾起你往昔的回忆，说不定还会有新的发现。至于武藏的传说以及严流岛的资料，小仓市的史料编纂科是最全的。我会安排社会部的记者去拜访乡土史专家吉永卯太郎等老先生，帮您搜集一下。今天时间比较紧，所以我觉得最佳路线应该是先去风师山俯瞰严流岛，然后去延命寺山看武藏碑。您觉得这样安排怎么样？"

由于在大阪的活动早已安排好了，所以我无论如何必须在下午乘火车离开小仓前往大阪。N先生的建议充分考虑了我的时间因素，我觉得这样的安排挺好，于是立即坐上分社的汽车前往风师山。

当我们抵达山顶的时候，时间尚早，山顶笼罩在一层冬日的雾霭之中，远处的景物影影绰绰，显得非常模糊，而且山顶上冷风飕飕，吹得我们直打冷战。一束阳光穿过云层，射到关门海峡一带，严流岛和它的母岛——彦岛立马变得清晰起来。此外，来来往往的摆渡船，起重器的铁架和各种各样的船舶也映入我们的眼帘。虽然阳光明媚，但是重工业工厂冒出的淡黑色煤烟还是让天空显得有些暗淡。关门海峡又迎来了它新的一天。

根据《要塞法》，这一地区禁止照相和摄影，而且连速写也不被允许。我只好用双眼去眺望，不禁回忆起诸多往事。

从山顶俯瞰下去，严流岛整体上还算平坦。它是彦岛的一个子岛，北边稍微高一些，东南部与海相连。海水拍打着岸边，形成弯弯曲曲的海岸线。

根据彦岛村公所保存的明治时期的土地簿，严流岛的总面积是一反六亩十六步①，是一个非常小的小岛。岛内最高的地方有六十三英尺（约19.2米）。武藏与小次郎比武的地方在小岛中央偏南的一块平地，平地旁边有一个水池，人称"洗刀池"。

丰前地区有一首民谣唱道：

"严流岛上只有松，我的心里只有你。"

朝日新闻社曾举办过一次"宫本武藏座谈会"，小仓当地的一些老先生和乡土史专家在会上指出，严流岛上只有松树，那只是从下关和小仓远观时造成的错误印象，其实岛上还有其他的一些植物。现将座谈会纪要的部分内容抄录如下：

"……跟以前相比，现在岛上的树已经少多了。从我记事起，我就记得岛上生长着很多松树、山桃和竹子。当然了，松树的数量是最多的，大得能有一抱多粗。严流岛中央是一块平地，涨潮的时候，会变成一个湖泊，退潮的时候，又会变成一片浅滩。渔民在打鱼的时候，如果想休息，就会借着涨

---

①一反六亩十六步：反、亩、步是日本的计量单位，日本的亩和中国的亩不同，三十步是一亩，十亩是一反。

潮把船驶进岛上。退潮之后，就可以在岛上自由活动了，而且我还记得在岛上有一口古老的水井……"

他们做过实地调查，说岛上生长着松树、山桃和竹子，而且还杂生着芒草、野草莓和蜂斗菜等植物。据此我们也可以推断出，庆长十七年（1612年）四月，武藏和小次郎在岛上比武时，周边会是一番什么景致了。

武藏和小次郎在岛上比武之后，才有了"严流岛"这个名字。最早，这个小岛叫船岛，而且船岛也是当地人自己的称呼，外地人根本不知道有这样一个小岛，当然就更不用提它的名字了。

《有芳录》中将此岛记作"岩柳岛"，比这更古老的记载就没有了。不过，关于彦岛的记载却有一些。《吾妻镜》中记载说：

"寿永四年（1185年）正月，新中纳言知盛在彦岛上修建城池，并以彦岛为营地，命九国官兵固守门司关。"

《盛衰记》中还记载了，元历元年（1184年），源义经打造兵船，一举攻破知盛固守的引岛城。此处的引岛城指的就是彦岛。此外，在一些纪行和古歌中，也都可以看到彦岛的身影，但关于船岛却没有任何记载。①

在关门海峡中，分布着诸多大大小小的岛屿和岩礁，例如六连岛、蓝岛和白岛等。最初，严流岛根本就不为人知，直到武藏和小次郎在岛上决斗之后，这座小岛才被人所熟知。

小仓市向山上的武藏冢现在已变得非常出名，但是严流岛上的小次郎之墓却只有当地人才知道。现在的小次郎之墓是明治四十三年（1910年）新修的，就建在洗刀池的旁边，墓前有一块卵塔②形的大石头，据说是小次郎墓地最初的墓碑。在岛上短时停靠的一些船夫，经常会将这块大石头抛来抛去，借此来比试谁的力量更大。

这块墓碑究竟是谁给立的，现在还无从得知。小次郎是一位了不起的青年才俊，他死在了武藏的刀下，却让这座小岛从此被世人所熟知。可以想象得到，立碑之人肯定对小次郎充满感情，他将小次郎埋骨岛上之时，或许还洒下了惋惜的热泪。

现在的严流碑是一块四尺七八寸高的柱状长石，虽然我没有亲眼见过，但知道碑面上刻着：

"佐佐木严流之碑

明治四十三年十月三十一日

---

① 《吾妻镜》和《盛衰记》中记载的时间有些冲突，使用元历这个年号的时候发生了源平争霸，平氏方面则是继续使用寿永年号。

② 卵塔：指安葬佛门僧侣骨殖的无缝石塔。状如大鸟卵，故称卵塔。

船岛开发之际建之"

此外，严流碑背面还刻了捐建者的名字，大都是附近的渔民和船老板。从碑面上的最后一句话可以看出，在明治四十三年（1910年），工业开发的号角也吹到了这座小岛。

在工业开发的大潮中，严流岛也是几度易主。彦岛的拥有者最初将严流岛卖给了三菱合名株式会社，后来三菱合名又将其卖给了横滨正金银行，最后到了铃木株式会社的手中。在明治二十六七年的时候，岛上建了一家赤间关消毒所。甲午战争的时候，又在岛上建起了伤兵医院。大正年间，铃木株式会社打算在岛上建个小船坞，而且还一度开工，最后不知什么原因，工程搁浅了。现在，虽然关门隧道很快就会开通，但是已经无人再打算在岛上兴建工业项目了。

平家没落之后，在小仓附近和坛浦地区流传着很多关于平家的传说。后来在武藏和小次郎比武之后，这附近又流传出很多关于严流岛的传说。这些传说大都是船家口口相传，今天在这里挑两三则比较有意思的给大家介绍一下。

据船家们讲，当他们在严流岛上停留的时候，有时候能够见到小次郎的墓碑，有时候见不到。——如果见到了，说明你有好运；如果见不到，那就是厄运要临头了。

还有更为怪异的。

传说，每年盂兰盆会的翌日，也就是七月十六日的晚上，从小次郎的墓地会飞出一个火球，从对岸延命寺山的武藏碑也会飞出一个火球，这两个火球分别是小次郎和武藏的化身，他们飞向天空，厮杀在一起，最后消失在夜空中。

接下来这个故事是一位还健在的老人亲口对我说的，听起来更加邪乎。不过我觉得之所以出现这样的传说，可能跟当地人的海上生活，以及海峡氛围的影响有关。

大正年间，当铃木株式会社在岛上修小船坞的时候，二三十户从业者就住在了岛上，形成了一个小村子。后来小船坞工程搁浅之后，大部分人都搬走了，最后只剩下一对看门的老夫妇，他们住在一栋小房子里。

但是奇怪的是，每到夜里，这对老夫妇都能听到有许多人围着小屋你追我赶。打开窗户，却什么人也看不见。再躺下之后，这种声音又出来了。

老婆婆由于受到惊吓，很快就去世了。老爷爷也吓得逃到了乡里。现在岛上的一棵大松树下还残存着老爷爷当年为供养亡灵而建的一个小祠堂。有人说，这些亡灵都是小次郎找来的，直到今天他还没有成佛。

在当地的渔民之间，这样的传说是俯拾即是，不过这也从一个侧面反映了当地百姓对武藏和小次郎决斗的关注。此外，我还听过一些关于延命寺山

上的武藏碑的传说。不过由于《小仓碑文》的存在，后人在杜撰传说时就不能附会过多的东西，所以武藏的传说就没有小次郎的传说那么邪乎了。《小仓碑文》是研究武藏的一份重要史料，要想研究武藏，肯定绕不过这则史料。严流岛决斗九年之后，武藏的养子宫本伊织委托养父生前好友春山和尚写了碑文，然后在小仓立了这块碑。

风师山的道路非常陡峭，我们下山的时候，虽然是坐在车里，但还是感觉自己像要滑下去一样。从山上下来之后，我们立即驱车前往延命寺山。

熊本纪行

 武藏的六处墓地

凡是武藏的传记,大多都会从他的故乡、出生年月和家族写起,我不想拘泥于这一形式,所以在早春一月去了熊本和福冈东部的小仓地区,打算从他晚年时期的遗迹写起。

有一次,在有信馆组织的座谈会上,有人在发言中提道:"在全国有六处宫本武藏的墓地。"

听对方讲完之后我才弄清楚,原来这六处并不都是墓地,而是包括了石碑和遗迹。

"爱知郡川名村新丰寺的武藏碑。"

"名古屋笠寺观音堂的武藏碑。"

这两处武藏碑都是"圆明流"的弟子们立的,分别立于延享年间和宽政年间。据说现在还保存得很好,不过我没有去踏访过。

此外,还有:

"小仓市延命寺山上的武藏碑。"

"熊本市弓削村的武藏冢。"

真正有墓碑的就以上四处。那人在发言中提到了六处,是因为把武藏临终前坐禅冥想的"熊本市岩殿山灵岩洞"和武藏游历途中的遗迹"千叶县行德村藤原的德愿寺"也算在内了。

其实我不太认同武藏有六处墓地这一说法。武藏只有一处墓地,那就是位于熊本的武藏冢。

一月份,我去实地踏访了武藏冢。这是一处真真切切的墓地,不仅有冢,还有墓碑。墓碑的正面刻着"新免武藏居士之塔"八个大字。

没有用"墓",而是用"塔",从这一字之差也可以看出这处坟冢有别

于一般的墓地。

武藏冢

在抵达熊本的翌日，一大早我就离开了一日亭旅舍，在当地旅游局和市政府官员的陪同下乘车前往武藏冢。汽车在一条大马路上快速行驶着，透过两侧的行道树，可以望见远处阿苏火山上冒出的浓烟和外轮山山顶厚厚的积雪。这是加藤清正主政熊本的时候，和熊本城一起修建的一条大道，路面宽阔，两侧还遍植着行道树，在当时主要是为了拴军马所用。在古时，这条马路被称为"天下第一路"。后来出现汽车之后，因为道路比较宽阔，没必要伐掉两侧的树木，所以只对路面进行了一些简单处理，就直接用作汽车道路了。

行驶在加藤清正修建的这条大道上，我不禁想起了后藤新平和京浜国道。现在的京浜国道是后藤新平在东京市任市长时设计的，最初的设计路宽是现在的两倍多，可是后来将方案提交到市议会的时候，被议员们批得一塌糊涂，说他设计这么宽的一条马路完全是在搞形象工程，根本没有实际用途。后来，削减到现在的路宽之后，方案才通过。

但是，还没过四五年，京浜国道的问题就出来了。因为过于狭窄，所以经常堵车，京浜国道也因此成为全日本交通事故最多的一条国道。最近听说东京市好像要拓宽京浜国道，不过今天再来做这样的工作可就要比当年的花费多多了。

加藤清正主政熊本的时候，还是日本的幕府时代，所以他筑城修路没有后藤新平那么多障碍。今天，行驶在这宽阔的马路上，打开汽车顶窗，感觉吹进来的风都和东京的不一样。

我原本以为武藏冢会是一个非常破败的地方，猜想它可能位于竹林的旁边，墓碑上爬满了青苔，而且当地人早已经将它忘到脑后。可是来到当地之后，我发现武藏冢和我想象中的完全相反。从下车的地方，一直到墓碑，是用石子儿铺成的精致道路。墓冢和石碑位于一层台座之上，周边围着一段矮矮的石墙。墓地被打扫得非常干净，让人心情愉悦，同时也让我颇感意外。

在入口右侧有一个小屋，摆着明信片和纪念印戳。我探头进去，想看看谁在里面，但是没有发现任何人。然后，我继续向墓冢走去。这时，从小屋后面走出一位双肩瘦削的老人，他穿着一身和服，腰间和小学生一样绑着一根布带，踩着木屐，"嗒嗒嗒"地向我走来。他叫出了我的名字，向我行礼说："吉川先生，早上看报纸知道您要来，所以特意在这里等候。"

老人是武藏冢的守墓人松尾一郎，他走到我们前头，上身微微前倾，非常绅士地引导我们说："请！"

　　我们首先观瞻了武藏的墓碑。墓碑立于一个大约有十坪（33平方米）的台座上，上面铺着白色的石子儿。旁边是一棵大树，根部还长出了一个大瘤子。武藏冢被打扫得非常干净，连扫帚扫过的印儿都清晰可见。在武藏墓碑的右后方，透过树木的间隙，可以清晰看见阿苏火山喷出的烟雾。

　　松尾一郎向我们介绍说，现在拜访武藏冢的人是逐年增加。他拿出一本扫墓人名簿，上面的名字不仅有剑道家，还有很多是从夏威夷和朝鲜等地远道而来的参拜者。名簿上的一个名字吸引了我——冈山县英田郡赞甘村宫本平尾泰助。

　　英田郡赞甘村是武藏的故乡，我不禁好奇这个人和武藏究竟有什么关系？后来松尾一郎向我介绍说，这个平尾泰助是武藏姐姐留下的后人。死后三百年，依然有那么多后辈因为仰慕武藏的遗风而前来参拜，若武藏地下有知，也该感到欣慰而瞑目了吧。站在这一尘不染的墓冢面前，我感觉自己的整个身心都变得清爽起来。

吓退无礼之徒

　　直到今天，武藏的思想和他的剑道精神依然在影响着日本人的人生观。当我在《朝日新闻》晚间版上连载《宫本武藏》的时候，才发现原来有那么多武藏的崇拜者，这也着实让我吃惊不小。这次来到武藏冢，看到那么多人前来参拜，再一次验证了这一事实。武藏在世时是孤单独行的，但是在他死后，他既不"孤单"，也不"独行"。

　　我又向松尾一郎询问了一些武藏的事情，那老先生讲起武藏来兴奋得肩膀一耸一耸的，真是眉飞色舞，滔滔不绝。

　　"你可能会觉得，我这样的一个糟老头子怎么能看好武藏冢？其实不瞒你说，我还真能发挥点作用，并且还打算将自己的余生都托付在这里。有很多参拜者不懂规矩，穿着木屐或者鞋子就到台座上面了。每当我看到这样的人时，我就大喝一声吓唬他们，'喂，你们这些家伙赶紧从旁边下来！要是武藏在地下发觉你们穿着鞋子踩他的墓，肯定会把你们的脚给折断的。'你可能不信，我这一招还真管用，所有人都会乖乖下来。甚至有些胆小的，连踩地都不敢了，直接躺下去，双脚腾空，滚着下来。哈，哈，哈。你说好玩不好玩？"

　　松尾一郎哈哈大笑，露出一颗眼看就要脱落的大门牙。然后，他又给我讲了另外一个传说。

写给伊织的书信

松尾一郎继续向我们讲道：

"大家现在看到的这块碑是朝南的，其实在以前，碑是朝向那侧那条街道的。如果有人胆敢骑着马从武藏碑前经过，那他肯定会从马上掉下来摔个半死。所以在以前，武士们在经过武藏家的时候，都要在碑前下马，牵着马走过去。"

其实不只是这块墓碑，小仓延命寺山上的武藏碑也有许多类似的传说。当地的百姓对武藏充满崇敬，最终将他神化，认为若对他不敬的话，要么会从马上摔下来，要么会得病。这种传说其实是在利用人的恐惧感来加强对武藏的敬重。

根据《二天记》的记载，武藏生前留下遗言，要求在下葬的时候身披铠甲，手持大刀，前臂戴皮质护臂具，腿上绑护胫具，戴上护膝、垫肩和面具。总之是要配备全套武士装备，衣着华丽地下葬。

从武藏在临终之前写给宫本伊织和好友的信件中，我们也基本可以弄清武藏的这一遗言。武藏在给伊织的信中写道：

"我服侍过细川家两代主公，承蒙他们的恩宠。所以在我去世之后，一定要把我葬在往返江户的道路旁。主公每年都会去江户参觐，当他们经过我的墓地的时候，我可以在地下礼拜，并保护主公武运久长。"

从信中我们可以看出，武藏对细川家的恩宠充满了感激。同时，也可以看到当时武士心目中最完美的武士道——武士道并不是以武士的死为终结，武士在生的时候要效忠于主公，死了之后在阴间依然要保持主仆关系，继续效忠于主公。

薄缘逆境之人

正保二年（1645年）五月十九日，武藏去世。同年十二月，泽庵去世。关于武藏去世时的年龄存在两种说法，一种是"六十二岁说"，还有一种是"六十四岁说"。

众所周知，在细川忠利的帮助下，武藏得以在熊本安度晚年。虽然武藏客居熊本,但他和细川忠利并不是单纯的主仆关系,而是心灵相通的知己关系。

宽永十七年(1640年),即岛原、天草起义后的第三年,在细川忠利的邀请下,武藏来到熊本。当时的武藏已经快六十岁了,他的鬓发已经斑白,宛如落上了一层白霜。武藏一生都在云水之间过着漂泊的生活,他孤高独行,没有亲人相伴,是一个薄缘之人。

从宽永十七年(1640年)至正保二年(1645年),武藏客居细川家的时间也就是短短的五六年。但是,从武藏的整个生涯看来,这段时间却是他一生中最为安稳的日子。这一切,全拜细川忠利所赐,也难怪他会对细川家充满感恩之心。宁静的冬日,武藏在细川家赐给他的千叶城址的宅邸内,沐浴着温暖的阳光。阳光不仅温暖了他的身体,同时也温暖了他的内心。

宽永十八年(1641年)三月,细川忠利去世,享年五十六岁,距武藏来到熊本还不到两年的时间。

武藏在乱世中呱呱坠地,在美作国的一个小山村中度过了自己的少年时光,然后离开家乡踏上漂泊之途,最后在熊本安度晚年。可以说,在武藏的一生之中,几乎没有亲人和知己。他没有妻子,只有一个养子。晚年虽然和细川忠利成为知己,但是细川忠利很快就驾鹤西去了,细川忠利的早逝让武藏异常的悲痛和沮丧。总之,武藏的一生都是在逆境中度过的,也正是这种逆境磨砺了他的精神与剑术,最终促使他创立了"二天一流"。

泰胜寺

参观完武藏冢,正准备回去的时候。一直站在我身后的一名老先生和两个穿着大袴的年轻人走过来,文静地问我:"吉川先生,您要不要到龙田山的泰胜寺看看呢?"

武藏晚年的好友春山和尚曾经出任泰胜寺的住持。武藏去世之后,春山和尚为了给他超度,特意将他的棺木搬到一块巨石上,这块巨石因此得名"超度石",现在还被保存在寺内。

因为我当时身边有旅游局和市政府的官员陪同,不知他们当天的计划如何,所以没敢贸然答应老先生和年轻人的建议。可能是他们看出了我的难处,指着远处的私家车说:"如果您想去的话,我们可以带您去。"

泰胜寺原是细川家的家庙,现在已成为细川家的别墅,平常都是谢绝访客,今天能得到这样的拜访机会,实在是非常难得。旅游局的K局长也在犹豫该不该去,最后他还是决定陪我一同前往。泰胜寺靠近熊本市区,当我们的车抵达门口的时候，园丁立刻打开大门，把我们的车让了进去。

 政剑如一

武藏晚年到细川家定居绝对不是为了养老，他还有一个更大的抱负，这个抱负要比他壮年时代的抱负还要大，他希望将自己五十年来通过剑道悟得的真理转化为经世治国的具体措施。也正因为细川忠利认可武藏的这一抱负，所以两人才成为知己。

也许有人会问，经世治国是政治理想，和剑道有什么关系呢？其实在日本历史上，所有的剑道大家都未曾离开过政治。柳生流的创立者柳生宗严就经常对弟子们说："柳生流是治国的兵法。"他借此告诫弟子们不要陷入追求胜败的剑道末流。柳生宗严的儿子柳生宗矩在教授德川家光将军兵法时，也经常对他说："修习我柳生流的兵法，可以习得治理天下的方法。"

柳生宗矩在教授大名们兵法的时候，也经常会提到一个词——见国之机，其实就是指通过修习剑道，可以帮助他们对国内的形势做出判断。

如果我们仔细研究这些剑道大家，会发现他们都有"政剑如一"的思想，在他们心中，修行剑道和治理国家其实是一致的。

具体是谁说的，我忘了，只记得在《剑之六则》中有如下一段话：

"……庶人学剑则能治家，君子学剑则能治国，天子学剑则能治天下。庶民、君子、王侯，其道一也。"

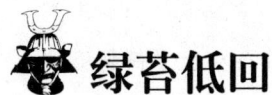 绿苔低回

我、在武藏冢介绍我们前来的那三个人、旅游局长和政府官员、从东京和我结伴前来的N画师等共七八个人站在了泰胜寺内。面前是寂静的泰胜寺庭院，爬满了碧绿的青苔。

这里本来就是人迹罕至的私家庭院，因为无人踩踏，所以院内的苔藓显得更加碧绿，甚至有一些晃人眼的感觉。我也是在这里才第一次感受到了扑鼻的苔藓清香。虽然在京都和奈良附近名园也有很多，但是苔藓都没有泰胜寺的好看。

园丁穿着卡其色的短衫，腰带内插着一块毛巾，他将草鞋一一递给我们说："请换上草鞋。"

我们来到方丈室的屋后,这里依然是苔藓满地,不过有一条石阶,一直通到山上。泰胜寺位于龙田山的山脚下,我们脚下的石阶已经是山的一部分了。

走在这寂静的石阶上,突然感到一股寒气向我袭来。在稀疏的林木中间,有一块铺满落叶的平地,上面立着几块墓碑。最中间是一块椭圆形的大石碑,碑身上也爬满了苔藓,通过凹下去的苔藓痕迹,微微能够辨认出"宽文十三年丑正月一日春山禅师"字样。

原来这就是春山和尚的坟冢。武藏生前和春山和尚是好友,死后也由春山和尚亲自给他超度。

在武藏死后第二十八个年头的元旦之日,春山和尚圆寂。

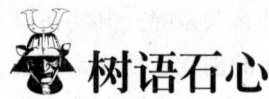

树语石心

正保二年(1645年)二月,武藏开始卧床不起。四月的时候,他感觉自己的时日已经不多,于是将自己的物品悉数送给了自己的恩人与好友,春山和尚当然也是其中之一。此外,武藏还将自己的下葬之事托付给了春山和尚。

武藏的葬礼是非常隆重的藩葬,细川家的家臣悉数到场,主公也派出代表参加。一个漂泊流浪的剑客能够受到此番礼遇,真的是非常难得。葬礼的法事都是在大渊和尚的主持下进行的,但唯独超度是由大渊和尚的弟子春山和尚来做的。

现在在泰胜寺的马场道上有一块超度石,据说就是春山和尚超度武藏时,停放棺木的地方。

为什么不在灵堂内举行超度仪式,偏偏要在寺内的石头上举行超度仪式呢?我觉得其中肯定蕴含着某种深意。

武藏一生过的都是树下石上的生活,从他在《独行道》中写的"私宅不求豪华奢侈"和"常不离兵法之道"来看,荣华富贵并不是他的生活目标,而苦心求道的漂泊生活更适合他。

虽然晚年之后,他客居细川藩,住的是千叶城址这样的豪宅,但他喜欢漂泊的生活态度却没有丝毫改变。生活条件越是改善,他越是怀念青年时代在冰雪中的修行和在山野中的漂泊生活。

细川家对武藏恩宠有加,在武藏生病之后,主公多次派人到他病床前慰问,这更加让武藏感激涕零。在一个孤独的客居者眼中,那些对自己好的主公藩臣、知己朋友都是自己的恩人。他不希望在自己死后,还要把自己的棺木放在金碧辉煌的灵堂上,接受这些恩人的礼拜,所以他采取了一种谦虚的方式，把自己的棺木放在石头上超度，一来这适合自己树下石上的生活，二来也可以给恩人们省去麻烦。武藏临终之前，可能把春山和尚叫到自己跟前，嘱咐他说：

"我死之后，把我的棺木放在那块大石头上超度就可以了。但一定要给我穿上全套铠甲装备，并且要把我埋在主公去江户参觐道路的旁边。这样一来，等主公前往江户的时候，我就可以在地下保佑他的安康，以报答主公对我的恩泽。"

这番遗言完全是我个人的一种猜想，没有具体的史料佐证，不过我觉得当时的情形应该和我的猜想差不多。从武藏的生活以及各方面的情况来看，现存的这块超度石一定蕴藏着更深层次的意义。这块超度石也算是武藏留下的最大一件遗物吧！

小仓纪行

小仓碑

延命寺山大致位于门司到小仓的中间地带，靠近一条大马路，山不是很高，顶多算一个小山丘吧！在登山入口处的旁边有一家茶馆，上面挂着"武藏饼"的招牌，此外还卖甜酒和什锦饭等。

我们在茶馆前面停下车，然后开始向延命寺山爬去。登山坡道的两侧是非常幽静的住宅区，其中散落着一些土产店和茶馆。

山上樱花树很多，最上面是一个小公园。因为是冬季，所以除了我们之外，没有任何人。山虽不高，却有一个小悬崖。悬崖下方分布着一些大石头，还有一些矮矮的铁皮屋顶的小房子。我们很快就来到了武藏碑的面前，碑身很高，立在一个拔高的台座上。承应三年（1654年），即武藏去世后的第九个年头，养子宫本伊织特意为他立了这块碑。

除去台座，武藏碑净高有一丈三尺有余，碑身宽的地方大约有六尺，窄的地方大约有四尺。碑面最上方刻着"天仰、实相、圆满、兵法"八个大字，下面刻着春山和尚撰写的碑文，有一千二三百字。

很多关于武藏的书籍都介绍过这篇碑文，所以我在这里就不赘述了。最上端刻的八个字很好地传达了武藏创立"二天一流"的心境。在明治二十年（1887年）之前，这块石碑一直位于小仓城外田向山上的宫本家家庙内。后来，日本陆军恰好选择在那里建炮台，所以石碑就被移到了现在这个地方。

据说，当年在移碑的时候，工人在石碑下发现了一个备前烧的大瓮，打开瓮盖一看，里面装的是清清的液体，一个人端坐其中，面容和穿着都宛如在世的活人。

田向山面对着小仓街道，但是当地人不这么称呼，他们管这条街道叫鸟越街道。当时九州的大名们前往江户参觐将军的时候，都要从这里经过，据说当时一些拿矛的武士，经常会跑过去，用矛丈量石碑的高度。田向山周边是小笠原家赐给宫本伊织的封地，因此田向山也被称作拜领山。宫本伊织后人的墓地也都在这里。

小仓乡土会曾主办过一次"武藏座谈会"，当地的老人向井先生向与会的乡土史专家介绍了他移武藏碑时的一些情况。我看过这次座谈会的记录，觉得向井老先生的介绍非常详细，要比我啰啰唆唆地去介绍好得多，所以在这里斗胆引用他的原话，希望他不要见怪。

"……当年从田向山往延命寺山移石碑的时候，我正好是那地方的区长，因此具体工作由我来负责。记得那是明治二十年（1887年），陆军想在那里建个炮台，所以武藏碑就必须得移走了。具体负责移碑工作的是两个人，一个叫金，一个叫仙。

"为了今天的座谈会，我昨天特意到他们两人的家中拜访了一下。两人都已经去世了，但我见到了仙的儿子。我问他：'关于武藏碑，你父亲在世的时候没跟你说起过什么吗？'

"仙的儿子摇摇头回答说：'我都不记得了，不过他回来的时候带回来几枚古钱币。'

"我今天把那几枚古钱币也给借过来了，感兴趣的朋友可以看一下。

"移碑的时候，我就在现场指挥。记得把石碑刨出来的时候，在地下发现了两个大瓮。一个瓮里装着清清的液体，里面坐着一个男人，梳着大发髻，穿着带着家徽的和服，但是和空气接触之后，很快就毁掉了。刨碑容易，运碑就难了。因为石碑实在太重了，所以我们雇了很多工人，有男也有女。女的工钱是一日八钱，男的是一日十二钱……"

当讲到这里的时候，有人不禁好奇地问道："出土了两个大瓮，一个装着人，另一个装着什么呢？是不是武藏的遗物啊？"

向井老先生回答说："至于另一个瓮中装的是什么，我记不起来了，但我敢肯定的是，装的肯定不是武藏的遗物。当时在移碑的时候，宫本家的后人也在旁边，如果装的是遗物的话，不会那么草草地就给处理了。后来我们将两个瓮中的东西集中到一个新瓮中，又给埋在延命寺山武藏碑的下面了。后来我花了点钱，就把其中的一口瓮给买下来了，现在我外甥家中。另外一口瓮保存在当地的伊东家。"

陪同我前去延命寺山的朝日新闻社福冈分社的朋友对这一说法是深信不疑。他说他曾听鉴定过大瓮的人说过，那两只大瓮确实是古物，是当地特有的一种矾土瓮，以前都被用作水缸。

其实我也挺纳闷儿的，那个穿着带着家徽的和服，端坐在大瓮中的人会是谁呢？

众所周知，武藏是在熊本去世，而且他的遗骸也是葬在了武藏冢。田向

山的石碑是武藏去世九年之后才立的，而且根据发掘人的说法，端坐在大瓮中的人梳的是一个大发髻，这和武藏晚年的发式也不相同，因此可以断定，瓮中的那个人肯定不是武藏。

不过在小仓地区还流传着一种说法，说是后来伊织将武藏的遗骸重新移到了田向山的宫本家家庙中安葬，熊本的初葬处现在其实是一处衣冠冢。

从熊本的细川家与小仓的小笠原家的姻亲关系，小仓的大渊和尚与熊本的春山和尚的师徒关系，以及武藏在熊本去世，宫本伊织成为小仓家的家老来看，熊本和小仓之间的关系确实非同一般，所以说武藏的遗骸现在究竟是在熊本，还是在小仓，谁都不好说。

春山和尚考

我们都知道春山和尚为武藏撰写了碑文，也知道他和武藏是至交，那么春山和尚究竟是一个什么样的人呢？

熊本武藏彰显会出版的书中，以及其他研究人员写的书中，也都提到了武藏与春山的关系，但仅限于两人之间的知己关系，对于春山属于哪一法系，具体的人物信息等都还很不清楚。

为了弄清春山的法系，我在访问熊本细川家的家庙——泰胜寺的时候特意向寺内的老僧人问了这一问题，但他们只知道春山是泰胜寺的第二任住持，其他的就不知道了。

鹫尾博士编纂的《佛家人名辞书》中也没有收录春山的名字。我甚至一度怀疑，春山并不是他的正式法号，而只是他的一个别名。但这仅是我的猜测，没什么证据。但可以确定的是，春山和尚是泰胜寺第一任住持大渊和尚的弟子，后来细川家被移封到熊本之后，春山和尚又跟随自己的师父从小仓去了熊本。

大渊和尚在禅林中的地位，以及他与细川家的交往都已经很清楚，所以在现有资料不足的情况下，要想弄清春山和尚的法系，必须从他的师父大渊和尚入手。

大渊和尚师从琢堂和尚，属于花园妙心寺体系下的天猷派别。琢堂是战国时期的名僧，曾在丹后国的田边建立大泉寺。继承琢堂衣钵的有两大弟子：一位是别源和尚，他曾在丹后国的宫津复兴国清寺；另外一位就是大渊和尚，他受细川家的邀请，在熊本建立了细川家的家庙——泰胜寺，并出任第一任住持。

泰胜寺这一山号其实是取自细川幽斋的法名——泰胜院彻宗玄旨，而且细川幽斋和妙心寺禅林的关系也非常密切。

　　细川家与妙心寺的关系可以追溯到细川家担任管领的时代。三管领①和妙心寺之间绝对不是简单的施舍与被施舍的关系，内部还有更复杂的政治因素。后来，细川幽斋追随织田信长之后，因为政治原因，细川家与妙心寺的关系就更加密切了。

　　武门与禅林之间向来有很多内幕隐情，禅林的性质决定了它很多事情比较隐秘，要想将其解释清楚的话，必须揭开很多复杂的内情和事件，这样一来就会变得更加复杂了。从《妙心寺史》中的"法山的寺统和外护"一节，我们也可以窥见武门与禅林的关系。

　　足利幕府没落前夕，细川家也走上了没落之路，沦为三好家的傀儡。细川幽斋当然不甘于这一地位，他的前半生一直为拥立足利义昭而努力，希望借此来改变自己家族的命运，并且还劝说织田信长拥立足利义昭为将军。

　　其实，织田信长并不是细川幽斋的首选。在邀请织田信长之前，他先是去了若州小浜的武田家，希望能与他一起拥立足利义昭，但是最终没有谈妥。后来，他又去找越前的朝仓义景，义景也没有答应他的请求。

　　但是，客居朝仓家的一位异才获悉幽斋的来意之后，在私底下偷偷告诉他："能助君成大事者，唯尾张的织田信长是也。"

　　后来两人就跑到了尾张，劝说织田信长拥立足利义昭为将军，并得到了信长的允诺。

　　这位异才就是明智光秀。前文已经提过，美浓国的斋藤家发生纷乱之后，明智城也惨遭毁灭，于是光秀就避居到越前国。当时，他还是一个默默无闻的小辈，但他已经清晰地洞察到时势的走向，于是积极向细川幽斋建议，让他去求得织田信长的帮忙。

　　但是，在明智光秀和细川幽斋的传记中，却没有两人交往的记载，只有《妙心寺史》中记载了这一事件。虽然我们现在还无法断定这一史料真实否，但从它的来源来看，也许要比正史中的记载更具有真实性。

　　有点扯远了，我们继续刚才的话题。织田信长控制京都以后，细川幽斋一直劝他在妙心寺内重建大心院，并且表示建造寺庙所需要的木材全部由自己在丹后国的封地来出。此外，木下藤吉郎等人也有同样的心愿，纷纷为重建大心院捐献物资。

　　织田信长听从了众人的建议，派自己的妹婿泷川一益重修大心院，并且出任大心院重修后的第一任住持。泷川一益圆寂之后，由他的族人明叔出任第二任住持。以织田信长为中心，形成了明叔与幽斋，幽斋与一益等的特殊

小仓纪行

---

①室町幕府的最高首领和镰仓幕府一样，也称为征夷大将军。将军以下，设有相当于镰仓幕府执权的管领。因为这个职务是由斯波、细川、畠山三家轮流担任，所以称为"三管领"。

关系，他们时而结成姻亲，时而推动政治发展，关系也变得越来越密切。

信长去世之后，妙心寺与幽斋的关系，以及幽斋去世之后，细川家与妙心寺的关系，那是非常复杂的。限于篇幅限制，在这里我就不介绍了。总之，幽斋去世之后，他的儿子细川忠兴，以及他的孙子细川忠利与妙心寺的关系都非常密切。

鉴于细川家与妙心寺的特殊关系，细川家把大渊和尚召到自己家中也就非常自然了。但是有些奇怪的是，在《妙心寺史》中却没有大渊和尚的弟子春山和尚的任何记载。在佛家典籍中，《延保传灯录》算是记载最为详细的一本书了，本以为会在其中发现关于春山和尚的记载，可是我翻遍了整本书，也没找到春山和尚的名字。

相反，大渊和尚的法孙，也就是他的第三代传人——性天和尚，却在日本佛教史上非常出名。《妙心寺史》中对性天和尚的记载是："性天，大渊之法孙，其名望轰动法山。"

性天是和州南都人，精于诗文，擅长草书。宝永年间，性天和尚向日本佛教界大力宣传南宋虚堂智愚禅师的《虚堂录》①，并认为其中的《折中录》是虚堂智愚和尚一生中最为精彩的言论。性天和尚著有《语录三册》和《含虚外集》等著作。从元禄年间一直到宝永年间，性天和尚一直在泰胜寺担任住持，直到六十九岁圆寂。不过还有一种说法，说他不是在泰胜寺圆寂的，而是圆寂于肥后城东的神水湘阴寺。

泰胜寺第一任住持大渊和尚和第三任住持性天和尚的履历都非常清楚，为什么单单第二任住持春山和尚，除了知道他和武藏是至交以外，其他的事情就一概不知了呢？若说这不合道理，也确实有不合道理之处，不过仔细想想，出现这样的情况也有其必然因素。

以下仅是我个人的一点浅见：

春山和尚是武藏的忘年之交，还为武藏写了《小仓碑文》，这让我们觉得他应该是当时的一位名僧。但是，现实也许未必，春山和尚完全有可能是一位非常平庸的僧人，无非是因为与武藏的关系，让我们产生了错觉而已。根据手头现有的资料，还无法断定武藏去世时春山和尚的具体年龄。我去踏访泰胜寺内的春山和尚墓时，特意画了速写，清晰地记得墓碑上刻的是"宽文十三年（1673年）丑正月一日殁"，也就是在武藏去世二十八年后，春山和尚才圆寂。

延宝二年（1674年）②，即春山和尚圆寂的翌年，弟子观海和尚为亡师春

---

①《虚堂录》又称《虚堂智愚禅师语录》、《虚堂禅师语录》》。宋虚堂智愚撰。为临济宗的重要语录。集录虚堂智愚的法语、偈颂、诗文。前七卷是虚堂在世时，由其门人刊行。后三卷则为妙源辑集，于宋咸淳五年（1269年）刊行。

②因宽文十三年，京都发生大火，所以灵元天皇将宽文十三年改号为延保元年。

山和尚画了一张肖像画，至今还被保存在细川护立府内。在这幅肖像画中，春山和尚的容貌看起来非常年轻，也就有五六十岁，一点也不像一个老人。

武藏去世时是六十二岁，假设春山和尚和武藏年纪相仿的话，那春山和尚圆寂时的年龄应该在九十岁左右，这显然和观海和尚画的肖像画中的春山和尚不符。所以说，武藏去世时，春山和尚还很年轻，也就是一个三十岁左右的年轻僧人吧！

武藏晚年后，春山和尚成为他的莫逆之交；武藏生病之后，春山和尚经常到病床前慰问；武藏去世之后，他又担当为武藏超度的大任；后来又受宫本伊织委托，为武藏撰写碑文。这一切，在无形之中提升了他的知名度。武藏比春山和尚年长很多，当武藏已经悟得剑与禅的奥秘的时候，春山和尚还仅仅是一个在苦苦求道的年轻僧人，所以春山和尚在和武藏交往的时候，应该行的是弟子之礼，说他和武藏是莫逆之交有点言过其实了。

我们不妨来重新定义一下春山和尚这个人物：在武藏的眼中，当时的春山和尚也许就是一个仰慕自己的年轻僧人，再加上他的师父是妙心寺体系的一代大师，所以武藏对他也就格外礼遇，平时会跟他聊聊自己过去的经历，谈谈自己见过的人等。而对正值青壮年的春山和尚来说，他也愿意去听这些，并且还不时地和武藏聊聊剑，说说禅。长此以往，两人就变得非常熟络了，不过绝对没有达到莫逆之交或者刎颈之交那种程度。我们过于抬高了武藏与春山和尚的关系，觉得他应该是个名僧，直到在禅林史料中找不到这个人的业绩和记载之后，才开始怀疑自己原先的认识究竟是否正确。

武藏的肖像画

当我站在武藏碑前，欣赏春山和尚撰写的碑文的时候，朝日新闻社福冈分社的N先生走过来对我说："我们过会儿要不要到山下的茶馆内休息一下，喝点甜酒，据说那茶馆的老板收藏了一幅宫本武藏的肖像画！"

我一听就兴奋起来，禁不住问道："啊？真的是武藏的肖像画吗？"然后，迫不及待地想去一睹为快。

N先生看我这架势，又赶紧补充说："但那不是真迹，是宫本家收藏的真迹的描摹件。"

"描摹的也没关系，我一定要去看看。"

于是，赶紧拉起N先生，朝山下的茶馆走去。

无论是武藏的自画像，还是其他渠道流传下来的一些武藏的肖像画，几乎就没有真迹，全都是描摹件。真迹也好，描摹件也罢，对我来说并没有什么不同。我就是想知道题字是谁写的，有没有我不知道的人，此外还想看看武藏在画中的年龄风貌等，对于这些，描摹件完全能够满足我的要求。

我很早之前就曾听说过，小仓宫本家流传的武藏肖像画和熊本流传的肖像画风格完全不同。小仓地区流传的武藏形象是身披红罩衫，手持毛笔，端坐在书桌前。书桌旁边摆放着刀架，上面放着武藏的长刀。而熊本地区流传的武藏肖像画则是他的站像。左手持一把长刀，右手持一把短刀，摆好战斗架势。可以看出，小仓地区的肖像画重在表现武藏"文"的一面，而熊本地区的肖像画重在展示武藏"武"的一面。

我们很快就来到了山下的茶馆外。N先生走进屋内，过了好一会儿，才大笑着走出来。他努力让自己平静下来，笑着对我们说："哎呀，真是对不起大家，今天我们看不到那幅画了。刚才茶馆老板向我讲了一个'死武藏吓走活盗贼'的故事。"

经过N先生的描述，我们才弄明白，原来前天这家茶馆进贼了，小偷把那幅画、一些衣裳，连带其他的两三件物品一起偷走了。

昨天，茶馆老板向警察署报了案，没过多大一会儿，电话就打过来了，说画已经找回来了，让他到警察署去取。原来小偷把那幅画扔在了电车道的旁边，只拿着其他的东西逃跑了。后来路过的行人捡到了那幅画，就交到了警察署。由于茶馆老板得了感冒，现在正躺在床上，而且妻子出门也不方便，所以就没去警察署取回来。不过他告诉我们，如果想看的话，可以去警察署看。

N先生继续发挥自己的想象，大笑着说："那小偷肯定以为那是一幅值钱的画，所以途中想打开看看画的是什么，没承想被画中武藏的大红罩衫和凌厉的眼神给吓着了，一把就给扔了。我现在想到小偷当时的囧样，就忍不住想笑。"

虽然我们当时都在同情茶馆老板的遭遇，但听N先生这么一描述，还是忍不住笑出声来。因为下午的火车票已经买好了，所以就没去警察署看画。我们坐上汽车，沿着开始融雪的道路，慢慢地驶下延命寺山。

附近一处住宅的女主人，从二楼探出头来，看着我们这一行人，心中肯定在纳闷儿：这伙人真奇怪啊！大冬天的跑到这山上来，仰着头看那石碑看了半天，真是让人难以理解！

①　①茄子图
②　②游鸭图

宫本武藏逸闻

序

在全书的最后，开辟出这一小节，给大家介绍一下武藏的逸闻。古人的逸闻包括传说和史实等，有真也有假，不过我们却可以从中窥见古人的真实面目。古人从在世时起，一直到去世以后，总会有各种各样的逸闻围绕着他们，若把这些逸闻整理集合到一起，也就基本相当于古人的一本传记了。

在武藏的一生之中，少年时代和晚年时代的逸闻最多，这也从侧面反映了武藏的青壮年时代过的是一种居无定所的漂泊生活。不过在这段时间里却有两个例外，一个是和吉冈一门的一乘寺下松决战；另一个是与佐佐木小次郎的严流岛决战。这两大决战都是当时震惊世人的大事件，所以关于它们的逸闻还是非常多的。

已经有很多人写过这两次决战，所以我在这里就不再赘述了，给大家介绍一些其他的逸闻。

 两把鼓槌

武藏幼年时，经常到家门旁边的荒卷神社游玩。有一次，他恰好赶上了乐师在神乐殿内打大鼓，小武藏被那两个上下翻飞的鼓槌给吸引住了，他心中不禁生出疑问："两把鼓槌，竟然敲出一致的声音？"

在常人看来是稀松平常的小事儿，在小武藏眼中却是非常特别的现象，后来他据此悟出了"二天一流"。至今在宫本村内还流传着这一说法，当地的老百姓对此也是深信不疑。

不过关于"二天一流"还有一种说法，说是武藏成年之后，有一次他在播磨饰磨的海岸边和大批渔夫决斗，他发现那些渔夫一手拿着刀，一手拿着船桨，两手并用，威力非常巨大。武藏受此启发，悟出了"二天一流"。杉浦国有编纂的《武藏传》中对此有详细的记载。

以上介绍了"二天一流"起源的两种说法，至于哪一种说法为真，我们还不得而知。

三岁看大，七岁看老

少年武藏性格刚毅，颇有天赋，而且非常瞧不上父亲的兵法。

有一天，无二斋正在削牙签，小武藏则又在旁边对父亲的兵法评头论足。无二斋实在是受不了他的态度，于是顺手就把手中的小刀向武藏扔去，武藏轻轻一挪头，就给闪了过去，小刀射到了身后的柱子内。面对这番情形，武藏不仅不害怕，还笑嘻嘻地看着父亲。

这更加激起了无二斋的怒火，他大喊着："你竟然敢如此侮辱我的兵法！"然后，抓起一把大刀就向武藏扔去，武藏再一次轻松躲过。他看父亲动真格的了，再这样下去，恐怕连自己的小命都保不住了，于是赶紧逃出家门，好几天之后才敢回来。还有一种说法，说他逃走之后，就再也没回来。

父子之间闹到挥刀相向，这显然不太可信。不过据此我们可以猜到，少年时代的武藏肯定是一个特别调皮捣蛋的孩子。

喜兵卫之死

据说，武藏从家中逃出来之后，就到处流浪，后来被播磨的一家小寺庙所收留。

恰好这时，新当流的兵法家有马喜兵卫来到播磨。他搭好比武戏台，立起贴金招牌，寻找能和自己比武的高手。

武藏从私塾回寺庙途中，看到这块贴金招牌，调皮捣蛋的毛病就又犯了。他用随身带的墨水把招牌全给涂黑了，并且还留下"宫本弁之助向你挑战"几个大字，然后就回到了寺里。

当天夜里，有马喜兵卫派人来到寺内，表示接受宫本弁之助的挑战，要和他比武。寺庙住持一听就吓坏了，赶紧向对方道歉说："这都是无知小儿的恶作剧,希望大人能够饶恕他,不要深究。"

有马喜兵卫可不能就这么算了,对兵法家来说,贴金招牌被人涂了,如果还保持沉默的话,那脸面还往哪里搁?不过,鉴于武藏当时确实还小,再加上寺庙住持赔了很多好话,喜兵卫最终同意住持带着武藏到比武戏台前,当着众人的面向自己道歉。只有这样,这件事儿才能了了。

天亮之后,寺庙住持带着武藏来到了比武戏台前,周边已经聚集了很多看热闹的人。住持摁住武藏的头说:"快去向有马大人道歉!"

武藏非常倔强,他默默地站在那里,就是不肯向前道歉。突然,他挥起随身带来的木棍,打了喜兵卫一个措手不及。

喜兵卫的怒火腾的一下就起来了,他拔出大刀向武藏砍去。武藏身手敏捷,他躲过了喜兵卫的进攻,然后瞅准一个机会,把木棍一扔,一个"饿虎扑食"把喜兵卫扑倒在地,然后摁住他的头,在地上"哐哐哐"地碰。喜兵卫被碰晕了,躺在地上爬不起来。然后,武藏又拾起木棍,朝他身上一顿乱打。

就这样,喜兵卫吐血而亡。

从有关书籍的记载来看,武藏当时仅有十三岁。

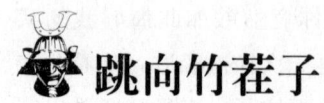
跳向竹茬子

武藏出征关原之战的时候,也就十六七岁。

在出征之前,有一天,他和两三个小伙伴一起到附近的山野中游玩,最后来到了一处断崖边。断崖也就仅有两层楼那么高,下面是一片刚刚被砍过的竹林,留下了很多尖尖的竹茬子。武藏问同行的小伙伴们:"要是敌人撤退的时候,从这里经过,你们怎么办?"

小伙伴们异口同声地回答说:"这么多竹茬子,会把脚刺穿的,太危险了,所以就不能再追了!"

武藏听罢,脸上露出愤懑的表情,转身就从断崖上跳了下去。竹茬子刺穿了他的脚掌,脚上和腿上鲜血直流。

小伙伴们惊呆了,惊恐地问他:"你傻啊!你跳下去干什么啊?"

武藏平静地回答说:"人不能飞向天空,但可以跳下几丈,甚至几十丈的悬崖。你们刚才的回答真的是令我很失望,所以我哪怕受伤,也要跳下来,给你们看看,一名真正的武士绝不能有所畏惧!"

达人相遇

有一天,武藏在尾张城外行走,他和一名武士擦肩而过。武藏赶紧回头,跟对方打招呼说:"您是柳生兵库助大人吧?今天能够碰见您,真是荣幸啊!"

那名武士也颇为诧异,他点头默认,并问武藏:"您怎么知道我就是柳生兵库助?难道您就是大名鼎鼎的宫本武藏大人。"

两人虽然是第一次碰面,但却宛如百年的旧知那般熟络。兵库助将武藏邀请到家中,两人推杯换盏,下棋玩乐,好不痛快。虽然二人此后又多次见面,但是从来没有比试过剑技。

武藏后来描述当时的心境说:"我一眼认出兵库助,靠的是心灵感应,这种感觉很难用语言来形容。"

此外,对于两人没有比武的原因,武藏解释说:"我们对彼此的剑技非常了解,所以就根本没有必要比试了!"

都甲金平

武藏识人的能力也非常了得。武藏晚年客居细川家的时候,留下了一段慧眼识英才的佳话。

有一天,武藏向主公细川忠利谏言说:"主公的家臣中有众多刚毅之人,不过在这些人中,我发现其中一位尤为出众。"

忠利对这个话题非常感兴趣,就问他:"你说的这个人是谁啊?"

武藏回答:"我还不知道他的名字。"

忠利就吩咐他说:"那你去把他带过来吧!"

武藏起身离去,不一会儿就带回一名武士,这人就是都甲金平。

后来,将军在修筑江户城的时候,命令各大名敬献石头。肥后藩的献石工作由都甲金平具体负责,但是后来出现了一些问题,都甲金平被误认为偷了别的大名献上来的石头,结果给关到了幕府的大狱内。

虽然在狱中日夜经受着严刑拷打,但金平一直坚持自己是清白的。最终查明这是一起冤案,都甲金平也重获自由。

都甲金平之所以能够承受如此残酷的拷问,跟他平日里的"练胆"有关。据说，他在睡觉时，会用一根细丝把一把匕首吊在自己的头顶，借此锻炼自己的胆量。

武藏在众人之中看中都甲金平，这也算是英雄识英雄吧！

捕泥鳅的少年

有一年，武藏漂泊到出羽国，当他行走在正法寺原的时候，在路边发现了一个正在捕泥鳅的十二三岁的少年。武藏求他说："能给我点泥鳅吗？我好当晚餐。"

那少年非常爽快地答应了，然后将水桶递到武藏面前。武藏拿出一个手帕，想少包一点就行了。那少年见状就挺可怜他的，对武藏说："旅行的人不容易，要不你全都拿去吧！"

然后，他把水桶放到武藏面前，大步流星地走了。

翌日，武藏在旷野中走了一天，黄昏之际，他想找个住处，远远地望见前方闪着微弱的灯光。武藏走近一看，原来是一个眼看就要塌掉的茅草屋。武藏站在屋外乞求道："屋里有人吗？我是一个旅行者，不知能否借贵处留宿一晚。"

屋子里走出一个少年，正是昨天在路边捉泥鳅的那名少年。他一看是武藏，就惊讶地喊道："呀！你不就是昨天管我要泥鳅的那个旅行者吗？"

半夜时分，武藏被一阵磨刀声给惊醒了，他心想："这个少年难不成是个杀人越货的盗贼？"

武藏故意发出一声长长的哈欠声。那少年听到武藏醒了，就向他打趣道："这么轻的磨刀声都能把你吵醒啊！看来你还真是胆小啊！"

武藏不解地问："我不是害怕啊！我就是纳闷儿，这半夜三更的，你磨刀干什么啊！"

那少年语带悲伤地回答说："昨夜，我父亲去世了。我母亲的墓在后山，我想把父亲和母亲合葬，可我太小，搬不动。所以就想把父亲的尸体切碎了，然后一块一块地搬过去。"

武藏被少年的孝心和胆量所打动，他帮着把尸体运到后山，将少年的父亲和母亲安葬在了一起。后来，武藏将这名少年收养到自己身边，带着他一起漂泊。

武藏的风貌

武藏幼年时，头顶长了个脓疖子，好了之后，留下了疤痕。他觉得这个疤痕很难看，所以终生都没剃过头顶的头发。

武藏拥有茶褐色的眼眸，像琥珀一样，时不时地会发出光泽。据说，法然上人也具有此种茶褐色的眼眸。

据武藏的弟子们讲述，武藏一生都没泡过澡，顶多就是拿湿毛巾擦一下。不过我觉得，这应该是武藏晚年定居熊本之后才养成的习惯。对此，武藏还特意解释过："水可以洗尽身上的污垢，却无法除去心中的污垢。"

从这句话中，我们也可以体会出武藏的深意，那就是——心中无垢，体外自然无垢。

造酒之助殉死

有一次，武藏在摄州尼崎附近骑马前行的时候，突然间看到一名手握缰绳的赶车少年。那少年气度非凡，武藏心想此少年必定不可能久为赶车之人，于是问他："你愿意跟随我修行吗？我可以让你成为一名非常出色的武士。"

赶车少年对武藏的好意表示感激，但他拒绝说："虽然我非常愿意跟随您修行，但家中尚有双亲需要孝养，所以我现在不能跟您修行。"

武藏被少年的孝心所打动，他来到了少年家中，给他的父母留下了足够的钱来养老，并告诉两位老人，孩子跟着自己会更有前途。最终，两位老人同意少年跟着武藏修行。

武藏的眼光不错，这名少年的武艺学问突飞猛进，很快就超过了一般人。后来，他改名为宫本造酒之助，受到姬路城主本多中务大辅的重用。

后来，因为某项特殊任务，主公派他长居江户。造酒之助在江户听到中务大辅去世的消息之后，他先是来到大阪拜访武藏，两人喝酒话别，然后又回到姬路，剖腹自杀，以报答主公的恩情。

据说，武藏当时已经看出了造酒之助的殉死之意，他曾对身边的人说："造酒之助前来见我，和我回忆了很多以前的事情，他应该是做好了殉死的准备，特意在剖腹之前来见我最后一面吧！"

打败出云守

武藏曾经在云州松平家和他家中的武士比武。那是一名看起来很厉害的武士，手持八尺长的八角棒，守在台阶下，等着武藏从书院的台阶上下来。看那架势，他有足够的信心将武藏一举击败。

武藏走到第二级台阶的时候，就将手中的木刀平举，然后"嗖"的一声朝对方的鼻尖刺去。由于太过突然，那名武士赶紧仰头向后躲闪，身体自然也就失去了平衡。武藏趁此间隙，连续出击，还没等对方反应过来，就把他给打倒了。

松平出云守没想到自己家的武士如此不堪一击，他面露愠色，不顾身边老臣的劝阻，把大袴的下摆掖到腰间，站起来对武藏说："我亲自和你过几招！"

武藏也不客气，而且还对出云守说："只有亲自比试才能明白剑术的奥妙，来吧！"

武藏的两把木刀上下翻飞，很快就把出云守逼到了屋内的榻榻米上。

出云守也不甘示弱，他逃出武藏的步步紧逼，然后把木刀举过头顶，用力向武藏劈去。武藏顺势举刀去挡，就在两刀相接的那一瞬间，只见出云守的木刀断为两截，其中一截向上飞起，直接击中了天花板。

出云守从此知道了武藏的厉害，他对武藏礼遇有加，并且还请求武藏教自己剑法。

厨师的偷袭

有一次，在小笠原信浓守的官邸，很多人聚在一起谈论武藏的事情。当然了，大家都说他的好，没有一个人对他的兵法提出异议。

这时，一个觉得自己还有点本事的厨师听不下去了，他不屑一顾地说："即使武藏再厉害，如果我瞅准时机在背后偷袭的话，他也逃不过去！"

众人一听，立刻兴奋起来，起哄说："今天晚上武藏就过来，你偷袭一下给我们看看啊？"

并且有人还表示，如果偷袭成功的话，会给那个厨师很多赏金。

厨师躲在一个阴影里，等武藏从身边走过的时候，他挥起木刀朝武藏砍去。就在那一瞬间，只见武藏的刀鞘"噌"地顶向厨师的胸口。厨师"啊"的一声，倒了个四脚朝天。武藏又上去补了四五下，然后才像无事人一样坐到座位上。

只见周边的众人又是拿水，又是找药，搞得人仰马翻。信浓守问武藏："出什么事儿了吗？"

武藏回答说："刚才有个人没礼貌，我轻轻地教训了他几下。"

对武藏来说，也许真的是轻轻地教训了几下，但对那名厨师来说，却留下了终身的残疾，而且也成为了他人的笑柄。

米粒与猫

武藏曾应众人的要求，表演过一个绝活儿。他将一个米粒系在一名侍童前额的头发上，然后挥刀砍下，米粒被切成两半，而那名侍童平安无事。

还有一次，一只流浪猫从院子里穿过，武藏从屋里回头瞪了它一眼，那只猫立马就软了，蹲在那里一动不动。客人感到非常惊奇，就问他原因，武藏笑而不答。

蚂蚁相助

有一天，一名少年突然来访，他眨巴着可怜的大眼睛，请求武藏说："我的父亲被人杀了，我一直想为他报仇，好不容易得到主公的允许，明天就要和仇人决战了。您能将您的剑术教给我吗？这样我就可以战胜他了。"

武藏被这少年的为父报仇之心所打动，于是非常爽快地将"二天一流"剑法教给了他，并鼓励他说："明天你在比武的时候，一定要看看脚下的榻榻米。如果看到有蚂蚁爬的话，那就说明你肯定能够获胜。我已经向摩利支天菩萨[①]祈祷，请求他保佑你获胜，蚂蚁就是你获胜的吉兆。"

第二天比武的时候，那名少年低头一看，果然看到了大量的蚂蚁。少年心想："这真是我大愿得成的吉兆啊！"于是勇气倍增，灵活运用武藏教给自己的剑法，报了杀父之仇。

[①]摩利支天为佛教护法菩萨，意为光明，具有广大自在神通，念其名号能速离灾厄，诵其咒语能够隐身免受诸难，尤其受武士阶层崇拜供奉，在日本较有声望，可谓家喻户晓。

当然了，不可能真的有菩萨相助，这只是武藏的一项奇略。他对比武的场地非常熟悉，早就知道那里有许多蚂蚁，他之所以那么说，其实就是为了增强少年的自信和勇气。

金钱无忧

据说武藏一生都有贵人相助，所以在资金方面没有出现过危机。

他会将钱分装到几个棉布袋中，然后挂在天棚上，每当有浪人来访，或者弟子出门需要用钱的时候，他就会按相应的情况跟对方说，你把第几个袋子拿走吧，留着路上用。

剑与画笔

武藏来到细川家之后，有一次，他受忠利之命，在他面前画一幅达摩图，但是无论如何都画不出满意的作品。后来回到家中躺下之后，他心中还是挂念着这件事儿，突然就有了灵感，猛地爬起来，一口气就画完了。

对此他感慨颇多，对弟子们说："我在绘画方面的修行到底还是不如自己的剑法啊！为什么这么说呢？我今天在主公面前画画的时候，一心想画得完美一点，可是弄巧成拙，无论如何都画不出满意的作品。后来回到家中，我用兵法之心，无念想地去创作，结果倒合我的意了。比武时也是这样，当我拿着大刀冲上去的时候，我心中没有了自己，也没有了敌人，只有斗破天地的豪气。而在绘画方面，我离这一状态还差得远呢！"

挑旗杆

有一次，有人将一百多根竹竿交给武藏，求他说："帮我挑挑呗，看看哪根最适合做旗杆！"

武藏一根根拿起来，一手握住一端，另一只手用力去敲，敲一根断一根，最后只有一根没有断。武藏对众人说："就这根吧！最结实！"

众人哈哈大笑，对武藏说："这样挑旗杆，也就你能行，别人可没这么大的力气啊！"

英雄不老

武藏老了之后，腿脚有些不太灵便。

有一次，他去长冈兴长家参加集会，迈玄关那个台阶的时候非常吃力。最后手摁着大腿，憋足了劲，大喊一声才迈上去。

后来，武藏家附近发生了火灾，由于街道非常狭窄，救火不方便。有人就搭上了梯子，像猴子一样，在屋顶上健步如飞。当人们知道那人就是连上玄关都困难的武藏的时候，禁不住惊叹道："真不愧是兵法达人啊！老了都能身轻如燕！"

沉默之人

武藏晚年在熊本定居之后，他作和歌、悟茶道、观能戏、习书法、练绘画，悠闲度日。

有一次，他参加一个连歌大会，才子文士云集，人声鼎沸，大家都希望自己能够出彩，但唯独武藏一个人默默地坐在那里，几乎听不到他的声音。

面对敌人，犹如凶神一般的武藏，在平日里却是一个沉默之人，连对他人说话时都是低声细语。

①②
③④

①鹉图 宫本武藏画
②骑牛布袋图 宫本武藏画
③竹雀柳燕图 宫本武藏画
④莲池翡翠图 宫本武藏画

五轮书

[日]宫本武藏 著

宫本武藏自画像（约1640年）

导读

导读一：关于宫本武藏及其思想

兵法家宫本武藏在日本有"不可战胜的武士"之称，他在三十岁之前就曾与人决斗过六十多次，从来没有失败过，最后隐退到一个山洞里，将其一生对兵法的钻研心得整理成这部经典著作《五轮书》。

这部著作视兵法为实践事业，分别从兵法总论、剑法奥秘、战略战术及其他流派与自然之道等方面详述兵法要义，注重战斗中心理动向与身体动作的研究。在宫本武藏的兵法中，没有饿虎扑食，只有伺机而动。战前，决战地点的地理形势、气候、光线动向乃至一草一木，他必一一细查，审慎考量。

宫本武藏以切身经验告诉人们：无论做什么事情，都一定要超过别人；兵法最重要的原则是，即使在极度混乱中，也要保持内心的镇定与冷静。

《五轮书》在日本的地位，就像《孙子兵法》在中国的地位，至今日本企业界经理人仍多采用其中的说法作为经营决策的指导。同样《五轮书》与《孙子兵法》在西方也大行其道，甚至美国的哈佛商学院也将它们列为学生必读书。它们比一些高深的学术文章更加好读易懂，兵法里关于战斗的描写更能唤起公司高层领导人的男子汉气概。《五轮书》与《孙子兵法》在东西方被人们贴上摧毁竞争对手使其万劫不复的标签，而事实也是如此。与众多管理理论相比较，《五轮书》有无法抵挡的优势，它胜在简单和实际，以击败对手为终极目的。

武士的剑是他们的灵魂，而剑中称圣的灵魂又是怎样的呢？宫本武藏不但以剑名传后世，其著作《五轮书》及《兵法三十五固条》，也反映出其思虑之深，境界之高，学识之广。但是，宫本武藏却未曾拜师学习，剑道兵法是他无师自通，是他经过实际磨炼加上深入思考所做出的演绎归纳。

人生在世，最怕自以为是。将影子做实物去回应，必碰壁无疑。空的意思，也可视为心境空明。空明的心境能够如实地反映事物，直截了当地做出回应。泰戈尔的一首小诗这样写道："人把灯放在头上，看到在前面的，只是自己的影子。"只看到自己影子的人，真是身处险境而不知险！

宫本武藏的空，便是看清事物，看清敌我，看清一切。然而，这种看透万物之根而直达其本的心境并非一蹴而就。根据小山胜清的描述，宫本武藏于三十岁左右，亲身体会丸目藏人的众生之剑的境界后，便一直锲而不舍地以剑道探索生命之道，希望接通生命之源。小山胜清这样写宫本武藏五十岁时的自述："从这以后，我便以彻斋的这一境地作为自己的修行目标。终于，我得到剑技绝妙的称誉，自以为天下无敌，心自然而然就高了，只是怎么也打不开最后的铁门。我这几年来的苦闷，便是为此。深夜里，我曾想到自杀，我学画，研读中文和各种书籍，也是想借助这些力量，打开这扇铁门。"

禅是超越人间万法而独立存在的，但要达到一定境界却必须经历寒彻骨髓的修炼才能有所顿悟，所谓"未参禅前，见山是山，见水是水；及至后来亲见知识，有个入处，见山不是山，见水不是水；而今得个休歇处，见山只是山，见水只是水"。从轻狂少年到以剑入禅，乃至最后神武不杀，禅的这种渐入佳境的规律也体现在武藏的一生中，所以武藏不只是个剑客，更是个禅者。

导读二：宫本武藏的技击思想

1.时代背景

宫本武藏的一生处于丰臣秀吉统一天下到德川幕府封建制度的成熟时期。这段时间是日本从战乱进入和平的时期，也是从剑客纷起逐渐进入寻主求仕的时期。战乱时期，武藏所表现的是武士们自我价值实现的成长过程，而德川和平时期则是武藏后半生出仕为官，但又不愿放弃自我的矛盾时期。所以武藏的一生不只是他个人的一生，也是时代进程的象征。

日本自丰臣秀吉到德川家康初期（1637年岛原、天草起义以前），是时代气氛最活跃的时期。自岛原、天草起义以后，日本由战乱进入和平，也由风姿绰约变得沉静稳重，时代的色彩大为减退，给人的印象似乎不如以前波涛万丈般艳丽。而武藏的一生也正符合时代的变迁。

2.技击思想

宫本武藏的确不愧大师之名，以剑道通天人之道，其文章及思想，包含了不少人生处世智慧。宫本武藏曾这样形容其剑道之心：碧潭沉宝镜。这个意境与柳宗元的独钓寒江雪似是异曲同工，其精神皆在一个"空"的境界。宫本武藏《五轮书》的最后一卷便是"空之卷"，武藏认为空之剑便是最终的一剑，便是剑道之本。

宫本武藏的空之道，并非玄空之道，而是空明之道。这个空明，是定下心来，日夜勤练，不断打磨心性与头脑。当你的精神一尘不染，当困惑的云雾一扫而空之际，便是真正的空明了。剑道的空，是一种自由无碍、清澈明澄的心境。临敌之际，不为环境所蔽，不为对方行动所蔽，不为自己情感所蔽，不为自己思考所蔽，而能面对一切的本来面目便是空的意思。

武藏的剑是探索生命之剑，而万法之本在"岩盘之身"，也就是不动心的体现。如何才能不动如山呢？还是一颗平常心，与合气道宗师植芝盛平教导王贞治一样，宫本武藏注重"等待"的学习。久等而不躁，并非易事。两人握刀对峙，胜负生死悬于一线，双方皆在等候最佳时机，一旦对方稍有松懈，便是全力出手之时，若没有一颗平常心，是很难掌握这稍纵即逝的机会的。平常心不但视等待为时机，更让我们在一刹那发出全力攻击。以平常心面对万物的人，是没有等与不等之分的，当然也没有等待或失望之苦。等待者本处于被动地位，处境不佳；但善守者，又或以平常心应对者，便能转被动为主动，更准确地说，没有了主被动之分，只是自然反应而已。

3.兵法二天一流

二天一流中所谓"二天"就是指"二天晒日"，指的是太阳和月亮，即阳与阴，也就是象征对立的事物。世界上的一切都是由相对事物组成，这些相对事物相互作用而使所有事物发展统一，产生新的事物。二刀的技法简单地讲就是统一左右两手的大小二刀的动作，由此达到战胜对手的目的。由对立的两极升华统一而发展这个事实，不仅是剑术，甚至包括"世界之理"（武藏书状），因此命名为兵法"二天一流"。

导读三：剑道

日本是一个讲究"技艺"的民族，剑术实际上就是一种技艺。北纬岛国那种追求精致的文化生态孕育了一种支撑"技艺"的东西，它就是所谓的"道"。因此，作为剑圣，宫本武藏以传授剑术的形式阐述着一个更高层次的剑道。国内曾经出版了本尼迪克特所写的日本文化研究专著《菊与刀》，但其中谈论的内容却很少涉及菊花和武士之刀，与花道和剑道的真谛更是相去甚远。

在日本，剑并非就是人们一般认为的那种钢质快刀，而是一种用木头制成的长刀和短匕。因此，战争之刀与比武之刀不仅存在着质地的差别，更有那"夺人处境"与"夺人心境"的天壤之别。纵观日本的茶道、花道、棋道、书道、剑道甚至武士道和神道，唯有棋道和剑道是在对抗之中论艺求道。剑道因为是在动态之中追求幽静，所以它对修心的要求则大大高于棋道。

剑道是指用剑作为武器进行格斗的技击法。剑术在日本发展的历史非常久远，相关记载可以追溯到公元8世纪的奈良时代。平安时代，剑道被称之为"打太刀"，而江户时代被定名为"兵法"。在日本，兵法一词专指技击，这与中国读者所认知的"兵法"略有出入。因此，日本将中国的《孙子兵法》称为"大兵法"，将剑道称为"小兵法"。

剑道真正得到发展是在平安时代，武士阶层的兴起对剑道的发展起到了推动作用。在此时期出现了各种流派，其中"神道流"、"影流"、"中条流"被后人视为日本剑道三大流派。

至江户时代，出现了两位兵法大家，一位是广为人知的宫本武藏，一位是柳生宗矩。他们分属"二天一流"与"新阴流"。两位兵法大家均有著作传于后世,且影响深远。其中宫本的作品至今仍受到重视,英译本还是哈佛商学院的必读书。

明治维新后,"武士带刀"制度废除,剑道逐渐衰落。然而在后来的战争中,日本人重新认识到剑道的作用,使之重新振兴。第二次世界大战时,剑道再次盛行。

第二次世界大战后,剑道又走入低谷,直到1952年前后,才有复苏迹象。之后的几十年,作为一项体育运动,剑道第三次得到发扬。

导读四：剑道和禅

　　虽然武士夺取了日本政权，但早在柳生宗矩和宫本武藏出生前的几个世纪，禅学大师就试图以佛法来教导武士，培养他们的心性。这并不意味着一般的武士阶层能受到佛的启发，能够具备佛的精神。其中一个重要的原因是教徒们总是忙忙碌碌，他们不光试图教化武士，还试图消除他们的愚蠢之念。除此之外他们还要忙着掩埋死者，抚养因为战争或贫穷等各种原因流离失所的孩子，保护被遗弃的妇女。

　　因此在禅师和武士之间，不应该根据学生的水平来评判老师能力的高低。如果真像某些辩解者所说的那样，在日本，兵法才是学习的最高典范，那么，禅学大师就应该是武士的学生，而不是反过来。

　　武士阶层对日本的长期统治，是人类历史上的一个特殊现象，反映了日本及东亚社会政治思想与现实的不一致。因为军事统治是通过武力建立起来的，所以，它绝不会像它宣称的那样，完全顺从传统宗教和哲学的判断和准则，而是注定要让社会和哲学的规范屈服于自己的统治目的之下。

　　日本剑道是一门重视礼仪的剑术，它主要以儒家和禅宗思想为核心。每次训练前后，学员都要向老师行磕头礼，并和老师一同静坐修禅。在日本剑道中，要想成为剑道高手不仅取决于练习或实战时是否战无不胜，更取决于剑客的武学修为。二天一流的创始者宫本武藏，从一个狂野少年变成日本的一代剑圣，其中的原因之一就是修禅。

　　武藏时代距今已有四百余年，在日本他是个家喻户晓的人物，有关武藏的传说很多，关于他的著作也有不少版本，其中以吉川英治的《宫本武藏》和小山胜清的《严流岛后的宫本武藏》最具代表性，前者写严流岛之战前投入剑道历练的武藏，后者写严流岛之战后以禅喻剑、以剑参禅的武藏，这两本书完整地展示了武藏的一生，而吉川英治的书后来被改拍成电影，由稻垣浩执导，三船敏郎主演，精彩地展现了武藏的前期生涯，他也因此成为世人熟知的武士典型。

若以生命境界的高低而论，无疑后期的武藏胜过前期的他。他在五十岁那年悟得"真空一剑"、神武不杀，也可以说是进入了深刻的禅者之列，因此小山胜清所描绘的才是武藏圆熟生命的修炼与风光。然而，世人熟悉并感兴趣的仍是吉川英治所写的一切。这或许是因为后期武藏的生命境界不是一般人所能了解的，而剑道与爱情的取舍更易打动人，但关键的一点还在那亘古一役的严流岛之战，武藏由此名扬天下，后人遥想此役，均发出千古唯此一人的慨叹。

严流岛之战成就了宫本武藏，也成就了佐佐木小次郎，用生命见证此战的佐佐木小次郎，让蕞尔小地的船岛被称为严流岛而为世人所熟知（严流为小次郎的剑道流派名），而岛上有着红色小点的石头，也被认为是小次郎的鲜血染红的。

世人如何看待这场决斗呢？是两个天才青年、绝世高手的决战吸引着大家永久的注意，还是有其他更深的缘由呢？

诚然，没有这两个高手，尤其是这么年轻的高手，此战是不可能如此传诵千古的，而对于这一战，武藏和小次郎也应该是被期待的，因为它可以证明谁是天下第一剑手，答案揭晓了，后人自然津津乐道。

然而决战就为了争夺天下第一吗？若依此来看，武藏在击败小次郎后应该是踌躇满志的，但为何他又孜孜不倦地修习道业呢？显然，天下第一并不是他和小次郎最关心的，剑道的极致才是一个顶尖剑客毕生追求的，小次郎用生命见证了比他更完美的剑法，而武藏在击败小次郎之后仍以余生去探索何谓"天下最完美的剑"，也就是剑道极致。严流岛之战可谓败者无怨，胜者须背负着与败者共同的信念继续走下去，这才成就了后来的武藏，而严流岛之战也不仅仅是一场输赢的游戏。

 自序

"二天一流"兵法是我数十年研究的成果,现在把这些心得录于纸上,这对于我来说还是第一次。

在宽永二十年十月份的头十天里,我登上了九州岛肥后境内的岩户山,拜倒在佛的面前,向天致礼,向观音祈祷。

我是熊本藩细川越中守忠利大人的一名武士,今年六十岁。自年轻时我就致力于兵法的研究。我第一次决斗是在十三岁那年,我击败了一名新当流的兵法家有马喜兵卫。十六岁那年我又击败了一名但马国叫秋山的兵法高手,因此当时我还有点名气。二十一岁时,我去了京都,在那里几乎跟所有的流派都交过手,我从没有失手。之后我周游各国,不断和各种流派的兵法名家决斗,前后六十多次的决斗,我都没失败过。从我十三岁第一次参加决斗到二十八九岁最后一次参加,不知不觉已经有十六年了。

在我三十岁的时候回顾昔日的战绩,发现这些胜利并不意味着我已经达到兵法宗匠的境界。于是我夜以继日地寻求着兵法的真谛,也许是因为我对剑技的执着追求,或者是老天对我的眷顾,也有可能是其他流派的兵法还有不足之处。到我五十岁的时候,我终于领悟到了兵法的精髓所在。

于是我不再刻意寻找特定的修炼方式,而是触类旁通,带着揣摩兵法的心思采用演绎的方法举一反三,把从兵法中悟到的心得运用到对各种技艺的学习上。

在写这本书时我没有引用佛经或者儒家的典籍,也没有参照旧的战史和兵法书,我是凭着自己的想法去解释"二天一流"的真意的,也就是所谓的"自然之道"。

十月十日深夜寅时作

地之卷

兵法，与其说是一种技能，不如说是武士的艺术。领兵作战的将军要对军队的行动做出决策，须熟知兵法才能获胜。而作为一个好的部将，要听从主将的调遣并领会主将的用兵策略，也需要了解兵法。然而在当今时代，已经没有武士能够真正理解兵法之道了。

世间有无数种道，让我们看看道在不同领域的展现。佛教讲究的是救赎之道；儒学讲究的是文化改革之道；医学之道在于治病救人；诗人之道在于教人诗艺。同理，茶有茶道，剑有剑道，技艺手段或有不同，但道义是一致的。只是人们按照各自的喜好发展着各自的特长，很少有人热衷于兵法之道。

武士之道，以武为本，兼以修文。身为武士应该在这两方面都颇有心得。即使一个人没有天赋，但只要坚持不懈地在这两方面努力，他也可以成为一名合格的武士。一般认为，武士是不屈不挠，决心向死的。其实不仅仅是武士，僧侣、妇女、农夫或是其他身份更卑微的人也会明白自己的责任，也同样能够做到视死如归，在这方面他们和武士没有区别。

武士学习兵法是基于超越人类的极限。从刀剑交错的个人决斗中，或者是大规模的合战中，我们可以获取力量和名望。这就是兵法的奥义所在。

兵法之道，即求胜之道。当然，也有人认为，就算是精通兵法，也很难保证它能在现实中发挥实际的用途。世上难免有争斗，就实用而言，大可将兵法之道贯穿于一切争斗中。所以，兵法不仅对武士有用，对其他职业的人，也都有很大用处。

兵法之道

在中国和日本,道的鼻祖称为"宗师",武士必须了解这一点。

最近很多人都得到了兵法家的称号,但他们中大部分人只是精通剑术的剑客而已。最近常陆国的鹿岛、香取岛等地的神社僧侣们建立了一些道场,自称他们的教义来自神的传授,并游遍各地去宣传他们的教义。

自古以来,文武诸艺均被称为"艺能"。艺能被视为一种技术。因此在我们讨论"艺能"时就不能只局限在剑术范围之内。即使是剑术本身,假如仅把它理解为一种剑技,就很难真正掌握其精髓,更别说通晓兵法的真谛了。

随着剑术的流行,兵法也开始变得盛行。但是,在现在的兵法中,无论是教的人还是学的人喜欢的只是一些花哨的技巧,或是片面地讲求利益,这是兵法的大忌,如果这样必然会导致严重的后果。

一般来说,人生在世有四种谋生方法,即所谓的"农、商、士、工"。

第一种是农之道,农夫留心观察四季的更替,使用各种农具辛勤耕耘,春种秋收,这就是农夫的谋生方法。

第二种是商之道,如酿酒师把收集到的各种原料酿成美酒,以维持生计。面包商把面粉做成面包,靠卖面包获取收益以维持生计。不管做何种生意,商人都是以赢利为目的,靠利润来谋生,这就是商人之道。

第三种是武士之道,他们的生活之道就是熟知各种兵器的特性,并能够熟练地制作和运用它们。

第四种是工之道,如木匠熟练地准备各种工具,用尺规设计合适的图纸,刻苦地磨炼技艺,打造出顾客需要的物品。

这就是农、商、士、工的生活之"道"。

下面我将用木匠之道来阐释兵法。

评判木匠的作品是和房子联系到一起的。我们通常会这样说:这是贵族的房子,那是武士的房子,这是普通百姓的房子;或者我们会说这是快要倒塌的房子,那是异常坚固的房子;我们还会说这是什么风格的房子或什么样式的房子或者只说"房子"。就像我们可以通过品评房子来评价木匠的手艺一样,我们同样可以通过对木匠的生活之道的谈论来说明兵法。提起"木匠"这个词,就代表了"高超的技巧"或"精妙的构思",兵法也同样离不开高超的技巧和精妙的构思。也正因为这样,我才以木匠的谋生之道来说明兵法。

如果你想去学习战争的艺术，就认真思考一下以上讲的道理吧。教师就好比是一根针，而训练则是一根线，教师引导，学生跟从，你必须坚持不懈地练习，做深入细致的研究。

以木匠之道阐释兵法之道

作为领导木匠们的工头，必须知道自然的规律、国家的法规以及房屋的规格，还必须熟悉塔与庙宇的建筑理论，宫殿的建设计划和如何雇佣劳力来建设房屋。

"匠"的意思，是有匠心的人，也就是别出心裁的设计加上出神入化的手艺。在建造房屋的过程中，木料的选择非常重要：笔直无节疤，且外形美观的木料用来做外殿的柱子；笔直但有一点瑕疵的木料用来做内殿的柱子；外表美观硬度有点差的木料用来做门槛、横梁、门、拉门等；坚硬的木料即使有些木瘤和节疤也一样可以在建造中得到应用，那种品质差的木料则只能用来搭脚手架，然后拆掉做柴火。

善于计划，善于用材，是木匠的一大功夫。避开材料不完备处，善用木材本身的特点，减少损耗，使接头吻合而无痕迹，这些均需要经验和心计。工头必须拥有这样的技艺。

工头应根据个人不同的能力分配工作，比如地板的铺设、拉门的安装、横梁的吊装等需要能力强的人去做。能力不够强的人去装托梁，更差一点的人去削楔子或干类似的杂活。如果工头部署得当，工作将完成得更为出色。

工头应该经常深入到木匠之中，了解木匠的价值观念，分担他们的疾苦，分享他们的喜悦。要用自己的诚心去对待木匠，赏罚分明。简单地说，工头首先是一个木匠，其次才是一个领导。

工欲善其事，必先利其器。木匠需要经常磨砺刀刃，将工具在工具箱里保存完好，在工头的领导下工作。他们用斧子制作柱子和房梁，用刨子制作地板和书架，对雕刻作品精雕细琢，尽他们最大的努力去完成工作。这就是木匠的艺术。当木匠技术日渐成熟后他就会升迁为工头。

如果你想学习此道，你就必须深刻地理解和思考这本书里所说的事情，做深入细致的研究。

《五轮书》的结构

为了更好地阐释兵法各个方面的原则,我把本书分为五卷来说明。这五卷分别为地之卷、水之卷、火之卷、风之卷和空之卷。

第一卷是地之卷。它概述了兵法的总貌,并对"二天一流"做了初步的解释。如果有人非把兵法作为剑术来掌握,那他只会离兵法的真谛越来越远。在这卷里需要了解最微不足道的事、最举足轻重的事、最肤浅的事和最深奥的事,就如同在苍茫大地上勾勒出清晰的路径一样,所以我把它叫作地之卷。

第二卷是水之卷。水是至柔至软之物,水的性质总是和纯洁澄清分不开,从沧海到杯水,均有水的灵魂存在。水没有固定的形状,可以随容器形状的变化而改变,或长或宽,或方或圆。人的心境有时像潺潺流动的涓涓细流,有时又像是狂奔怒吼的茫茫沧海。水的颜色如碧潭之绿,轻盈透彻。在这卷书里,我将借水的清澈无瑕写出我的流派的特点。

如果你已经精通了剑法的精髓,那么当你能击败一个对手时,你就能击败千万个对手,击败一个人的技法和击败千万人的技法没什么不同。兵法家可以小中见大,从个人决斗中领悟出适合战斗的方法,就如同按照微小的模型可以雕刻出雄伟的大佛一样。尽管对于有些兵法,我无法用文字来说明它具体是如何实现的,但却可以通过实践直观地表现出来。兵法的精髓就在于触类旁通,举一反三。在水之卷中我将会讲述"二天一流"的剑法奥秘。

第三卷是火之卷。这卷是讲战斗胜负的策略。以火之卷来谈战斗是因为火可大可小,但它的本质是猛烈的。交战之道,无论是一对一的决斗还是万人对万人的战争,作战方法都是一样的。你必须仔细观察,既不漏过微小细节,又要对全局有整体的认识。简而言之,万人之师受限于庞大人数,难以迅速移动,因此他们的行动可以轻易察觉;而一个人可以轻易地改变自己的决定,因此他的行动很难知晓。由于情况会瞬间改变,因此这卷书的精髓就是在日常训练中把每个时间点都视为关键时刻,让心灵永不松懈。

第四卷是风之卷。这一卷中我不只会谈到我的"二天一流",也会涉及其他流派和兵法。在这里,风的意思是风格、传统,就像我们平时谈论的古风、今风、家风等等。因此在我的风之卷中,详细地评述了世间各剑道流派的风格和技巧。如果你不好好了解其他流派,你也就很难了解自己。为了让各位了解世界上其他的兵法,在风之卷里我会对其加以定义和解释。

无论从事哪种行业,总会存在邪道。假如你每天学习剑道,但你的精神

却走向岔路，没有按照事物内在的义理去做，那么最初细微的偏差将会在日后产生巨大的偏移。对于这一点请务必深思。

第五卷是空之卷。"空"的本义是没有，它是无始无终，无内无外，无处不在的。青出于蓝而胜于蓝，当你悟得了某个道理，又能不被这个道理所束缚，这就是"空"。因为兵法之道就是自然之道，把身体融于自然，你就会体察到大自然的韵律和不可思议的力量。达到这个境界，你就可以不拘泥于兵法又能随心所欲地发挥兵法的作用，抓住时机，一招制敌。前四卷是教你学会兵法，而这一卷是教你忘记兵法，前四卷教的是"有法"，这一卷教的是"无法"。在这卷中，我会讲述怎样经由自然之道进入真实之道。

 ## "二天一流"的来历

作为武士，从将军到士兵都要在腰间佩带两把刀。在古代它们分别叫作"太刀"与"刀"，如今则叫作"刀"与"胁差"（胁差指的是短一些的刀）。至于武士佩带双刀的原因，在这里没有讨论的必要。为了说明这两把刀的效用，我将其称为"二天一流"。

至于枪和长刀及其他武器只是配角，在我的流派里即使初学者也不使用这些武器。"二天一流"从一开始就训练掌控双刀：一只手紧握长刀，另一只手紧握短刀。当你命悬一线时，你要毫不犹豫地将所有武器都派上用场，没有一个武士会在战场上放弃自己的兵刃而坐以待毙。但是当你双手握刀时，如果不能将其自由地运用会是一件致命的事，因此我会在一开始就教你用两手各拿着太刀与刀进行修炼，目的是让你习惯单手挥刀劈砍。这对于矛、弓、枪或长刀等大型武器不是很适合，你只能用双手来掌握它们，没有选择的余地，但刀与太刀却可以被一只手轻松运用。

双手握刀在有些情况下是不方便的，例如骑马、奔跑或是通过沼泽、池塘、石头地、险峻的道路时，又或是在拥挤的人群中时，还有就是当你右手拿着弓箭、长枪或其他武器时，你就只剩下一只手来握刀，那它的力量就很难保证砍倒敌人，这时你就会自然而然地改用双手了。而"二刀"是学习单手操刀的方法，其目的就是让人们在任何一只手挥刀的情况下都能制伏敌人。

在练习单手用刀之初，人们总是觉得太刀太重，不好控制。其实万事开头难，在刚开始时，弓箭不好射，长枪也不好握，但当你逐渐熟练以后，就很容易控制这些武器了。学习单手用刀也是如此。尽管一开始很难灵活运用，但当你习惯用太刀时，你就会得到刀中蕴含的力量。

用刀之道不在于挥刀的速度，过分强调大力劈杀也不是用刀的正确方法，这一点我会在第二卷水之卷中阐述。用刀要求因地制宜：在开阔地带，宜用太刀；在狭窄局促地带，则宜用短刀。当你面对群体敌人时，双刀要比单刀占更多的优势，尤其是当你要捉活口时。这是用刀之道的根本。

在我的流派中，你既可以用长兵器制胜，也可以用短兵器制胜。简而言之，"二天一流"之道就是必胜之道，无论用什么武器，也无论武器的长短。要想更清楚地说明这些，文字永远也比不上实践。但是，当你真正领悟到兵法的精髓后，对于这一切就会不言而明了。要想做到这一点，就必须刻苦修炼和学习。

了解"兵法"二字的内涵

当今社会，会使用刀剑的宗匠叫作兵法家。在其他武艺中，如运用弓箭的高手叫作弓箭手，运用火枪的高手叫作火枪手，运用长矛的高手叫作长矛手，这些都是直接以兵器命名。但是，人们不会称善于使用刀的人为太刀师或击剑师。既然弓箭、火枪、长枪和长刀都是武士的武器，那么论述它们的理论也应该属于兵法，为什么唯有太刀之道称为兵法呢？这是因为社会的一切都处于刀的统治之下。太刀的仁德可以用来修身治国，因此刀是兵法的基础。如果一名武士能够真正发挥出刀的真义，在作战中他便能够以一胜十，以百胜千，以千胜万。因此在我的兵法里，用于一个人的兵法和用于一万个人的兵法是相同的，所以这种兵法是彻底的武士的艺术。

地之卷

武士之道并不能包括其他的"道"，如儒学、佛学、诗歌、舞蹈之类，尽管如此，诸道都是相通的。所以，对于兵法家而言，应广涉诸艺，培养心性，使兵法与世事共同进步。唯有拥有广博的知识，才能更好地体味本门之道。这一点在平时的训练中是非常重要的。

各种兵器的特点

武士所用的兵器各式各样，也都有各自的长处和短处，所以要因地制宜地选择适合自己的兵器。

一般来说，在狭窄的地方或者近身格斗时使用佩剑或短刀更为方便，太刀则适用于较为空旷的环境。

在战场上长刀的实用性不如长枪。用长枪你可以先发制敌，长刀则更适合做防御性武器。若两个实力相当的人对决，持枪者要比持刀者更占优势。需要注意的是长枪和长刀都不适合在狭窄封闭的环境下使用，它们也不能用来活捉敌人，所以这两种武器最适于野战。

我们再看一下弓箭与火枪的优点和缺点。首先，弓箭的射程是有限的，当与敌人的距离超过四十丈时，或者攻城时从城下往城楼上射击时，弓箭的威力就大大削弱了。火枪适合在城郭内或在开阔的地面上作战。然而一旦战事发展到肉搏战时，它们的功能都会大大削减。与火枪相比弓箭有一个优点，那就是箭被射出后可以看见箭矢的运行轨迹并据此修正下次的瞄准方位，火枪无法看到子弹前进的轨迹，因此做不到这一点。

总的来说，选择的战马要有持久的耐力和温和的性情，还要奔跑有力，步伐稳健。选择武器也是一样，太刀与刀必须劈砍强劲，长枪和长刀必须刺杀有力，而弓箭和火枪则要射击精准且耐用。

既然任何一种武器都有它的优点和缺点，因此在选择时不应差别对待或有所偏好，也不要盲目地模仿别人，要尽量选择适合自己的武器。无论对将领还是士兵，武器的实用性永远凌驾于武器的装饰性之上。

这些事情你应该深刻地领悟，假如你只是闷在屋子里学习这些原则，钻研其中的细节，而忘记实际操作，你就很难掌握正确的方法，到头来对你也不会有什么实质性的帮助。

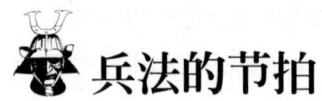
兵法的节拍

做任何事情都有节拍，有些事情的节拍是显而易见的，比如舞蹈和音乐，只有掌握好它们的节拍才能表现出优美的韵律。兵法领域中也是如此。兵法的各个组成部分也都有节拍和韵律的存在，如箭道、柔道，甚至马术，所有的技艺和能力都包含着节拍，即便是空也是存在节拍的。

此外，无形抽象的东西也是有节拍的。像武士这个职位，在服侍主公时，有晋升的节拍，也有贬黜的节拍，有符合预期的节拍，也有预测错误的节拍。在武士的生活中，不论是迈步前进还是拔刀相向，不论是信心十足还是垂头丧气，也都有自己的节拍。又如在商道中，有聚财致富的节拍，也有破财赔本的节拍。所以无论什么行业，什么事物，只要留心观察，都会发现节拍的存在，悲剧的发生正是因为某种固有节拍的紊乱。能够辨别事物兴盛及衰败时的"节拍"对我们为人处世是非常重要的。

兵法中所蕴含的节拍种类繁多。首先，必须懂得敌我平衡的节拍，还要辨明敌我不平衡的节拍。在大和小、快和慢的节拍中，要清楚对方的节拍，更要有反制对方节拍的节拍。因此要想在战场上获得胜利，就要巧妙地察觉敌人的打算而且隐藏自己的打算，洞悉敌人的节拍而隐藏自己的节拍。唯有这样，才能在战斗中获得胜利。

# 结语

假若能够依据上述的"二天一流"的兵法之道，日夜勤修，自然就会心胸开阔。世上很多剑术流派是通过言传身教而流传下去的。我的剑道理论将记录在这地、水、火、风、空五卷书里，要学习我的剑法，就需要遵守一些原则，现记录于下：

1. 诚心为思想之本；
2. 悟道之途在于修炼；
3. 广涉才艺，戒除修炼的障碍；
4. 了解各行各业的职业之道；
5. 能够辨别世间的得与失；
6. 修炼自己判断和理解事物的能力；
7. 要能洞悉一切；
8. 留心细节小事；
9. 不做无用之事。

在修炼时一定要将以上的原则铭记在心。如果你真正将兵法的真义记在心里，当你的修行更进一步，你的技艺与身体完美地结合时，你用身体的任何部分都能战胜敌人。这是因为你的心智在兵法中得到了锻炼，你在用你的意志去战胜敌人。一旦你的修行达到了这样的境界，你就无敌于天下了。

此外，作为广义的兵法而言，它是让老百姓安居乐业的制胜之道；是让你善于挑选强兵健卒、精通带兵之道；是维护国家领土完整的制胜之道；是弘扬正义的制胜之道。如果这些事情始终贯穿着不败的精神去协助自己获取声望，这便是兵法之道。

水之卷

序

"二天一流"的精神是以水性作为它的基础并运用到兵法的实践中去的，因此我称本卷为水之卷，这一卷主要讲解用太刀取胜的方法。

即便我的文字天马行空，但对于"二天一流"的决胜之道，其细微奥妙之处仍无法用言语完全表达，只能通过实践得以直观地展现。假如你将本书作为一般的兵书泛泛而读，就会产生许多错误的理解。钻研这卷书，每一个字都要仔细地加以琢磨，用心思考才行。

尽管我在这里写的只是一系列两个人对决时的剑法，但如果将其放大到两军对垒中，这剑法也就演变成兵法了。对于兵法这种特殊的"道"，一旦产生误解，就会偏离正道，走入歧途。

当然，仅仅靠读这卷书是无法领悟兵法的真义的，而是要把本卷中所写的兵法理论化为自己的理解，融会贯通，不断练习，在实践中仔细辨别体会，才能真正掌握其中的奥妙。

 兵法的心态

任何时候，人都必须保持平常心。无论是在寻常事物里还是在刀光剑影中，心里都不能发生任何起伏。心境始终要开阔直率，处于紧张和懈怠的平衡点，不偏不倚，这样就能以不变应万变。

作为一个兵法家，要做到静时心不静，急时心不急。既不要让精神为身体所累，也不要让身体被精神影响。要把注意力集中于心，而不是集中于

身。既不要让心觉得有所不足，也不要让身体觉得有所多余。露在面上的心要弱，藏在深处的心要强，不要让别人窥破自己的心态。作为身形矮小的人，要了解身形高大的人的心态；反之，身形高大的人也应该了解身形矮小的人的心态。不管身形矮小还是高大，都应把自己的心态从主观偏见中解脱出来，不要被其固有的反应所误导。

要想时刻使自己的内心世界处于清静开阔的状态，站在一个更高的角度去考虑问题，就需要我们时时修炼我们的心智。当我们的心智修炼到了能够明辨是非善恶的时候，就能掀开罩在一切事物上的面纱，认识事物的本质，这时我们才能明白兵法的真谛，成为一名顶级剑士。

兵法作为一门学问，自然有它的特殊之处，必须精通兵法之理并铭记于心，即使在激战中也不能忘记。

 兵法的姿势

兵法有自己的姿势，它要求学习之人必须做到：头不偏不倚，既不高昂，也不低垂；目光坚毅沉稳，前额与双眼之间不能有皱纹，眼球也不能来回转动，禁止频繁地眨眼；要微眯眼睛，与鼻梁呈一条直线，鼻孔微张，后颈挺直；注意力要放在双目视线相交处，同时双肩低垂，后臀收起，将力道集中在膝盖与脚趾之间的腿部；收腹，将剑插在腰带里顶住小腹，以防腰带松垮。

一般而言，对决中的剑法姿势，必须和日常训练时的剑法姿势保持一致。这点一定要着重注意。

眼法

视野要开阔，这里包含两个层次：感觉与视觉。在兵法中，要视远如近，视近如远。兵法的一个要点就是不看敌人手中的武器就能感觉到武器的存在。不管是剑法还是兵法，它们的眼法都是一样的。一定要做到即使眼球不动分毫也能准确察知两边的情况。然而在紧急情况之下，人们往往很难做到这一点。因而要谨记眼法的诀窍，时刻练习，从而使自己无论在什么情况下，都能做到这一点。

太刀握法

手握太刀时，刀柄要紧贴手掌，其间不能有一丝空隙。无名指和小指紧握剑柄，拇指与食指要紧贴在剑柄上，中指轻捏。

当你拔出剑时，你的目的只有一个，那就是击倒敌人。用刀砍向对手时，也要保持你的握法，手不能发抖，也不能有丝毫犹豫。当你出手攻击、格挡或压低对手的刀时，拇指和食指的握法可以稍有变动，但在任何情况下，握刀是为了打倒敌人这一点是不能有任何改变的。握刀的方式在试刀时和生死决斗时是一样的。无论何时，都要以击败对手的心态来握刀。

通常，手握太刀的方式不能固定，固定就意味着僵化，一旦一只手负伤，就会变成死手。所以灵活变通才是活手，这一点要牢记。

步法

在步法中需要掌握的是：脚后跟用力，给脚趾留出活动的空间。情况不同时，进攻的步幅有大有小，有快有慢，这些都是没有规定的。其中最重要的是，保持脚步的平稳，就像平时走路一样，用力要均匀，避免浮步、跨步和踏步。

步法中最重要的是"阴阳步"，这是必须要掌握的。阴阳步就是不要只移动一只脚。不管是在搏斗、收招还是躲避的时候，都应该运用"阴阳步"，忽左忽右，忽前忽后，右脚前进，左脚则随即跟进；右脚后退，左脚则随即收回。总是单移一只脚，是步法中的大忌，一定不要在搏斗中出现。

五种体势

五种体势包括：上段、中段、下段、左手位和右手位。虽然体势分为五种，但目的只有一个——杀死敌人。

采用何种体势可视情况而定，关键在于能够在决斗中取得最大的利益。上、中、下三段是身体的基本体势，左手位和右手位则是自由而灵活移动的应用体势。左右攻击方位适用于上方封闭、两侧宽阔的环境，而选用左手位还是右手位则取决于当时的作战环境。

五种体势的重点在于认识中段位的重要性。在五种体势中，中段位是最具魅力的。掌握了中段位也就掌握了一切体势。如果用大战来做比较的话，中段位就相当于主将位置，其他四种体势则是追随主将的士兵，必须服从主将的意旨，听从主将的调遣。这一点必须予以足够的重视。

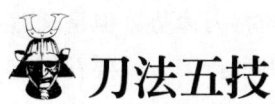太刀刀法

所谓"通晓太刀之道"意味着我们可以运用两指去随心所欲地控制手中之刀。挥舞太刀过于迅猛势必造成挥刀的困难，要想灵活自如地控制手中之刀，就必须以冷静平缓之势将其挥出。快挥适用于折扇或小刀，若将其运用在太刀上，不但偏离了太刀刀法的主旨，而且不利于挥刀。快挥法可称之为"碎刀法"，此种方法不适于用在太刀斩杀敌人时。

当你持刀下劈时，要保持刀身笔直向下，通过最便捷的手法将刀上举。持刀侧挥时，应先将其侧移，然后顺势收回。无论在什么情况下挥劈，都尽量伸展手肘，然后强劲一击。这就是太刀之道。

刀法五技

如果你很刻苦地学习了五种体势，对这一节的理解会很有帮助，你将对自己的武器了如指掌，因此要不断地练习。

刀法技巧一是持刀取中段位。刀尖指向对手面部，慢慢靠近对手，在其出手时，迅速将对手的刀压到右侧使攻守逆转。当对手再度攻击时，将其刀尖挡回，此时保持你的刀下垂不动，待对手再次进攻时，将刀自下而上扬起，攻击敌人双手。

刀法技巧二是持刀取上段位，也就是头顶斩击。在对手进攻的同时攻击对方。如果一击未中，就让刀停留在原位，等待对手再次进攻时，顺势将刀上削，进一步击敌。此招数，可反复使用。

这一技巧看似简单，其实在心态和节奏上有很多变化。如果能够领悟到这一刀法的精髓，并以此来练习就能彻底通晓"二天一流"，最终能在任何搏斗中取得胜利。当然，这一境界需要不断地磨炼才能达到。

刀法技巧三是持刀取下段位。你要有手中握物的感觉，待对手进攻时，自下刺其手部。当你这么做时，对手势必反击，当他试图击落你的刀时，顺势挡开他的刀，同时迅速从侧面横斩其腕。这一刀法的要点在于对手进攻时，迅速从下段出手来攻击对手。此刀法，经常出现在搏斗中，所以必须反复练习。

刀法技巧四是将刀水平持于左侧，当对手攻击时，向下方刺他的手腕。当对手企图自上而下击落你手中的刀时，只需顺势格挡，攻击敌人手部，挡住他的刀的去向，然后将太刀举到自己肩部，再斜向劈斩对方手腕即可。这种方法的目的在于通过阻挡对手进攻而克敌制胜，此法应细加体会。

刀法技巧五是将刀水平持于右侧。对方出招时，你从较低位置改变太刀的挥向，将太刀上举，并立刻自上而下劈斩。若能够练熟这种基本的用刀方式，就能将太刀运用自如。

我无法再对这五种技巧做更详尽的描述，你必须反复琢磨，持刀练习。只有依靠实践，在和对手的交战中洞察对方的招式，揣摩对方的心思，想方设法获得胜利，才能真正领会本派太刀的用法，使自己的刀法更加完善。

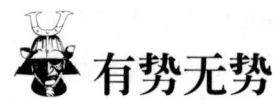 **有势无势**

所谓"有势无势"，是指本来没有什么应该采取的持刀体势。但是既然有这五种持刀方法，便有了体势。在实践中，应采用哪种持刀方式要看你与对手的关系，取决于当时的地形，同时要顺应情势。无论将刀持于何处，其目的都是为了斩杀敌人。因此，在作战过程中，为了更有利于战斗，各个段位可以随时变换。如将中段位稍微抬高，变成上段位，也可以稍微放低变成下段位。当情况突变时，根据局势，将刀从左边或者右边移到中间，就会变成中段位或者下段位。

这就是"有势无势"的原则，它的核心概念为挥刀斩敌，无论要运用什么或是如何运用，无论是斩击、躲闪、跳跃或突刺，都要争取机会斩杀敌人。因此把握搏斗中的机会是最为关键的。假如过多地考虑斩击、躲闪、跳跃或突刺等，就必定会拘泥于招式而错过胜利的时机。所以，搏斗过程最重要的是掌握战机。这一点必须特别重视。

就兵法而言，大型部队的调遣也是一种体势的运用。它的每一次变换都可能包含胜机，是制胜的关键。墨守成规，一成不变注定会失败，因此必须尽可能避免。

一击制胜

在进攻的"节拍"中,有一招叫作"一击"。它的秘诀在于找到一个进攻的最佳位置,固定身体并集中注意力,趁对方犹豫不决时迅速劈砍,先发制人。当你学会这一招式之后,在进攻中要寻找对方犹豫的间隙,攻其不备。因此你得不断练习才能达到准确判断的程度。

第二次跃出

在战斗中进行攻击时,敌人会很快地回应。在你看到他紧张时,就先虚晃一招,然后趁他紧张过后松懈时,冲过去给他致命一击。这一招叫作"第二次跃出"。

当然光靠看书是很难领悟这个技法的,但你得先有个初步的印象。修炼这一招的关键是对时机的把握,你得在最短的时间内抓住对方的弱点。

无念想斩

当你与对方交战时,双方的身体都处于进攻状态,精神也处于进攻状态,这时你就会不假思索一劈而下。这一招叫作"无念想斩"。

这是非常重要的一招,在战斗中经常用到。必须在练习中不断完善,加深体会。

流水斩

流水斩主要用于和敌人近距离作战。你在进攻时步步紧逼敌人,他就会尽力后退、闪避,并消极防守。这样你可以趁机舒展,向后挥刀,趁机劈斩对手。这种方法如行云流水般顺畅,在进攻中容易取胜,关键在于寻找最恰当的劈斩位置。

应机斩

这一招也是在进攻时使用的招式。在对方招架闪避时，你可以趁势攻击他的头、手或足。这种突发的袭击叫"应机斩"。使用这招最重要的是在进攻中寻找一切可能出现的空隙，趁势斩杀对方。这种行之有效的方法难点在于要对时机、位置有非常精确的判断。

霹雳斩

霹雳斩应用的具体条件是双方的刀紧紧缠在一起而没有机会移动刀位。其要点在于不抬高刀身而用双腿、双手和身体的力量迅速斩击。这是很难的一招，需要深刻地体会和勤奋地练习。一旦学会并运用自如，在实战中将会有巨大的杀伤力。

一叶斩

一叶斩就是将敌人的刀置于你的意志控制之下。当敌人在你面前摆好姿势意图攻击时，你必须用最强的力量和勇气猛击对方的刀。如果你意在击落对方的刀，则他的刀必然被击落。

这一招是专门用来击落对方的刀的，请你好好练习。

身刀合一

一般在进攻时，刀和身体是分离的，通常是先有身体进攻的姿势，随后再出刀。根据敌人的攻击方式，你可以先用身体躲闪，再伺机用刀攻击，如果他还处于防守状态，你就可以先攻他的刀，但一般来说先攻他的身体会更好。这种身体与刀同时进攻对方的方法就是身刀合一，你要仔细领悟。

区别"攻"与"击"

我认为，"攻"与"击"的含义是不同的。"攻"无论所用招数如何是指谨慎、可靠地进攻；"击"偏重于冲杀，较"攻"更为猛烈，但尚未考虑成熟。"击"有时也能在瞬间杀死敌人，"攻"则是有目的有计划地进攻。两者必须明确区分。

先"击"后"攻"是刀法的一种，猛击敌人的腿和双手，为后续的"攻"做准备。掌握了这点之后，你的刀法就提高了一个层次，但还需刻苦练习。

短臂猿身

短臂猿身是指手不要伸得太远，这就要求你的身体动作像猿一样迅速，在对方出手前就已跃到他的近处。

手伸得太远，你的身体会由于惯性而被拉向前方，如果动作幅度过大就容易将身体暴露给对方，会变得难以用力。所以正确的距离是离对方一臂远，这样有利于进攻。以上叙述你要仔细琢磨。

贴身战术

"贴身战术"是指牢牢贴在对方身边，在对方的防线以内同其周旋。你的头部、身体和腿要紧贴敌人，使他难以行动。对方的头和脚容易移动，身体则要慢一些。你要记住，一定要如影随形，不让敌我身体之间有空隙，这样就等于束缚了他的手脚。在实践中要好好体会这一战术。

争夺制高点

当你接近敌人时,一定要毫不迟疑地与其争夺制高点。伸展全身,包括腿、腰和脖子,与敌人脸对脸就好像要比身高一样。你必须最大限度地伸展自己的身体,你的心态要从容镇定,从气势上压倒对手。学习这种方法,除了多加练习,还应注意加强自己在气势上的培养。

粘刀术

在交战时,如果对方的刀与你的刀同时出击,且对方的刀架住了你的刀,你就应该采用粘刀术。粘刀术的要点在于让自己的刀压制对方的刀,不让对方的刀再有行动的余地。"粘"就是要把两刀紧紧粘在一起,让对方无论是想抽回自己的刀,还是拨开你的刀,都难以实现,这看似不费气力,其实非常沉重。

"粘"刀和"压"刀有很大区别,"粘"所需的的力气更大,与对方的刀贴合得更紧。请仔细区分,掌握好粘刀技巧。

肩冲

肩冲的意思就是用肩膀去攻击敌人的防御空隙,给敌人造成巨大伤害。其奥义为用你的身体去冲击敌人,脸微侧,用右肩去撞他的胸,尽可能地用力。如果你与敌人的距离足够近的话,这招足以让你把敌人撞出一二十丈远,还有可能将他置于死地。请务必好好练习。

躲闪

双方对峙时,躲闪对方的刀尤为关键。

要点之一：向敌人脸上挥刀，佯装刺敌人眼睛，顺势回转，将敌人的刀挡于右侧。

要点之二：佯装刺敌人眼睛，实则劈向他的颈部，再回手一刀，避开他的攻击。

要点之三：当你使用短刀时，要以攻为守。不要过多地考虑对手，要尽可能地接近他，与此同时握紧左拳，使对方以为你要挥左拳打他的脸，从而躲开对方的攻击。

以上三种方法均可用于躲闪之中，其中佯装要用左拳击打对方的脸的招数运用起来比较困难，需要反复练习。

刺面

交战中要记住，当你面对敌人时，要怀着刺他的脸的信念去攻击。当对方察觉到你要攻击他的脸部时，会急于躲闪，使脸和身体躲开你的攻击范围。待对方有了逃避退缩的意图后，你在气势上就胜他一筹，这样你就掌握了先机，控制了整个战斗的形势。务必好好练习这一招。

刺心脏

当作战环境的上方或两侧有东西妨碍行动时，无论多么困难，你都要勇敢地攻击对手。如果对方防守严密，你没有机会攻击他的脸部时，就要转而攻击他的心脏部位，同时防止被他刺中。你果断的进攻会让敌人感受到刀势的凌厉，从而使他的攻势有所减缓。

这一招在久战力疲或因空间狭小无法大幅度劈斩时使用。你应该勤奋练习，仔细体会这些动作要领。

叱喝

叱喝，就是当敌人试图反击你的进攻时使其停下来的一种方式。在交战中，你的每次出招都应伴有大声叱喝。叱喝时要力道饱满，以增强劈斩的威

力。向上挥刀时要大喝一声"呀！"，向下劈斩时大喝一声"嘿！"。叱喝适用于交战的全过程，但要注意叱喝的节奏应与出招用力的节奏完全一致。请在练习中反复体会。

 击闪

在交战中，你会发现敌人的攻击有一定的规律，可以称为"韵律"，随着韵律躲闪并且伺机攻击，就叫作"击闪"。击闪之意不在于"击"，也不在于"闪"，而是跟随韵律去寻找进攻敌人的间隙。因为在击闪中最重要的就是把握节奏和时机，明白这一点，就算很难在力气上压倒敌人，你的攻势也不会减弱，那么你就有机会迅速地转守为攻。这需要你认真练习。

 以一战多

以一战多，意味着你面对数倍的敌人，须用特殊的刀法，这就是多刀法。左手握佩剑，右手握太刀，向两侧平举佩剑与太刀，摆出一个左右充分展开的站位。使用多刀法有一个原则，无论对方人数多寡，你都要保持自己的优势，千万不能被敌人包围。

以一战多要注意攻敌的次序，攻击第一个敢于进攻的敌人，同时还要留意整个局势。一边左右挥舞双刀，一边警惕其他敌人发起的进攻。切忌消极防御，一定要尽快恢复自己的站位以控制两侧，击倒向前靠近的敌人，迎着他们进行劈杀。无论何时都要牢记设法让敌人排成直线，然后用力将其各个击破，不给他们时间和地方重整阵势。当然做到这样还不够，你要做的既不是仅仅把敌人赶出你的防线之外，也不是被动防守以待敌人一个一个进攻。以一战多要像对付单个敌人那样掌握他的节奏，找准他的死穴，这样才能在交战中获胜。

把握时机

了解刀法和兵法的原则后，要想在交战中取胜，还需要把握进攻的时

机。如何把握最佳时机是一件很微妙的事情，要在实践中仔细观察，逐渐洞悉其中奥妙，其精妙处是无法用文字来表达的。在你寻找进攻时机时，要时刻记住这句话，"剑中方窥真意"。在你身陷困境时，它会为你做出正确选择，从而摆脱困境。

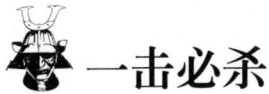
一击必杀

它的意思是通过准确的"一击"来赢得胜利。在所有招数中，一击必杀是最重要的，必须在长期练习中才能掌握。一击必杀也是兵法到达最高境界的标志。一旦到达这个境界，你就能随心所欲地运用兵法战胜对手。

人刀合一

练成"二天一流"的关键在于人刀合一，这里口传秘诀是人刀合一，身与心平。记住这一点是非常必要的。

结语

在水之卷中，我记述了本流派的剑术大纲。

在兵法中，要学习使用太刀来克敌制胜，就必须从学习五种体势和刀法五技开始。在此基础上，进一步灵活掌握使用太刀的技巧，同时增长智慧，增加人生经验，逐步达到出奇制胜超越束缚的自由境界。达到这个境界后，你的身体与心和谐一致，无论是与一人作战还是与多人作战，你将战无不胜。

兵法之道每天都有新的知识需要学习。要力争做到以今日之我超越昨日之我，明日之我即可超越旁人。你虽然依照本书修行，但千万不可拘泥于本书。

无论你曾经击败多少对手，只要你违背了兵法的原则，你就不会得到真正的兵法之道。当你真正通晓了兵法的原则并运用它时，你就会懂得如何以寡敌众。

请细心体会本卷中的每一句话、每一个词，勤学苦练，在实战中逐渐领会兵法的精髓。这是一个循序渐进的过程，欲速则不达。只要你时刻努力，日积月累，终有一天会有所成就。

火之卷

 序

我在阐述"二天一流"时曾用火来比喻大规模的战斗。因此，在火之卷中，我着力讨论有关战斗胜负的策略。

为了在作战中求胜，人们常在一些小技巧上刻意下功夫。比如，有的人知道拉伸双臂来加重指尖的力量，以此获得取胜的优势；有的人知道如何使用折扇，通过提高手臂的速度赢得胜利；还有的人则着重锻炼手脚的灵活性，使之更快地出击来增强进攻的力度。

我的兵法并不关心这些小技巧，而是侧重于生死之道，也就是如何杀死敌人。试想，如果你面对的是身穿铠甲的敌人，那么之前练习的所有小技巧都将失去作用。于是我勤奋地学习剑法，渐渐明白了刀刃和刀脊的用法，了解了敌人进攻招式的强弱，并刻苦地练习如何打倒敌人，我终于从无数次的决斗中领悟出了这一道理：要想在战斗中取得胜利，就必须有强烈的杀敌动机。

我的兵法理念是：即使单枪匹马对付五个或更多的敌人，也必须保证取得胜利。以一当十和以千当万的道理是一样的，这一点需要仔细体会。

当然，我所指的将兵法用于实践，并不是让你每天集合数千乃至数万士兵挥舞刀枪，而是让你揣摩兵法的策略，猜测敌人的心理，从而掌握兵法的原则。这样一来，即使你不动一兵一卒，也能够在心中与敌人搏斗，从而成为兵法大师。

然而"知音世所稀"，究竟谁能参透我的兵法真意呢？我有过为了达到兵法的最高境界，夜以继日发奋研究的经历，也曾无数次在黑暗中苦苦探索，寻求解救自己的神灵。我的诚心加上艰苦的磨炼终于让我看到了光明。如今，我对兵法的掌握已经到了自如的境界。我所悟出的，不仅是兵法的大

道,更是天地的大道。

 ## 位置

兵法家在决斗之前要做的第一件事,就是确定光线的方位。确定位置的基本原则是要背光而立,让光线从你的身后射来。即使当时无法选择这样的环境,也要争取让光线从你的右边射来。

这一原则在屋内同样适用。在屋内,也应尽量让光线从你的身后或右边射来。同时要确定身后没有危险,给左侧留出足够的打斗空间。这样,你就可以抵御敌人的进攻,使敌人难以靠近了。

在位置中还有一个要领就是站在比敌人高的地方,哪怕只是高一点儿。这样你就可以"俯视"敌人,不管是在气势上还是在视野上都会胜他一筹。如果在屋内,靠近神龛的位置可以看作是比较高的位置。

总之在作战中,关键是要把敌人赶到自己的左边,最好让他身后有障碍物。在屋内时,你就要把敌人赶到门槛、梁柱、门、屏风、走廊或其他障碍物前。当你把敌人赶到有障碍物或死角的位置后,你要不停地攻击他,不让敌人有观察地形的机会。要做到这一点必须先观察好地形,而后充分利用地形的便利,抢占先机,赢得胜利。

 ## 三先

抢占先机在兵法中非常重要。下面我就列举三种行之有效的抢占先机的方法:

一、主动进攻以获得先机。这种方法要求你在敌人出招之前,先发制人,将主动权掌握在自己手中,这也叫作在悬而未发状态下的抢占先机。

二、当敌人发起进攻时,你也要利用一切可能的条件抢占先机。这是防守状态下的抢占先机。

三、双方都在进攻时的抢占先机。这是对抗状态下的抢占先机。

以上三种就是抢占先机的全部方法,要掌握交战中的主动权必须精通这三种战术。抢占先机是赢得战斗的关键,也是兵法中的首要原则。

关于抢占先机的问题,有许多细节是很难完全用文字表述出来的。这是因为如果想抢占先机,就必须拿捏好恰当的时机,明察敌人的意图,然后运

用兵法策略，来赢得胜利。下面我将举例说明这三种方法：

第一种是悬而未发状态下的抢占先机。当你企图攻击敌人时，一定要保持镇定和从容，然后突然冲向敌人，抢先发起攻击。你可以蓄势待发，迅猛攻击；你也可以心怀钢铁般的斗志，蓦然跃起，在空中略微加速，接着以迅雷不及掩耳之势扑向敌人，向敌人发起攻击；你还可以放松心神，自始至终考虑着同一件事，那就是下定决心击败敌人，依靠心的力量来获取胜利。所有这些，都是在悬而未发状态下抢占先机的例子。

第二种是防守状态下的抢占先机。当敌人向你进攻时，你不要反抗，要做出软弱的样子去迷惑敌人。当敌人逼近时，你忽然用力跃起，利用敌人松懈之时，果断地向他发起强劲攻击。当然，敌人攻击你时，你也可以积极迎战，但是必须认清敌人进攻的招式，随时改变迎敌形式，争取在瞬间夺得胜利。

第三种是对抗状态下的抢占先机。如果敌人的进攻非常快，那你的进攻就要镇定而有力。当敌人逼近时，你的神经一定要高度集中，一旦敌人露出松懈的迹象，就立即进行猛烈攻击。如果敌人的进攻镇定而从容，你就要让自己的身体轻快灵活，当敌人靠近时，立刻强劲一击，反攻制胜。

关于"三先"我实在无法用文字将它的细节写清楚，你只能依据上面所写的要点在实践中不断演练才能逐渐体会和掌握。对这三种抢占先机方法的选择要因时因地灵活运用。这里需要指出的是"先"不是先防守后进攻，而是在迎战的过程中边防守边进攻。尽管每次进攻不总是由你发起，但在意愿上都要主动进攻，并不存在差异。

"先"是一个策略问题，要做到"先"，需要有睿智的头脑和强大的力量。因此在平时的训练中，你就要使自己在任何情况下都能够占据主动。

压枕

"压枕"的意思就是不让敌人有抬头的机会。在兵法理论中，受制于人是非常不利的。能够随心所欲地调动敌人，是获得胜利的一个法则。

在战斗中我们要做的就是阻止对方的进攻，格挡对方的兵器，脱离对方的控制，同时想方设法使战斗局势有利于己方。

例如，当敌人刚有攻的念头时，就要先发制人，主动进攻；当敌人刚有跃起的念头时，必然有一个身体下蹲的动作，这时我们就可以随即将他按在地上，使他跳跃不得；当敌人刚有杀的念头时，我们必须杜绝他所有的行动可能。当敌人企图攻击时，常会使出许多迷惑的招数，你大可不必理会，但是一旦发现他们采取了有效措施，就必须坚决阻止。

如果你试图阻止敌人已经发起的进攻，在某种程度上你已经失去先机了。正确的做法应该是让敌人根本没有机会对你发起进攻。你要在第一时间判断出他的动作，从而采取措施，挫败敌人的意图。如果能精通这种牵制敌人的方法，就能称得上兵法大师了。要想掌握这一点，必须刻苦练习。

穿越激流

航行在大海中，常常会遇到波涛汹涌的状况，这一点在海峡中表现得更为明显。十几丈宽的海峡，经常有许多异常凶险的激流，穿越激流是件很不容易的事。当你在狭窄的航道中航行时，就必须对地形有足够的了解，要知道哪里会有激流，同时也要熟知船的状态，明察天气的变化，你也要根据风向的转换，来调整船的航向，这样，凭借你丰富的经验和策略，即使没有导航的船，你也不会遭遇暗礁或者迷航。船最终会顺利到达目的地。

茫茫人世，在我们的一生中同样也会遭遇很多"穿越激流"的时刻。一旦具有"穿越激流"的决心和力量，即使在人世的海洋中航行时遇到紧急情况，你也可以从容不迫，顺利过关。

在兵法理论中，双方交战时"穿越激流"也是非常重要的。这里穿越激流的意思是认清局势，知己知彼，在战斗中应用正确的策略来指挥战斗，就像在狭窄的航道中的导航船一样。

在穿越激流的过程中，我们必须保持内心的宁静。若将这一精神应用于兵法，我们要做到把敌人置于弱位，向其发起猛烈攻击，迅速获胜。无论是在合战兵法中，还是在个人决斗中，"穿越激流"是一项很重要的原则。

了解对手

在大规模战斗中，了解对手与了解自己同等重要。要了解对手，首先要了解对手的实力，然后再判断对手的意图，进而分析敌我双方在各方面的力量对比，根据敌人的情况确定我军的部署，灵活运用各种兵法策略来作战。

在个人的决斗中也是如此。要注意观察敌人的个性特征，判断敌人的才能高低和行事风格，找出他们的强项和弱点，探求合适的战机，尽可能将他们往我们预期的方向引导，不让敌人的意图得逞。要做到这一点，需要有非常细腻的心思和极其敏锐的洞察力。这就需要你了解万事万物的发展规律，这样你才能对敌人的心思了如指掌。有了这些基础，你才会在具体应用中灵活变通，懂得如何用它来取胜。

踏住敌人的剑

这只是一种比喻的说法，用来比喻一种战术。首先，在合战兵法中，不管敌人用何种武器攻击你，当他第一轮攻击结束后，会有一个重新安排攻击的间隔，如果你这时还没有做好攻击敌人的准备，就会失去攻击的时机。所以正确的做法应是趁敌人停歇的间隙，迅速发起攻击。

攻击之时，一个非常有效的法宝就是"快"。只要你足够快，无论敌人使用何种武器，都可能被你"踏"住，动弹不得。要做到这一点，你必须认清敌人的攻击套路，然后才有可能"踏"住他的要害。

个人决斗中的道理也是一样的。两个人你来我往，一时很难决出胜负。此时，你如果能趁他出刀攻击的刹那，一脚踏住他的剑，让他动弹不得，就能彻底打消他的进攻气焰。

"踏"只是个形象的说法，并不一定是指用脚踏住敌人的武器。但你心中要有"踏"的精神，无论用手、脚、身体还是用火力，最终的目的就是要让敌人不能再次出手。当然，这样做并不意味着想立即结束战斗就随便出手，而是针对敌人的攻击所采取的迅速、坚决的反击。这一点请务必牢记。

乘胜追击

世界上任何事物，如果它内在的原有的节奏发生了紊乱，就有可能崩溃。

当敌人的节奏紊乱时，就会像被推倒的房屋一样土崩瓦解，这时的敌人已经溃不成军了。这种状态下的敌人很容易被打败，因此就要乘胜追击。如果不慎给了敌人喘息的机会，他们就会重整旗鼓，卷土重来。

在个人决斗中，也要抓住这个有利时机。趁敌人节奏紊乱、行将溃败时，你别给他喘息的机会，而要抓紧攻击，直到他完全溃败。总之这时的原则就是乘胜追击。这需要精确的计算和对敌人行动的了解，还需要有强大的力量和果断的行动去进行猛烈的追击，因为这是最后的致命的一击。这一点务必好好实践。

 变成敌人

变成敌人就是把自己放在敌人的位置上，从敌人的角度来考虑问题。

以我为例，如果有夜盗闯进了我家，从我的角度来说他就是一个危险的敌人。但是从他的角度来看，他会觉得整个世界都在和他作对，他处于孤立无援的境地。这就是站在敌人的角度去考虑问题，这一点需要仔细体会。

大规模战斗中，你应当试图研究敌人，而不要轻视他。即使你是精通兵法的大师，有着精良的队伍，也应当根据敌人的情况来制订取胜的作战计划。

在个人决斗中，你同样也要把自己放在敌人的位置上，设身处地地去考虑问题。如果他预先知道你是一个精通兵法的武士，心中就会有畏惧感，认为自己必输无疑。这时你就可以利用他的胆怯来采取相应的作战策略。

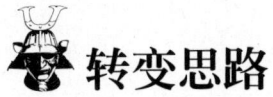 转变思路

在双方僵持不下，而我方很难在短时间内有突破性进展的时候，就需要你转变思路了。这时你要放弃现在所使用的方法，而重新采用别的方法。这样你就会抢占先机，出其不意地扭转整个战斗的局势。

在大规模战斗中道理也是一样的。如果双方都有大量的人员伤亡，整个战事陷入僵局，这时你就应立即放弃原来的策略，改用敌人无法预料的策略来争得先机夺取胜利。

在个人决斗中也是如此。如果你发觉双方陷入僵局时，你要探知敌人的意图，立刻改变战术，采用新的战术来赢得胜利。

 试探

试探是在你不能察知敌人意图的情况下采用的一种策略。

在大规模战斗中，当你不能明确敌军的状况时，你可以佯装强攻来察看

其反应。一旦了解了敌人的状况,你就可以根据具体情况,采取不同的策略来对付他。如此胜利就在眼前了。

在个人决斗中道理也是一样。当敌人从后方或侧面挥剑企图进攻时,他的剑会把他的意图暴露无遗。一旦察知敌人的意图,就应抓住时机,采用合适的战术战胜他。如果你疏忽了,就会错失良机。

 抑影

抑影是在敌人的进攻意图非常明显的情况下采取的一种策略。

在大规模战斗中,这就意味着在敌军发起攻击的刹那果断地遏制他们的进攻意图。如果你能向敌人有力地证明你已经占据了优势且控制了局面,他们的心态就会发生改变。当敌人被你强大的声势吓得不敢行动时,你正好镇定地指挥战斗,主动攻击赢得胜利。

在个人决斗中,你要采用有效的手段来遏制敌人强烈的攻击意识,然后等待其犹豫的瞬间抢占先机,夺取胜利。这一点,务必好好领悟。

 感染

一切事物都会受到外界的感染和影响。

在大规模战斗中,如果敌人锐气方盛,急于进攻的话,你一定要表现得不急不躁,给人悠闲放松的感觉。这样敌人就会受这种情绪的感染,他们的进攻意识也就不那么强烈了。当敌人被你慵懒的情绪影响时,你要在暗中做好进攻的准备,以迅雷不及掩耳之势发动进攻,这时最有把握取得胜利。

在个人决斗中也是如此。放松身心,密切关注敌人懈怠的瞬间,迅速取得主动。

在战斗中,被动受感染是一种极其危险的情绪,它让人变得浮躁不安,无法正确把握战斗的形势,这一点必须引起注意。

扰敌

某些情况的发生会扰乱人的心神,这些情况包括巨大的压力、过度的疲劳或紧张、意外情况导致的惊愕等等。

在大规模战斗中,扰乱敌人的心神是非常重要的。出其不意,攻其不备,以敌人的心神不宁作为你夺取主动权的有利条件。

在个人决斗中也是如此。起初你要显得非常悠闲,当敌人的警惕有所放松时,你就突然转为猛烈的攻击。你要根据敌人的行动来调整你的行动,不让他有任何悠闲的机会。明察胜机并做出准确判断,从而最终赢得胜利,这一点必须细细研究。

威吓

出其不意的巨响,会让敌人瞬间惊慌失措。因此你可以利用声响来分散敌人的注意力。这里有一个基本的原则,就是不论用什么方法都要起到威吓敌人的作用。你可以突然移动到一个位置,也可以出其不意大喝一声,总之是做出一些使他迟疑的动作。抓住这个迟疑的瞬间,你就获得了有利的战机。

在个人决斗中,你也同样可以采取多种方法来威吓敌人。你可以摆出不同身体姿势使敌人畏惧,也可以在他面前舞动大刀,还可以冲他大声叱喝。最重要的是要出其不意,攻其不备,抓住敌人仓皇失措的有利时机来赢得胜利。这一点,必须经过刻苦锻炼才能做到。

纠缠术

在与敌人近距离交锋且局势不利于自己时,就应考虑使用纠缠的战术。在纠缠中要记住尽可能抓住一切可以赢得胜利的机会。

无论是大规模战斗还是两人决斗,都可能用到纠缠战术。如果双方的胜负并不十分明朗而战斗越来越激烈时,你就要紧紧纠缠住敌人,使他无法逃出你的控制去另寻有利于他的时机。在纠缠过程中，你要试着寻找敌人的破绽。这一方法在兵法中是极其重要的，而且具有很高的难度，要认真领会。

攻其薄弱

　　有时敌人很强大，你无法立即将他制伏，这时就需要寻找他的薄弱环节，逐步将其瓦解。

　　大规模战斗中要注意敌人精锐的先锋部队，专门寻找其装备薄弱的队伍下手。一旦某个薄弱环节被攻破，整支队伍也就不完整了。敌军就会开始溃散，我们便可以密切注意他们的动向，尽力找到他们的薄弱环节，从而一点点蚕食敌人。

　　在个人决斗中，你要进攻敌人防守不严密的地方，争取每次都能伤害他身体的一部分。这样经过几个回合，他受伤之处渐渐增多，信心和威力也就大大削弱了。你要趁机加强进攻，直到把他打倒为止。

迷惑

　　"迷惑"是指扰乱敌人的心神，不让他们有稳定的心态。

　　在大规模战斗中，要运用兵法策略来分散敌人的注意力，揣摩敌人的心思，迷惑敌人，让他们搞不清你的真正意图。这样，敌人的节奏被打乱了，你便可以从中判断出取胜的时机。

　　在个人决斗中也是如此。你可以根据时机的不同，采取多种牵制敌人的方法，迷惑敌人。让他时而觉得你的意图在此，时而觉得你的意图在彼。这样用不了多久他就会身心疲惫，不知所措。如此你就可以轻易赢得胜利了。这种招数在战斗中经常用到，务必好好学习。

三吼

　　"三吼"可分为最初一吼、当中一吼和最后一吼。吼要根据具体情况，这是吼的要领所在。吼声要充满气势和力量，就像呼啸的狂风和熊熊燃烧的烈火一般，这样才具有威慑敌人的作用。

在大规模战斗中，战士的合吼在战前、战中和战后都各不相同。战前吼声须如山崩地裂，雄壮有力；战中吼声则须低沉有力，像怒狮的啸声；战后一吼则响亮而饱含胜利的喜悦之情。

在个人决斗中，无论是佯攻还是怒吼，其目的都是扰乱敌人的心神。当你发出怒吼之后，要马上用刀劈向敌人，中间不可有丝毫停顿。要注意挥刀时不可发出吼声，以免削弱出刀的力量。将敌人劈倒后，也要发出一声吼，这是象征胜利的吼声。还需要注意的是在战斗中吼声要与战斗的节奏相配合。

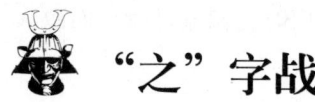

"之"字战

两军交锋时，如果敌人的力量十分强大，你就应该猛烈攻击敌人比较薄弱的部分；当你看到敌军溃败时，就停止此处的攻击，转而攻击敌人的另一部分。总而言之，这种战术就是像"之"字形环绕着进攻。

当单枪匹马面对众多敌人时，适宜用"之"字路线进攻敌人。先追赶并打败一个敌人，再绕到另一侧攻击，如此反复，坚持按"之"字路线在敌方阵营里行走，这样的进攻最为有效。这种方法还有利于摸清敌人军队的部署，以便做好战斗策略的安排。

击溃

要想击溃敌人，首先要有必胜的信念。一旦发现敌人呈现弱势，就应加强自己的气势，力争从气势上压倒敌人。

在大规模战斗中，如果敌军只有寥寥数人，或者虽然人数众多，却士气低迷、军心涣散，这时你要做的就是从心理上藐视他们，然后集中力量，一鼓作气将其歼灭。这就是所谓的"击溃"。这时如果你的进攻软弱无力，结果只能是引火烧身。

在个人决斗中，当敌人自乱阵脚开始后撤或显得力不从心露出败相时，你要毫不犹豫地将他打垮，不要给他丝毫喘息的机会。

这一点请务必细加体会。

出人意料

在战斗中，不要重复使用同样的方法，一种方法最多可以用两次，绝不允许用第三次。

当你用某种方法对付敌人，而没有收到你预想的效果时，就应该放弃这种方法，转而根据战斗的局势做出调整。如果还是没有效果，就再尝试其他方法。

变化是兵法中一项重要的原则。在敌人以为是山时，偏偏是海；而敌人以为是海时，却偏偏是山。总之要出人意料。

攻心为上

在交战中，当你用高超的技艺即将赢得胜利时，敌人或许并不死心。在这种情况下，你就必须彻底打垮敌人的意志，让他心服口服。

这种情况下，你可以突然改变自己的姿势，表现出一个胜利者的态度，让敌人觉得自己已经被彻底击垮，毫无回旋的可能。你可以用武器，用身体或者用你的意志来打倒敌人。

当敌人彻底丧失信心后，你就真正赢得了这场战斗；倘若敌人在心理上仍不肯认输，你就不能放松警惕。因为他并没有被真正打败，还有可能卷土重来。

无论是在大规模战斗中还是在个人决斗中，兵法的这一原则都要好好掌握。

另辟蹊径

交战中，如果你和敌人纠缠不清难以取胜时，就应改弦易辙另辟蹊径，彻底抛弃原来的路线，把这场战斗当作一场新的战斗，以全新的精神面貌重新进入到战斗中。一旦掌握了这一原则，你就掌握了制胜的方法。这就是另辟蹊径。

任何时候如果你能先于敌人改变策略，迅速打响另一场战斗，那么你就抓住了战斗的先机。请努力理解这一重要的思想。

大局为重

在战斗中具体情况千差万别，有时我们难免陷入一些细枝末节的纠缠里。一旦我们认识到自己处在这种情况之下，就应该迅速从中跳出来，从大局出发来考虑应对的策略。

兵法上常用的策略就有从小到大的转换。无论在日常生活中还是两人对战时，都要在心中存有全局的概念。

操纵敌人于股掌

在战斗的任何阶段，高明的主将都有能力将敌人玩弄于股掌之中。一旦将兵法的技巧练到炉火纯青的地步，你就完全能够掌握敌人的思维方式，从而随心所欲地控制敌人，让他按你设下的计策行动，听从你的差遣。

无刀

这句话有两层含义，一是指有刀也无法获胜，另外指不用刀也能取胜。对这一原则的不同认识，我无法用文字来具体表述，你只能在平时的训练和实践中慢慢体会。

身如磐石

身如磐石是指兵法大师所具有的不可动摇的坚定意志。任何力量也无法改变这种意志，更无法动摇这种坚定的信念。在充满玄机的兵法界，要做到这一点，可以说是已经到达了修炼的最高境界。因此在兵法界有一句口耳相传的秘诀："不可动摇，是一切中的最伟大者。"

 结语

　　这一卷是本流派在兵法实践中的一些心得总结。我从小研究兵法，刻苦磨炼，历尽千辛万苦，终于明白兵法大师所要经历的一切状态。这是我第一次尝试写作，因此顺序难免有些凌乱，文字也有不精准之处，但它对有志于学习兵法的人有很大帮助。

　　练习剑术，研究兵法，是人的身心需要，但过分沉迷于剑技是非常不可取的。可悲的是世界上很多研究剑术的人，拥有的不过是一些花哨的招式，甚至有一些只是自命不凡的空谈家。他们滔滔不绝地谈论兵法，却没有真正领会兵法的奥妙所在。

　　学习兵法的目的是锻炼自己的身与心，但是有些人却偏执地追求兵法技能，于是病于此道，迷于此道，这正是当今世上许多人偏离兵法正道的原因。

　　真正的剑术是一门学问，它有许多重要的原则。这些大的原则，无论在什么时候都不会改变。当你理解了我所说的兵法之道并在实践中领悟了它的精髓之后，你就会获得克敌制胜的法宝。

试想与敌人近距离交锋时，周围空间有限，刀长反而会妨碍进攻。如果这时你使用短刀，就很容易取得优势。

喜欢用大太刀往往与个人偏好有关。就兵法而言，如何选择纯粹是个人的事，使用短刀并不比使用大太刀缺少优势。如果在一个到处都是障碍物的狭窄空间，你还会想用大太刀吗？如果手上只有短刀，你是否就放弃作战了呢？如果固执地迷信大太刀，就等于置大太刀于兵法之上，这完全是本末倒置。况且有的人天生力弱，光举起大太刀就很费力，更不要说用它来作战了。

大小不过是一个相对的概念，它们各有所长，也各有所短。所以使用大太刀本身无可非议，但过分依赖大太刀，把它作为取胜的唯一手段，这就很愚蠢了。在战争中处处都有以小胜大的例子。可以看出过分相信"大"的威力是很偏颇的，我的兵法绝不允许这种偏颇思想的出现。

用蛮力的流派

有的流派强调"强有力的打击"，而事实上他们追求的是行动的野蛮粗暴。在决斗中，仅凭蛮力是很难取胜的。

此外在决斗中如果你为了打倒敌人过分用力地劈斩，反而会使动作变得笨拙，尽管你费了不少力气，却很难给敌人致命的打击。即使在平时练习中，也不要用尽全力去劈斩。

在生死格斗时没有时间考虑打出的一击是强还是弱，这时你唯一要做的就是考虑如何杀死他，考虑一击的强弱是毫无意义的。

如果你用的力气过大，就会震脱自己手中的刀，这时你想要再抓稳它，就会使行动变得迟缓。所以在决斗中追求"强有力的打击"是非常不可取的。在战争中也是这样，如果双方都拥有强大的军队，猛烈的攻势必会遇到更猛烈的抵抗，只有正确的策略才是取胜的根本。

本流派的兵法思想就是以策略和手段为主，来赢得最后的胜利。至于类似蛮力的事情，完全不在我的考虑之内。

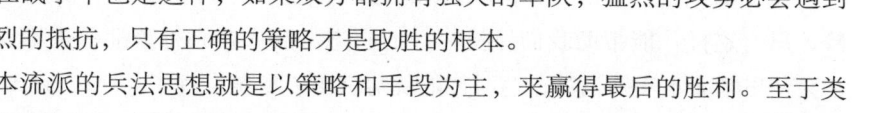
用短刀的流派

有一种流派主张用短刀取胜，这也不符合兵法原则。大小本身就是相对的概念。首先，刀的长短并没有一定的规定；其次，每个人的力量和自身的情况各有不同。一个力气大的人使用太刀或许比一个力气小的人使用短刀更能操纵自如。

喜欢用短刀的人往往认为短刀短小轻便，容易在敌人挥刀的空隙立即刺入敌人的胸膛。其实这种想法非常片面。第一，如果你将注意力完全集中于寻找敌人的空隙，势必会忽略很多其他的东西，这样容易使自己陷入困境。第二，当你置身群敌的包围时，要想使用短刀突破防线并战胜他们是完全不可能的。很多人在学习兵法时，往往花相当长的时间学习防御术，即如何被动应战和逃跑。一旦持有这种心态往往会受制于人，而不能先发制人。

兵法的重要原则之一是在进攻中赢得主动，乘势追击敌人并使其陷入混乱。大规模战斗中更要主动进攻，突然袭击，速战速决。要知道进攻的态度是兵法的精髓。

强调招数的流派

有的流派沉迷于创造各种各样奇特的新招，使初学者认为这些招数就是所谓的兵法，其实这是一个误区。

从根本上说，世上并没有太多杀人的刀法。一个精通兵法的人杀死对手，同一个妇女或孩童所用的姿势不会有太大的区别。如果说有也只不过是不同的刺或劈而已。

我们出招的目的是杀敌，这完全不需要一大套烦琐的招数。本派兵法之所以有五种体势和刀法五技，是因为作战情况和地形各式各样。除了这五种基本的体势，如果硬要加上烦琐的技巧，如手向不同的角度弯曲，身体快速转动或向前跃起等等，根本无助于杀死敌人，这些都是没用的空架子。

在我的兵法中，讲究简单直接的心态和进攻方式，免除一切烦琐的招数，只有这样才能帮助我们保持较好的心态。敌人在心神紊乱紧张不安时，常会使出华而不实的招数，这时你的优势就可以尽情发挥了。

简单、直接、快速取胜，这是"二天一流"的优势所在，请你慢慢体会。

通兵法的人是不会盲目求快的。

比如一个好的邮差，一天送几百份邮件，却可以常常休息；而缺乏经验的邮差一路狂奔却送不了一百份。对于训练有素的歌手，边舞边唱是非常轻松的事；而一个素质不佳的歌手往往控制不好歌舞的节奏，无所适从。同样的道理，一个高明的乐手可以演奏完美的乐曲，而初学者演奏得时快时慢，把握不了正确的旋律。

我们都知道欲速则不达的道理，所以兵法高手并不急于求胜，而是按照兵法的要求从容布局，使一切无懈可击。

在兵法中，片面强调速度是不可取的。应该根据情况的不同，采取不同的速度。在沼泽中的速度应比在平地上慢一点，用太刀劈斩要比用短刀或折扇慢，用太刀要准确有力，劈砍过快往往会错失目标。这一点请注意。

两军交战中，不可急于求成。要懂得压制敌人的方法，控制战斗的节奏。

另外，如果敌人表现得过于急躁，你要做的正好与之相反。此时你要平稳、镇定、不急不躁，不能被他的情绪影响。要想达到从容控制局势的境界，必须经过刻苦练习。

本派兵法的绝招

每个流派都有些口耳相传的所谓绝招，秘不授人。本派兵法中哪些是所谓的绝招呢？大概就是我们以攻为主的准则吧。

我授人兵法，开始自然是较为浅显的技巧方面的知识，然后根据每个人领悟程度和资质的不同按由浅入深的次序慢慢传授。既然我所教的都是适合他们的知识，也就不存在什么秘不授人的绝招了。

学习兵法时，没有什么是秘不授人的，但要真正了解这些人人共知的道理，却需要很深的功夫去修炼。当你经历了种种山峰后，会想到离开这些让你摸不着头绪的山，到更远的地方去。

所以，在传授兵法理论时，我不喜欢照本宣科。而是要摒弃所谓"五道"、"六道"的刻板修行方式，根据每个人的具体情况，给他们指明修习的道路，释放他们的心智，挖掘他们的潜能，使他们了解武士之道的真义。我的要求就是勤勉和实践两件事。

 结语

　　本卷分九条大纲论述了其他流派兵法的弊处，但我非常注意，并未提及他们的名字以及他们所涉及的绝技。

　　通过了解这九类流派倾向，我们可以看出他们有些偏爱长刀或是短刀，有些偏爱力量或是利益，有些过分考虑剑术的技巧，我相信大家知道这些都不是真正的兵法之道。

　　在我的兵法中是没有什么绝招秘技的，也没有初高级之分。我所强调的是你对兵法精髓的细心体会。

空之卷

空之卷是我对"二天一流"兵法的总结。学习"二天一流"的最高境界，便是无知无觉空无一物的境界。

当然绝对的"空"并不存在。我所说的"空"，既是知"无"又是知"有"的。

世人常常会错误地认为自己所不知的东西便是"空"，其实这并不是真正的"空"，而只是一团迷雾一样的混乱。

在兵法中道理也是同样的。不懂兵法的准则，绝对不能称为是兵法之"空"，这样的理念只能认为是困惑不解。

武士对兵法的理解应该相当准确，然后勤加练习，直到扫除一切困惑，达到心中清澄明澈的境界。此时，你的毅力和心智都会得到极大的锻炼，你会变得目光如炬，洞悉一切事物的本质。从此你的心中不会再有任何的困惑和黑暗，从而进入真正的"空"的境界。

无论是修炼佛法，还是经历世事，在没有到达终点之前，每个人都觉得自己的体验是最好最正确的。但是一旦以平常心去观察，以天地之理去审视，我们就会发现其中有诸多执迷的想法其实早已偏离了真正的道。

真正的道，就是直道而行，也就是保持一颗率真的心，这样的心就可以扫除无数的阴影，帮助你看清天地间万物——这才是"空"的境界。

在空明的状态中，善的力量会驱除一切恶行恶念，智慧、真理、道这三朵奇葩从此在空无一物的清澈大地中盛开。

空，有善无恶

智者有也

理者有也

道者有也

心者空也